# 하지 무라트

이 도서의 국립중앙도서관 출판예정도서목록(CIP)은
서지정보유통지원시스템 홈페이지(http://seoji.nl.go.kr)와
국가자료공동목록시스템(http://www.nl.go.kr/kolisnet)에서 이용하실 수 있습니다.
(CIP제어번호: CIP2018008769)

세계문학전집
162

Хаджи-Мурат

# 하지 무라트

레프 톨스토이 장편소설

박형규 옮김

문학동네

일러두기

1. 톨스토이 탄생 150주년을 기념하여 1978~1981년 모스크바 예술문학출판사에서 발간한 톨스토이 저작집 전22권 중 14권을 번역 대본으로 삼았다. (Л. Н. Толстой, Собрание сочинений: В 22-х т. Т. 14. М.: Худож. лит., 1978.)
2. 원주 표시가 없는 주석은 옮긴이의 것이다.
3. 외래어의 표기는 국립국어원 외래어 표기법에 준했으나, 일부는 현지 발음이나 관용에 따랐다.
4. 프랑스어(또는 기타 언어) 부분은 이탤릭체로, 강조 부분은 고딕체로 처리했다.
5. 타타르어는 작은 괄호 안에 뜻을 풀이했고, 설명이 필요한 경우 각주로 처리했다.
6. 권말의 해설은 번역 대본에 수록된 M. N. 보이코의 해설을 일부 번역한 것이다.

# 차례

나는 들판을 따라 집으로 돌아가고 있었다. 한여름이었다. 목초는 베어지고, 이제 호밀을 베려는 참이었다.

해마다 이 계절에는 꽃들이 만발해 아름다운 장관을 이룬다. 빨간색, 하얀색, 분홍색 부드럽고 향긋한 클로버, 샛노란 꽃술과 우윳빛 꽃잎에 물크러진 악취를 풍기는 '사랑한다-사랑하지 않는다*'의 도발적인 데이지, 꿀냄새 풍기는 노란색 유채꽃, 고개를 꼿꼿이 쳐든 보라색 초롱꽃과 하얀색 튤립 모양 초롱꽃, 땅바닥을 기어다니는 완두콩, 노란색, 빨간색, 분홍색, 보라색 단정한 체꽃, 아련한 분홍색 솜털에 은은하니 기분좋은 향기를 풍기는 질경이, 햇볕을 쬐거나 활짝 필 때는

* 데이지 꽃잎을 하나씩 떼며 사랑 점을 칠 때 하는 말.

새파랗고, 해질녘과 시들 때는 파란색이 바래면서 붉어지는 수레국화, 부드럽고 아몬드 냄새를 풍기지만 금세 시들어버리는 메꽃.

나는 갖가지 꽃으로 큰 꽃다발을 만들어 집으로 돌아가다 도랑에서 우리말로 '타타르 풀'이라 불리는 검붉은색으로 멋지게 꽃이 활짝 핀 엉겅퀴를 발견했는데, 풀을 벨 때는 이 꽃을 베지 않게 조심해야 하고, 실수로 베었을 때는 손에 가시가 찔리지 않게 빼내어 던져버려야 한다. 나는 이 엉겅퀴꽃을 꺾어 꽃다발 한가운데 꽂고 싶었다. 도랑으로 내려가 꽃 속에 딱 달라붙어 노곤한 듯 단잠에 빠진 털보 땅벌을 쫓아 버리고 꽃을 꺾기 시작했다. 하지만 줄기가 사방에서, 심지어 손수건을 감싼 손을 뚫고 찌르는데다 너무 질겨 오 분쯤 줄기 결을 하나씩 잡아 찢으며 실랑이하느라 무척 힘이 들었다. 마침내 꺾었을 때는 이미 줄기는 너덜너덜하고, 꽃은 더이상 아름답지도 싱싱하지도 않았다. 게다가 거칠고 조야한 꽃은 섬세한 꽃다발에 어울리지 않았다. 나는 그 자리에 있으면 아름다웠을 꽃을 공연히 망쳤다고 생각하며 꽃을 던져 버렸다. '얼마나 강한 에너지와 생명력인가.' 나는 꽃을 꺾으려고 쏟은 노력을 상기하며 생각했다. '정말 온 힘을 다해 생명을 방어하고, 아주 힘들게야 그것을 내놓았다.'

집으로 돌아가는 길은 막 쟁기질을 마친 흑토의 휴경지休耕地였다. 나는 먼지투성이 비탈진 흑토 길을 올라갔다. 쟁기질된 지주의 밭은 길 양쪽과 멀리 언덕 꼭대기에 이르기까지 고르게 고랑이 있었지만 아직 써레질을 하지 않은 검은 휴경지 외에는 아무것도 보이지 않을 만큼 넓디넓었다. 잘 쟁기질된 밭은 식물은커녕 풀 한 포기 보이지 않고 온통 검었다. '인간은 정말 파괴적이고 잔인한 동물이다. 제 목숨을 부지하기 위해 다양한 생명체들을, 식물들을 죽였다.' 나는 죽음과도 같은 흑토 속에서 나도 모르게 살아 있는 것을 찾으며 생각했다. 오른쪽 길가에 작은 덤불이 눈에 띄었다. 가까이 다가가서 보니 내가 공연히 꽃을 꺾어 던져버렸던 '타타르 풀' 덤불이었다.

'타타르 풀' 덤불은 세 줄기로 이루어져 있었다. 줄기 하나는 잘려나간 팔처럼 뜯겨 남은 곳이 튀어나와 있었다. 다른 두 줄기에는 꽃이 피어 있었다. 한때는 붉었겠지만 지금은 검은색이었다. 줄기 하나는 가운데가 부러져 그 끝에 매달린 꽃은 더러워진 채 아래로 축 늘어져 있고, 다른 하나는 검은 흙이 묻어 더러웠지만 여전히 꼿꼿하게 고개를 들고 있었다. 분명 수레바퀴가 덤불 전체를 밟고 지나간 뒤 다시 일어선 듯 조금 비스듬히 누워 있었지만 그래도 여전히 고개를 들고 있었다. 마치 몸의 한 부분이 찢겨나가고, 내장이 터지고, 팔이 잘리고, 눈알이 뽑힌 것 같은 모습이었다. 그러나 주위의 모든 형제를 짓밟아버린 인간에게 굴하지 않는 듯 여전히 꼿꼿이 서 있었다.

'대단한 에너지다!' 나는 생각했다. '인간이 모든 것을 정복하고 수백만 종의 식물을 파괴했는데도 이것은 여전히 굴하지 않는다.'

그러자 나는 오래전에 들은 한 캅카스인의 이야기가 떠올랐는데, 일부는 내가 직접 본 것이고, 일부는 목격자에게 들은 것, 일부는 내가 상상한 것이다. 내 기억과 상상 속에서 구성된 그 이야기는 이러하다.

# 1

1851년 말의 일이다.

11월의 어느 추운 저녁, 하지 무라트는 키자크*의 향긋한 연기가 자욱한, 아직까지 저항을 계속하고 있는 체첸인의 아울(마을) 마흐케트로 말을 몰았다.

무예진**의 긴장된 노랫소리가 사라지자 키자크 태우는 냄새가 스며든 산의 맑은 공기 속으로, 벌집처럼 밀집한 아울의 사클랴*** 사이를 돌아다니는 암소들과 암양들의 낮은 울음소리와 목청 높여 논쟁하는 남자들의 굵은 목소리, 샘터에서 여자들과 아이들이 떠드는 소리가 또렷하게 들렸다.

샤밀의 나이브 하지 무라트****는 공훈을 많이 세운 것으로 유명했는데, 기마곡예를 하는 수십 명의 뮤리트*****들 호위 없이는 절대 외출하지 않았다. 그는 지금 바실리크를 쓰고 부르카를 걸치고******, 부르카 밑으로 소총이 불룩 튀어나온 모습으로 뮤리트 한 명만 데리고 말을 몰

---

* 연료로 쓰는 말린 쇠똥.

** 이슬람 모스크에서 기도 시간을 알리는 사람.

*** 캅카스의 전통 석조 가옥을 뜻하는 러시아어. 조지아(그루지야)어 '사흘리'에서 유래되었다.

**** 아바르인 산민 하지 무라트(1816~1852)는 체첸, 다게스탄의 이맘(통치자)이었던 샤밀(1797?~1871)과 함께 캅카스의 이름난 전사였다. 나이브는 이슬람사회 부족장 또는 장수를 뜻한다.

***** 1825~1850년에 그리스도교 박멸을 목적으로 활동한 이슬람교도. 금욕과 고행을 중시했다.

****** 바실리크는 외투의 후드 또는 방한용 두건, 부르카는 소매 없는 펠트 외투.

고 가면서 되도록 눈에 띄지 않으려 애쓰며 마주친 사람들의 얼굴을 재빠른 검은 눈으로 주의깊게 바라보았다.

아울 한가운데로 들어선 하지 무라트는 광장으로 나가는 길이 아니라 왼쪽의 좁은 골목길로 갔다. 그는 골목길을 돌아 두번째 나지막한 언덕에 푹 파묻힌 듯한 사클랴까지 가서 말을 멈추고 주위를 둘러보았다. 처마밑에는 아무도 없었고, 지붕 위 새로 진흙을 바른 굴뚝 뒤에서 한 남자가 털외투를 뒤집어쓴 채 잠을 자고 있었다. 하지 무라트는 지붕에 누워 있는 남자를 채찍의 가죽 손잡이로 건드리며 혀를 찼다. 야간용 모자를 쓰고 닳아서 번들거리는 찢어진 베시메트*를 입은 노인이 털외투 밑에서 몸을 일으켰다. 속눈썹이 없는 노인의 눈은 붉고 축축했고, 맞붙은 눈을 떼려 몇 번 눈을 깜빡였다. 하지 무라트는 평소처럼 "살람 알라이쿰**" 하고 말하고 자기 얼굴을 보였다.

"알레이쿰 살람." 노인도 하지 무라트를 알아보고 이가 빠진 입에 미소를 띠며 말하고는 야윈 다리를 일으켜 굴뚝 옆에 있는 나무 굽이 달린 신발을 신기 시작했다. 신발을 신은 노인은 가죽이 다 드러난 쭈글쭈글한 털외투를 팔에 걸치고, 지붕에 걸쳐놓은 사다리를 타고 등을 보이며 내려왔다. 외투를 입으며 사다리를 내려오면서도 노인은 햇볕에 그을린 가늘고 주름진 목 위의 머리를 흔들흔들하고 잇몸만 남은 입을 계속 오물거렸다. 땅에 내려선 노인은 환대하며 하지 무라트가 탄 말의 고삐와 오른쪽 등자를 잡았다. 그러나 하지 무라트의 건장한 뮤리트가 재빨리 자기 말에서 내려 노인을 제치고 대신했다.

---

* 무릎까지 솜을 누빈 코트.

** '신의 평화가 당신에게'라는 뜻의 아라비아어.

하지 무라트는 말에서 내려 다리를 약간 절며 처마밑으로 갔다. 열다섯 살쯤 되어 보이는 소년이 문가에서 뛰어나와 잘 익은 까치밥나무 열매처럼 까만 눈을 놀란 듯 반짝이며 방문자들을 바라보았다.

"모스크에 뛰어가서 아버지를 부르거라." 노인은 소년에게 말하고 하지 무라트를 앞질러 사클랴의 가볍게 삐걱거리는 문을 열어주었다. 하지 무라트가 집안으로 들어서자, 노란색 셔츠에 빨간색 베시메트를 걸치고 파란색 샤로바리*를 입은 여위고 호리호리한 중년 여자가 방석을 들고 안쪽 문에서 걸어나왔다.

"와주셔서 고맙습니다." 그녀는 허리를 깊이 숙이며 말하고, 정면 벽 쪽에 손님을 위한 방석을 내려놓았다.

"당신의 아들들에게도 축복이 있기를 빕니다." 하지 무라트는 부르카와 소총과 검을 풀어 노인에게 건네며 대답했다.

노인은 소총과 검을 받아, 매끈하게 진흙을 바른 위에 하얀 회반죽을 칠한 벽에서 반짝이고 있는 커다란 대야 두 개 사이에 걸린 집주인의 무기들 옆에 걸었다.

하지 무라트는 뒤에 멘 권총을 바로잡고, 체르케스카**를 여미며 여자가 깔아준 방석으로 가 앉았다. 노인은 그 옆에 맨발의 뒤꿈치를 모으고 꿇어앉더니 눈을 감고 두 손바닥을 위로 들어올렸다. 하지 무라트도 똑같이 했다. 그들은 기도문을 외우고 수염 끝에서 합장한 뒤 두 손으로 얼굴을 쓸어내렸다.

"네 하바르?" 하지 무라트가 노인에게 물었고, 이 말은 '새로운 소식

---

* 여성용 통이 넓은 바지.

** 체르케스인이 입던 깃이 없고 허리를 졸라매는 형태의 긴 외투.

이 있습니까?'였다.

"하바르 이오크—'새로운 소식은 없어'." 노인은 하지 무라트의 얼굴은 보지 않고 붉고 생기 없는 눈으로 그의 가슴을 바라보며 대답했다. "나는 양봉장에 사는데, 오늘은 아들을 만나러 왔을 뿐이네. 아들은 뭔가 알 걸세."

하지 무라트는 자신이 알아야 하는 것을 이 노인이 알지만 말하고 싶어하지 않는다는 것을 눈치채고 가볍게 고개를 끄덕이고는 더이상 묻지 않았다.

"좋은 소식이라곤 없어." 노인은 말하기 시작했다. "새로운 소식이라곤 토끼들이 모두 모여 독수리들을 어떻게 몰아낼지 의논하고 있다는 거지. 독수리들은 그놈들을 찢어발기려 하고. 지난주에는 러시아 개들이 미치크강 근처에서 건초 더미에 불을 질렀어. 그놈들 면상을 찢어놔야 하는데." 노인은 분개하며 목쉰 소리로 말했다.

하지 무라트의 뮤리트가 건장한 두 다리로 성큼성큼 흙바닥을 유연하게 디디며 들어와, 하지 무라트처럼 부르카는 벗고, 소총과 검은 지니고, 권총과 단검은 풀어 하지 무라트의 무기가 걸린 못에 걸었다.

"누군가?" 노인이 새로 들어온 사람을 가리키며 하지 무라트에게 물었다.

"제 뮤리트입니다. 옐다르라고 합니다." 하지 무라트는 말했다.

"그렇군." 노인은 말하고 옐다르에게 하지 무라트 옆에 있는 펠트 방석을 가리켰다.

옐다르는 책상다리를 하고 앉아 숫양같이 아름다운 눈으로 한창 이야기하는 노인을 바라보았다. 노인은 지난주에 자기네 용감한 젊은이들이 병사 둘을 포로로 잡아 하나는 죽이고 하나는 베데노에 있는 샤밀에게 보냈다고 말했다. 하지 무라트는 그의 말을 흘려들으며 문에서 눈을 떼지 않고 밖에서 들리는 소리에 귀를 기울였다. 사클랴 앞 처마 밑에서 발소리가 들리고 문이 삐걱하며 열리더니 집주인이 들어왔다.

집주인인 사도는 짧은 턱수염에 코가 길쭉하고, 아버지를 부르러 갔다가 사클랴에 들어와 문가에 앉은 열다섯 살 아들처럼 반짝이지는 않지만 역시 검은 눈을 가진 마흔 살쯤 된 사내였다. 그는 문 앞에서 나막신을 벗고, 오랫동안 자르지 않아 덥수룩한 검은 머리 뒤쪽으로 낡은 파파하*를 젖히고는 하지 무라트 앞에 무릎을 꿇고 앉았다.

노인처럼 그도 눈을 감고 두 손바닥을 위로 들어올리고 기도문을 외운 뒤 두 손으로 얼굴을 쓸어내린 후에야 입을 열었다. 그는 사로잡든 죽이든 무조건 하지 무라트를 잡아오라는 샤밀의 명령이 내려졌고, 샤밀의 사자使者들이 어제까지도 이곳에 있었으며, 사람들은 샤밀을 거역하는 것을 두려워하기 때문에 조심해야 한다고 말했다.

"내 집에서는," 사도가 말했다. "내 목숨이 붙어 있는 한 누구도 나의 쿠나크(친구)에게는 아무 짓도 못합니다. 하지만 밖에서는 어떻겠습니까? 우리는 그걸 생각해야 합니다."

하지 무라트는 유심히 들으며 고개를 끄덕였다. 사도가 말을 마치자 그는 말했다.

"좋아. 지금 러시아인들에게 편지를 보내야겠어. 내 뮤리트가 가겠지만, 안내인이 필요하네."

---

* 높은 털모자.

"내 동생 바타를 보내죠." 사도가 말했다. "바타를 데려와라." 그는 아들에게 말했다.

소년은 용수철 튕기듯 바닥에서 일어나 팔을 저으며 재빨리 사클랴를 나갔다. 그리고 십 분쯤 지나 술처럼 소맷부리가 다 해진 실밥 풀린 노란색 체르케스카를 걸치고 다부진 다리에 검은색 노고비치*를 신은 얼굴이 검게 그을린 체첸인과 함께 돌아왔다. 하지 무라트는 새로 들어온 사람에게 인사하고 곧바로 간단히 말했다.

"내 뮤리트를 러시아인들에게 안내할 수 있나?"

"할 수 있습니다." 바타는 빠르고 쾌활하게 말했다. "뭐든 할 수 있습니다. 길안내라면 체첸에서 나를 당할 자가 없죠. 다른 사람도 모두 할 수 있다고 자신할 테지만 사실은 못합니다. 나는 할 수 있습니다."

"좋아." 하지 무라트는 말했다. "수고비로 셋을 주지." 그는 손가락 세 개를 폈다.

바타는 알았다고 고개를 끄덕였고, 자신에게 중요한 것은 돈이 아니며, 명예를 위해 하지 무라트에게 봉사할 각오가 되어 있다고 덧붙였다. 이곳 산에 사는 사람들은 모두 하지 무라트를 알았고, 그가 러시아 돼지 놈들을 어떻게 쳐부쉈는지도 알았다……

"좋아." 하지 무라트는 말했다. "밧줄은 길어야 좋고, 말은 짧아야 좋다."

"네, 그럼 아무 말 않겠습니다." 바타는 말했다.

"아르군강이 절벽을 끼고 굽이지는 숲속 초지에 건초 더미 두 개가

* 레깅스와 유사한 양말.

있다. 알고 있나?"

"압니다."

"거기서 말을 탄 내 사람 셋이 날 기다리고 있다." 하지 무라트는 말했다.

"아아!" 바타가 고개를 끄덕이며 말했다.

"마고마 칸汗*에게 물어라. 마고마 칸은 뭘 해야 하고 무슨 말을 해야 할지 알고 있다. 그를 러시아군 사령관 보론초프 공작**에게 데려다줘. 할 수 있겠나?"

"할 수 있습니다."

"데려다주고 다시 데려와야 한다. 할 수 있겠나?"

"할 수 있습니다."

"데려다주고 다시 숲으로 와야 해. 나는 거기서 기다린다."

"말씀대로 전부 하겠습니다." 바타는 말한 뒤 일어나 두 손을 가슴에 얹고 나갔다.

"게히에도 사람을 보내야 해." 바타가 밖으로 나가자 하지 무라트는 집주인에게 말했다. "게히에서 할 일은." 그는 체르케스카의 호지리***에 손을 넣었다가 두 여자가 사클랴로 들어오는 것을 보자 손을 빼고 입을 다물었다.

한 여자는 사도의 아내로 아까 방석을 깔아준 여윈 중년 여자였다.

---

* 중세에 몽골, 터키, 타타르, 위구르 등에서 통치자를 이르던 존칭.

** S. M. 보론초프(1823~1882). 당시 캅카스 총사령관 M. S. 보론초프의 아들로 쿠린스키 연대장이자 시종무관.

*** 가슴에 단 주머니. 여러 개를 잇대어 달아 탄환을 하나씩 넣을 수 있도록 했다.

또 한 여자는 빨간색 샤로바리에 녹색 베시메트를 입고 은화를 연결한 장식품이 상의 앞을 덮다시피 한 아주 어린 소녀였다. 별로 길지는 않지만 굵고 뻣뻣한 땋은 검정 머리가 여윈 등 두 어깨 사이에 늘어지고 머리끝에는 1루블짜리 은화가 매달려 있었고, 아버지와 동생처럼 까치밥나무 열매같이 까만 두 눈은 진지하려고 애쓰는 소녀의 얼굴에서 즐겁게 반짝이고 있었다. 소녀는 손님들을 쳐다보지 않았지만 그들의 존재는 분명히 의식하고 있었다.

사도의 아내는 둥글고 낮은 작은 탁자에 차와 필리기시*, 버터 바른 블린**, 치즈, 추레크—얇고 평평한 빵—와 꿀을 내왔다. 소녀는 대야와 쿰간***과 수건을 가져왔다.

사도와 하지 무라트는 밑창이 없는 붉은색 추뱌키****를 신은 여자들이 가져온 것을 조용히 손님들 앞에 차리는 동안 침묵을 지켰다. 옐다르도 여자들이 사클랴에 있는 동안은 동상처럼 꿈쩍도 않고 숫양 같은 눈으로 책상다리를 한 자기 다리만 내려다보았다. 여자들이 방을 나가고 부드러운 발소리가 문밖에서 완전히 사라진 뒤에야 옐다르는 안도의 한숨을 내쉬었고, 하지 무라트는 체르케스카의 호지리에서 탄환 하나를 꺼내 그 안에 돌돌 말아 꽂아둔 쪽지를 빼냈다.

"내 아들에게 전해주게." 그는 쪽지를 보이며 말했다.

"답장은 어디로 합니까?" 사도가 물었다.

---

* 고기만두.

** 속을 넣지 않은 러시아식 팬케이크.

*** 주로 손 씻는 물을 담아 쓰는 주전자.

**** 굽 없는 슬리퍼와 유사한 부드러운 가죽신.

"자네에게, 자네가 다시 내게 보내주게."

"잘 알겠습니다." 사도는 대답하고 자기 체르케스카의 호지리에 쪽지를 집어넣었다. 그리고 하지 무라트 앞으로 대야를 옮기고 쿰간을 집어들었다. 하지 무라트는 베시메트의 소매를 걷어올려 근육질의 하얀 팔을 손목 위까지 드러내고 사도가 쿰간으로 부어주는 차갑고 맑은 물줄기 밑으로 내밀었다. 그리고 잘 마른 깨끗한 수건으로 손을 닦고 음식 쪽으로 다가갔다. 엘다르도 똑같이 했다. 손님들이 음식을 먹는 동안 사도는 맞은편에 앉아 그들의 방문에 대해 몇 차례 감사 인사를 했다. 문가에 앉은 소년도 반짝이는 까만 눈을 하지 무라트에게서 떼지 않은 채 자기도 아버지와 같은 마음이라는 듯 미소지었다.

하지 무라트는 하루 넘게 아무것도 먹지 않은 상태였지만 빵과 치즈만 조금 먹었고, 칼집에서 꺼낸 단검으로 꿀을 떠 빵에 발랐다.

"우리 꿀이 잘됐어. 올해는 어느 해보다 좋아서 양도 질도 좋아." 노인은 하지 무라트가 자기 집 꿀을 먹는 모습에 흐뭇해하며 말했다.

"고맙습니다." 하지 무라트는 말하고 상에서 물러났다.

엘다르는 좀더 먹고 싶었지만 그의 뮤르시트*처럼 상에서 물러나 하지 무라트에게 쿰간과 대야를 건넸다.

사도는 샤밀이 하지 무라트와 사이가 틀어진 후 하지 무라트를 맞아들이는 자를 처형한다는 포고를 체첸의 전 주민에게 내렸기 때문에 하지 무라트를 자기 집에 들인 것이 목숨이 걸린 위험한 일이라는 것을 알았다. 아울 주민들이 자기 집에 하지 무라트가 있는 것을 언제든 알

* 이슬람사회에서 스승 또는 지도자.

아채고 그를 내놓으라고 요구할 수 있다는 것도 알았다. 그러나 사도는 개의치 않았을 뿐만 아니라 오히려 기쁘게 생각했다. 목숨이 위태롭기는 하지만 자신에게는 이 손님—쿠나크를 보호할 의무가 있다고 생각했으므로 자신이 해야 할 일을 하고 있다는 데 자부심을 느꼈다.

"당신이 내 집에 있고 내 머리가 두 어깨에 붙어 있는 한 누구도 당신에게 아무 짓도 못합니다." 그는 하지 무라트에게 되풀이했다.

하지 무라트는 사도의 빛나는 두 눈을 주의깊게 바라보고 그 말이 진심이라는 것을 깨닫자, 조금 엄숙하게 말했다.

"자네는 기쁨과 생명을 얻게 될 것이다."

사도는 이 친절한 말에 감사 표시로 한 손을 가만히 가슴에 얹었다.

사도는 사클랴의 덧문을 닫고 난로에 삭정이를 넣은 뒤 아주 기쁘고 흥분된 상태로 쿠나크의 방에서 나와 그의 모든 가족이 사는 사클랴의 딴채로 들어갔다. 여자들은 아직 잠들지 않고 쿠나크 방에 묵는 위험한 손님들에 대해 이야기하고 있었다.

## 2

바로 이날 밤 하지 무라트가 묵던 아울에서 15베르스타* 떨어진 보즈드비젠스카야 전방 요새에서 병사 세 명과 하사관 한 명이 요새를 나와 차흐기린스키예 성문 밖으로 나섰다. 병사들은 당시 캅카스의 병

* 러시아의 길이 단위로, 1베르스타는 약 1.067킬로미터.

사들이 그랬듯이 폴루슈보크*에 파파하를 쓰고, 외투를 돌돌 말아 어깨에 두르고, 무릎까지 올라오는 커다란 장화를 신고 있었다. 그들은 어깨에 총을 메고 길을 따라 오백 걸음쯤 나아가다 이윽고 길을 벗어나 장화로 마른 낙엽을 밟아 부스럭거리며 오른쪽으로 스무 걸음쯤 걸어가 어둠 속에서도 검은 줄기가 보이는 쓰러진 플라타너스 옆에서 멈췄다. 정찰병은 보통 이 플라타너스 근처로 파견되었다.

병사들이 숲속을 걷는 동안 나무 우듬지들을 따라 달리는 것 같았던 환한 별들이 이제는 앙상한 가지들 사이에 멈춰 밝게 빛나고 있었다.

"다행히 말랐군." 파노프 하사관이 긴 총검을 어깨에서 내리며 말하고 찰카닥 소리를 내며 나무에 기대놓았다. 병사 세 명도 똑같이 했다.

"역시 잃어버렸나." 파노프는 화가 난 듯 중얼거렸다. "잊고 왔든가, 길에 떨어뜨렸든가."

"뭘 찾습니까?" 한 병사가 쾌활하고 명랑한 목소리로 물었다.

"파이프, 빌어먹을, 대체 어디 떨어진 거야!"

"물부리는 있습니까?" 명랑한 목소리가 물었다.

"그건 여기 있어."

"그럼 땅에 바로 꽂을까요?"

"뭐, 어디에?"

"우리가 멋지게 해드리죠."

정찰중 흡연은 금지되어 있지만, 이곳은 정찰을 위해서라기보다 산민山民들이 전처럼 몰래 무기를 들여오거나 요새에 총격을 퍼붓는 상

* 양가죽 반외투.

황에 대비할 목적으로 가는 일종의 전초에 가까웠고, 파노프는 흡연을 자제할 필요는 없다고 생각했기 때문에 쾌활한 병사의 제안을 받아들였다. 쾌활한 병사는 주머니에서 칼을 꺼내 땅을 파기 시작했다. 작은 구멍을 파 주변을 평평하게 고른 뒤 구멍에 물부리를 꽂고 둘레에 담배를 꾹꾹 다져넣자 파이프가 완성되었다. 유황성냥은 배를 깔고 엎드린 병사의 광대뼈가 튀어나온 얼굴을 순간적으로 밝히며 타올랐다. 병사가 물부리에 바람을 불어넣자, 파노프는 마호르카*가 타는 기분좋은 냄새를 맡았다.

"잘됐나?" 그가 몸을 일으키며 말했다.

"그렇고말고요."

"훌륭해, 압데예프! 재간둥이 친구로군. 맛 좀 볼까?"

압데예프는 파노프에게 자리를 내주려고 입으로 연기를 내뿜으며 옆으로 굴렀다.

담배를 실컷 피운 뒤 병사들은 이야기를 나누기 시작했다.

"중대장이 다시 금고에 손댄다는 이야기가 있어. 노름하다 잃어서." 한 병사가 느릿한 목소리로 말했다.

"채워놓겠지." 파노프가 말했다.

"그럼요, 훌륭한 장교니까요." 압데예프가 맞장구쳤다.

"훌륭하지, 훌륭하고말고." 이야기를 꺼냈던 병사가 침울한 목소리로 계속했다. "내 생각에는 중대에서 중대장에게 말해야 한다고 봐. 만약 가져갔다면 얼마를 가져갔고 또 언제 갚을지 말하라고."

* 가짓과의 식물로 만든 매운맛 담배.

"그건 중대가 알아서 할 일이야." 파노프가 물부리에서 입을 떼고 말했다.

"당연하죠, 사람 사는 세상은 하나의 커다란 인간과 같은 거니까요." 압데예프가 다시 맞장구쳤다.

"그렇지, 봐, 귀리도 사고 봄에 신을 장화도 장만해야 하니까 돈이 필요한데 그 사람이 돈을 꺼내 써버렸다면……" 병사는 불만스러운 듯이 주장했다.

"말했잖아, 중대가 알아서 할 일이라고." 파노프는 되풀이했다. "처음 있는 일도 아니고, 가져갔다면 채워놓겠지."

당시 캅카스의 각 중대는 자체에서 선발한 병사에게 전체 회계를 맡겼다. 중대는 매달 일인당 6루블 50코페이카를 국고에서 지급받아 자급자족했는데, 양배추를 심고, 건초용 풀을 베었으며, 중대 전용 짐마차도 있었고, 살진 말은 중대의 자랑거리였다. 중대의 돈은 금고에 넣고 열쇠를 중대장이 간수했기 때문에 종종 중대장이 금고의 돈에 손을 대는 일이 있었다. 지금 역시 그런 것이고, 병사들은 그 문제에 대해 말하고 있었다. 우울한 병사 니키틴은 중대장에게 장부를 보자고 요구해야 한다고 말했지만, 파노프와 압데예프는 그럴 필요까지는 없다고 생각했다.

파노프에 이어 니키틴도 담배를 피운 뒤 외투를 바닥에 깔고 앉아 나무에 몸을 기댔다. 병사들은 침묵했다. 머리 위로 나무 우듬지들을 가볍게 흔드는 바람소리만 들렸다. 살랑거리는 조용한 바람소리 속으로 별안간 들개들 짖는 소리, 끽끽대는 소리, 울음소리, 장난치는 소리가 들려왔다.

"아 젠장, 무지하게 울어대는군." 압데예프가 말했다.

"널 비웃나보다, 네 상통이 비뚤어져서." 네번째 병사가 소러시아* 사투리를 쓰며 가느다란 목소리로 말했다.

또다시 사위는 잠잠해졌고, 바람이 나뭇가지를 흔들어 별이 보였다 안 보였다 할 뿐이었다.

"그런데 안토니치**," 쾌활한 압데예프가 갑자기 파노프에게 물었다. "당신도 지겨울 때가 있습니까?"

"지겹긴 뭐가?" 파노프는 마지못한 듯이 대답했다.

"나는 가끔 내가 뭘 해야 할지 모를 정도로 너무 지겹습니다."

"어이구!" 파노프가 말했다.

"너무 지겨워서 돈을 몽땅 털어 술을 마신 적도 있습니다. 될 대로 돼라 하고요. 잔뜩 취해나 보자 하고요."

"하지만 술을 마시면 더 악화될 수도 있어."

"그건 그렇더군요. 하지만 어쩌겠습니까?"

"그런데 왜 그렇게 지겨운가?"

"나요? 집이 그리워서죠."

"잘살았나?"

"부자는 아니었지만 부족함 없이 살았습니다. 잘살았죠."

그리고 압데예프는 이미 여러 번 파노프에게 했던 이야기를 다시 시작했다.

---

* 우크라이나의 전 이름.

** 파노프의 부칭. 러시아의 이름은 이름-부칭-성으로 이루어지며, 주로 이름이나 애칭으로 부르고, 격식을 차릴 때 이름-부칭으로 부른다.

"나는 형 대신에 자원입대했습니다." 압데예프가 말했다. "형에게는 자식이 다섯이나 있었거든요! 나는 그때 막 결혼한 참이었고 말입니다. 어머니가 부탁하셨습니다. 내가 가지 뭐! 그랬습니다. 모두 내 선행을 기억해주겠지 하면서요. 나는 나리에게 갔습니다. 우리 나리는 좋은 분인데 '훌륭하군! 가게' 하셨습니다. 그렇게 형 대신 군대에 왔습니다."

"그래, 잘했어." 파노프가 말했다.

"그런데 믿지 않을지도 모르지만, 안토니치, 나는 지금 지겹기 짝이 없습니다. 게다가 왜 내가 형 대신 온다고 했을까 싶습니다. 형은 지금 왕처럼 사는데 나만 고생이로구나. 그런 생각을 하면 기분이 더 안 좋습니다. 전생에 죄라도 지은 건지."

압데예프는 잠시 말이 없었다.

"담배나 더 피울까요?" 압데예프가 물었다.

"그러지, 준비해!"

그러나 병사들은 담배를 피울 수 없었다. 압데예프가 일어나 다시 물부리를 꽂으려는 순간, 바람에 나뭇가지가 흔들리는 소리 속으로 길가에서 발소리가 들렸다. 파노프는 총을 집어들고 니키틴을 발로 툭 쳤다. 니키틴은 외투를 들고 일어섰다. 세번째로 병사 본다렌코가 일어섰다.

"형제들, 나는 이걸 꿈에서 봤던 것 같아……"

압데예프는 쉿 하며 본다렌코를 제지했고, 병사들은 숨죽인 채 귀를 기울였다. 장화가 아니라 부드러운 신발 소리가 점점 가까워졌다. 낙엽과 삭정이 밟는 소리가 어둠 속에서 점점 더 뚜렷이 들렸다. 이윽고 특유의 목구멍소리로 말하는 체첸인의 말소리가 들렸다. 병사들은 이제 말소리만 들은 것이 아니라 나무들 사이로 빛이 비쳐드는 곳을 통과하는 두 개의 그림자도 보았다. 한 그림자는 키가 작고, 다른 그림자는 그보다 컸다. 그림자가 병사들 옆으로 다가왔을 때, 파노프는 총을 들고 두 동료와 함께 길 쪽으로 나아갔다.

"누구냐?" 그가 소리쳤다.

"민간인 체첸인." 키가 작은 쪽이 대답했다. 바타였다. "총 이오크(없습니다), 칼 이오크." 그는 자기 몸을 가리키며 말했다. "공작을 만나야 합니다."*

키가 큰 쪽은 동료 옆에 말없이 서 있었다. 그도 무기는 지니고 있지 않았다.

"밀사야. 연대장을 만나야 한다는군." 파노프는 동료들에게 설명했다.

"보론초프 공작에게 급한 볼일이 있습니다, 중요한 일입니다." 바타는 말했다.

"알았네, 알았네, 데려다주지." 파노프는 말했다. "그래, 데려다줘, 자네와 본다렌코가 데려다주게." 그는 압데예프에게 말했다. "하지만 당직 장교에게 인도하고 다시 돌아와야 해. 이봐," 파노프는 말했다. "조심해, 반드시 이자들을 앞세워서 가야 해. 이 민머리 놈들은 약삭빠르니까."

"이러면 어떨까요?" 마치 찌르듯이 총검을 휘두르며 압데예프가 말했다. "한 번 푹 찔러주면 숨이 다 빠져버릴 겁니다."

---

* 바타는 '체첸인' '공작' 등의 러시아어를 계속 틀리게 말한다.

"찔러 죽일 거면 뭣하러 데려가나." 본다렌코가 말했다. "자, 가자!"

밀사들과 두 병사의 발소리가 멀어지자 파노프와 니키틴은 자리로 돌아왔다.

"저자들이 이 밤중에 무슨 일로 왔을까요!" 니키틴이 말했다.

"용건이 있겠지." 파노프가 말했다. "그나저나 쌀쌀해지는데" 하고 덧붙이고 그는 외투를 펴 뒤집어쓰고 나무에 기대앉았다.

한두 시간 후 압데예프와 본다렌코가 돌아왔다.

"그래, 넘겼나?" 파노프가 물었다.

"넘겼습니다. 연대장께서 아직 주무시기 전이라 곧바로 넘겼습니다. 그런데 말입니다, 형제여, 그 민머리 놈들은 좋은 사람들이었습니다." 압데예프는 말을 이었다. "참말입니다! 나는 그 사람들과 많은 이야기를 나눴습니다."

"네가 말이 많다는 건 모르는 사람이 없지." 니키틴이 불만스러운 듯이 말했다.

"정말 러시아인과 똑같았어. 한 사람은 결혼을 했더군. 마루시카(마누라), 바르(있나)? 이렇게 물으니까—바르. 바란추크(자식), 바르? 하니까—바르. 많냐?—둘. 이렇게 이야기가 잘 오갔어. 좋은 사람들이야."

"좋긴 뭐가 좋아," 니키틴이 말했다. "너 혼자 그놈들과 마주쳤다면 네 창자를 후벼버렸을 거다."

"곧 날이 새겠군." 파노프가 말했다.

"네, 별이 사라지기 시작했습니다." 압데예프가 앉으며 말했다.

병사들은 다시 조용해졌다.

## 3

병사兵舍와 막사의 창문들은 이미 오래전에 어두웠지만, 요새의 가장 좋은 집 한 곳만은 모든 창문에 불이 켜져 있었다. 총사령관의 아들이자 쿠린스키 연대장인 시종무관 세묜 미하일로비치 보론초프 공작의 숙사였다. 보론초프는 페테르부르크에서도 유명한 미인인 아내 마리야 바실리예브나와 함께 캅카스의 이 작은 요새에서 예전의 어느 사령관보다 호화스럽게 살고 있었다. 보론초프에게나 특히 그의 아내에게는 이곳의 생활이 검소할 뿐만 아니라 턱없이 부족하다고 느껴졌으나, 이곳 주민들에게 그들의 호화로운 생활은 더없이 놀라울 뿐이었다.

자정인 지금 이 부부는 방 전체에 양탄자가 깔리고 육중한 커튼이 드리워진 커다란 객실에서 네 개의 촛불을 밝힌 카드테이블 앞에 앉아 손님들과 카드놀이를 하고 있었다. 카드놀이를 하는 사람 중 하나는 시종무관 모노그램*에 견식을 늘어뜨린 금발에 얼굴이 긴 집주인 보론초프였고, 그의 파트너는 페테르부르크 대학교 졸업생으로 최근 보론초바 공작부인이 첫 남편에게서 얻은 어린 아들의 가정교사로 초빙한 덥수룩한 머리에 우울한 표정의 청년이었다. 그들의 상대는 두 장교였는데, 근위대에서 전속해 온 혈색 좋은 넓적한 얼굴의 폴토라츠키** 중대장과, 잘생긴 얼굴에 차가운 표정을 띠고 꼿꼿하게 앉아 있는 연대 부관이었다. 통통한 몸에 커다란 눈, 검은 머리의 미인 공작부인 마리

* 두 개 이상의 글자를 합쳐 한 글자 모양으로 도안한 것.

** V. A. 알렉세예비치(1828~1889). 쿠린스키 연대 장교로 나중에 장군이 된다. 톨스토이는 이 소설을 집필할 때 그의 회고록을 참고했다.

야 바실리예브나는 스커트가 폴토라츠키의 다리에 닿을 만큼 가까이 앉아 그의 카드를 들여다보고 있었다. 그녀의 말투와 시선과 미소, 몸짓 하나하나, 몸에서 풍기는 향기에 폴토라츠키는 그녀가 옆에 있다는 사실 외에 다른 모든 것을 잊고 실수를 거듭하는 바람에 파트너를 점점 짜증나게 했다.

"안 돼, 그럼 안 돼! 또 에이스를 망치면 어쩌자는 건가!" 폴토라츠키가 에이스를 내놓자 부관은 얼굴을 온통 붉히며 말했다.

폴토라츠키는 잠에서 깬 것처럼 미간이 넓은 선량한 검은 눈으로 이해가 가지 않는다는 듯이 부관의 불만 가득한 얼굴을 바라보았다.

"용서해주세요!" 마리야 바실리예브나는 미소지으며 말했다. "보세요, 내가 말했잖아요." 그녀는 폴토라츠키에게로 몸을 돌렸다.

"당신은 그런 말을 하지 않았는데요." 폴토라츠키는 웃는 얼굴로 말했다.

"하지 않았다고요?" 그녀는 말하고 다시 미소지었다. 응답하는 그 미소에 폴토라츠키는 몹시 기쁘고 흥분되어 얼굴이 벌게진 채 카드를 움켜잡고 섞기 시작했다.

"자네 차례가 아니야!" 부관은 단호하게 말하고 마치 조금이라도 빨리 이것을 그만하고 싶다는 듯이 반지 낀 하얀 손으로 카드를 돌리기 시작했다. 그때 공작의 시종이 객실에 들어와 당직 장교가 접견을 청한다고 알렸다.

"실례하겠네, 여러분." 보론초프는 러시아어에 영어 악센트를 넣어 말했다. "당신이 나 대신 좀 해줘, *마리**."

"괜찮겠어요?" 실크 옷자락 스치는 소리가 들리고 공작부인이 허리를 펴며 빠르고 가뿐하게 일어나 행복한 여자의 빛나는 미소를 지으며 물었다.

"나는 언제나 찬성입니다." 부관은 카드놀이를 전혀 할 줄 모르는 공작부인이 상대가 된다는 생각에 매우 기뻐하며 말했다. 폴토라츠키는 두 손을 펼쳐 보이며 그저 미소만 지었다.

3판 승부가 끝날 무렵 공작이 유쾌하고 상기된 얼굴로 객실로 돌아왔다.

"내가 한 가지 제안을 할까 하는데, 뭔지 알겠나?"

"뭔데요?"

"샴페인을 마셔야겠어."

"그것이라면 언제든 좋습니다." 폴토라츠키가 말했다.

"좋습니다, 아주 좋습니다." 부관이 말했다.

"바실리! 가져오게." 공작이 말했다.

"무슨 일로 당신을 찾아온 거예요?" 마리야 바실리예브나가 물었다.

"당직 장교와 한 사람이 더 있었어."

"누구요? 왜 온 거예요?" 마리야 바실리예브나가 빠르게 물었다.

"말할 수 없어." 보론초프는 어깨를 으쓱하며 말했다.

"말할 수 없다니요." 마리야 바실리예브나는 되풀이했다. "곧 알게 되겠죠."

샴페인을 가져왔다. 손님들은 잔에 따라 마시고, 카드놀이를 끝내고 셈을 마친 뒤 작별 인사를 하기 시작했다.

---

* 마리야를 프랑스어로 부른 것.

"자네 중대가 내일 숲으로 출동하는 건가?" 공작은 폴토라츠키에게 물었다.

"그렇습니다. 왜 그러십니까?"

"자, 내일 또 만나세." 공작이 가볍게 미소지으며 말했다.

"정말 기쁩니다." 폴토라츠키는 마리야 바실리예브나의 크고 하얀 손을 곧 잡는다는 데 정신이 팔려 보론초프의 말을 건성으로 들으며 말했다.

마리야 바실리예브나는 언제나처럼 폴토라츠키의 손을 꼭 쥐었을 뿐만 아니라 힘주어 흔들기까지 했다. 그리고 카드놀이 때 그가 다이아몬드카드로 했던 실수를 상기시키고는 매력적인 미소를, 폴토라츠키가 보기에 애정 어린 의미심장한 미소를 던졌다.

폴토라츠키는 황홀한 기분에 젖어 집으로 돌아왔는데, 상류사회에서 태어나 자라고 교육받은 그와 같은 사람이 수개월 동안 외로운 군 생활을 한 뒤 같은 계층의 여자를 만났을 때 느끼는 기분, 그런 사람만이 알 수 있는 기분이었다. 그것도 보론초바 공작부인 같은 여자를.

그는 동료와 함께 지내는 숙사로 돌아와 출입문을 밀었으나 잠겨 있었다. 문을 두드려보았다. 열리지 않았다. 화가 치민 그는 발로 문을 걷어차고 검으로 두드리기 시작했다. 문 안쪽에서 발소리가 들리고 폴토라츠키의 하인인 농노 바빌로가 빗장을 풀었다.

"왜 잠가놨어?! 멍청한 놈!"

"어떻게 안 잠급니까, 알렉세이 블라디미르……"

"또 취했나! 내가 네놈에게 본때를 보여주지……"

폴토라츠키는 바빌로를 때리려다가 마음을 바꿨다.

"에잇, 망할 자식. 촛불이나 켜."

"잠깐만 계십시오."

바빌로는 정말 취해 있었는데, 병참부 하사관 본명 축일* 자리에 가서 술을 마신 것이었다. 그는 집에 돌아오자 자신과 병참부 하사관 이반 마케이치의 인생을 비교하며 생각해보았다. 이반 마케이치는 일정한 수입이 있고, 결혼을 했고, 일 년 후 제대라서 마음이 부풀어 있었다. 바빌로는 어릴 때 입양되어 지주에게 봉사하는 하인이 된 이래 마흔을 훌쩍 넘긴 지금까지 결혼도 못하고 방탕한 주인을 모시며 군생활을 하고 있었다. 선량한 주인이고 매질도 하지 않지만, 얼마나 처량한 삶인가! '주인은 캅카스에서 돌아가면 자유의 몸으로 풀어준다고 약속했다. 하지만 자유를 얻는다 한들 어디에 가서 산단 말인가. 개 같은 인생이다!' 바빌로는 생각했다. 그러다가 졸음이 오자, 누군가 몰래 들어와 뭔가 훔쳐갈지 모른다는 생각이 들어 빗장을 걸고 잠이 든 것이었다.

폴토라츠키는 동료 티호노프와 함께 쓰는 방으로 들어갔다.

"어떻게 됐어, 잃었나?" 티호노프가 잠에서 깨어 말했다.

"아니, 17루블 따고 클리코**까지 한 병 마셨네."

"그럼 마리야 바실리예브나도 봤나?"

"마리야 바실리예브나도 봤지." 폴토라츠키는 되풀이했다.

"조금 있으면 일어나야 할 시간이야." 티호노프는 말했다. "여섯시

---

* 그리스정교나 가톨릭에서는 자기와 동명인 성자의 축일을 생일처럼 지낸다.

** 샴페인 브랜드명.

에는 출발해야 하니까."

"바빌로," 폴토라츠키는 외쳤다. "알겠지, 내일 다섯시에 나를 깨워 줘."

"어떻게 깨우겠습니까, 절 때리려 드실 텐데."

"난 깨우라고 말했어. 알겠나?"

"알겠습니다."

바빌로는 주인의 장화와 옷을 들고 나갔다.

폴토라츠키는 침대에 누워 미소를 띤 채 담배를 피워 물고 촛불을 껐다. 그는 어둠 속에서 마리야 바실리예브나의 웃는 얼굴을 보았다.

보론초프의 집에서도 아직 잠자리에 들지 않았다. 손님들이 떠나자 마리야 바실리예브나는 남편에게 다가가 걸음을 멈추고 프랑스어로 엄중히 말했다.

"*자, 무슨 일인지 말해볼래요?*"

"*하지만, 내 사랑……*"

"*'내 사랑' 같은 말 하지 마요! 그건 밀사예요, 맞죠?*"

"*어쨌든 나는 말할 수 없어.*"

"*말할 수 없다고요? 그럼 내가 말하죠!*"

"*당신이?*"

"하지 무라트죠? 그렇죠?" 공작부인은 이미 며칠 전 남편과 하지 무라트의 협상에 관해 들었기 때문에 그가 남편을 만나러 왔을 거라 짐작했다.

보론초프는 아내의 짐작을 부정하지 못했는데, 찾아온 사람이 하지 무라트 본인이 아니라 내일 벌채하기로 예정된 곳으로 하지 무라트가 찾아온다는 것을 알리러 온 밀사라고 설명하자, 그의 아내는 실망하고 말았다.

요새의 단조로운 생활 속에서 젊은 보론초프 일가—남편과 아내—는 이 사건이 무척 반가웠다. 그의 아버지가 이 소식을 들으면 얼마나 기뻐할까 같은 이야기를 하다 남편과 아내는 두시가 넘어서야 잠자리에 들었다.

## 4

샤밀이 보낸 뮤리트들을 피해 도망치느라 사흘을 뜬눈으로 보낸 하지 무라트는 사도가 편히 자라는 인사를 하고 사클랴에서 나가자마자 잠이 들었다. 그는 옷도 벗지 않은 채, 집주인이 그에게 받쳐준 빨간 깃털 베개 위에 팔베개를 하고 잠들었다. 엘다르는 그와 조금 떨어져 벽 근처에 누워 잠이 들었다. 엘다르는 등을 바닥에 대고 누워 건장하고 젊은 팔다리를 대자로 뻗고 있었는데, 흰색 체르케스카에 검은색 호지리가 달린 그의 커다란 가슴은 베개에서 떨어진, 민 지 얼마 되지 않은 푸르스름한 머리보다 높았다. 아이처럼 살짝 솜털이 덮이고 조금 튀어나온 윗입술은 뭔가를 빠는 듯 오므려졌다 벌어졌다 했다. 그도 하지 무라트와 마찬가지로 옷도 벗지 않은 채 권총과 단검을 허리에 차고 있었다. 사클랴의 벽난로 안 삭정이는 거의 다 타버려 벽난로 위의 작은 등잔 불빛만 희미하게 비쳤다.

한밤중에 쿠나크의 방문이 삐걱거리자, 하지 무라트는 즉시 일어나 권총을 잡았다. 흙바닥을 부드럽게 디디며 방으로 들어온 사람은 사도였다.

"무슨 일인가?" 하지 무라트는 전혀 자던 사람 같지 않은 힘찬 목소리로 물었다.

"생각해봐야 합니다." 사도가 하지 무라트 앞에 쪼그려 앉으며 말했다. "당신이 여기 오는 걸 한 여자가 지붕에서 보고," 그는 말했다. "남편에게 말했고 지금은 아울 사람들이 다 알게 됐습니다. 방금 이웃 여자가 와서 내 아내에게 말하는데 노인들이 모스크에 모여 당신을 억류하기로 했다고 합니다."

"떠나야겠군." 하지 무라트는 말했다.

"말은 준비해뒀습니다." 사도는 말하고 급히 사클라를 나갔다.

"옐다르." 하지 무라트가 속삭였고, 옐다르는 부르는 소리를 듣자, 무엇보다 그것이 뮤르시트의 목소리라는 것을 알자 강한 두 발로 뛰어오르듯 일어나 파파하를 단정히 했다. 하지 무라트는 부르카 위에 무기를 찼다. 옐다르도 똑같이 했다. 두 사람은 말없이 사클라에서 처마 밑으로 나왔다. 까만 눈의 소년이 말들을 끌고 왔다. 잘 다져진 길을 따라 말발굽 소리가 울리자 이웃 사클랴 문에서 누군가 머리를 내밀었고, 한 사람이 나막신 소리를 울리며 모스크가 있는 언덕을 향해 달려갔다.

달은 없었지만 캄캄한 밤하늘에 별들이 밝게 빛나고, 어둠 속에서 사클랴 지붕들이 윤곽을 드러내고, 모스크의 첨탑은 아울의 다른 건물들 위로 한층 높이 솟아 더욱 뚜렷이 보였다. 모스크 쪽에서 사람들이 웅성거리는 소리가 들렸다.

하지 무라트는 재빨리 소총을 움켜잡고 좁은 등자에 한 발을 올리고 소리도 없이 순식간에 몸을 날려 높은 안장의 언치*에 사뿐히 올라탔다.

"신의 축복을 빌겠네!" 하지 무라트는 익숙한 동작으로 오른발을 다른 쪽 등자에 올린 뒤 집주인을 바라보며 말하고, 말을 잡고 있던 소년을 옆으로 비키게 하려고 채찍으로 가볍게 그를 건드렸다. 소년이 비켜서자, 말은 이미 자기 할 일을 안다는 듯 큰길로 이어지는 골목길을 힘차게 나아갔다. 옐다르가 뒤따르고, 슈바**를 입은 사도는 양손을 재빠르게 휘두르며 좁은 길 이쪽저쪽을 가로지르며 달리다시피 말을 몰았다. 골목 어귀에서 길을 가로지르는 그림자가 나타나고, 이윽고 또 다른 그림자가 나타났다.

"서라! 누구냐? 멈춰!" 한 목소리가 외치고, 몇 명이 길을 막아섰다.

하지 무라트는 멈추지 않고 허리띠에서 권총을 뽑아든 채 길을 막고 선 사람들 앞으로 더 빠르게 달려갔다. 길에 서 있던 사람들이 흩어졌고, 하지 무라트는 뒤도 돌아보지 않고 측대보***로 성큼성큼 길을 따라 달려내려갔다. 옐다르도 속보로 그를 뒤따라 달렸다. 뒤에서 두 발의 총성이 울리고 총알이 귓가를 스쳐갔지만 하지 무라트도 옐다르도 맞지 않았다. 하지 무라트는 같은 속도로 계속 달렸다. 삼백 걸음쯤 간 뒤에야 그는 헐떡이는 말을 세우고 귀를 기울였다. 앞쪽 골짜기에서는

---

* 안장 밑에 까는 방석이나 담요.

** 모피 외투.

*** 말의 같은 쪽 앞발과 뒷발이 동시에 움직이는 것. 이 상태에서는 상하로 출렁이는 반동이 거의 없다.

급류가 요란하게 흐르고 있었다. 뒤쪽 아울에서는 수탉들이 서로 울어대고 있었다. 이 소리들 속으로 하지 무라트를 추격하는 사람들이 웅성거리는 소리와 말발굽 소리가 들려왔다. 하지 무라트는 말에 박차를 가해 일정한 속도로 나아가기 시작했다.

쫓아오던 사람들이 빠른 속도로 달려와 이내 하지 무라트를 따라잡았다. 말 탄 사람은 스무 명쯤 되었다. 하지 무라트를 붙잡든, 적어도 자신들의 결백을 위해 그를 붙잡으려 했었다는 것을 샤밀에게 보여주든 해야 한다고 결의한 아울 사람들이었다. 그들이 어둠 속에서도 분간될 만큼 가까이 다가오자 하지 무라트는 말을 멈춰 고삐를 놓고, 익숙한 동작으로 소총 덮개를 왼손으로 열고 오른손에 소총을 뽑아들었다. 엘다르도 똑같이 했다.

"뭘 원하나?" 하지 무라트는 외쳤다. "날 잡는 건가? 그럼, 잡아봐!" 그러고는 소총을 치켜들었다. 아울 사람들은 멈칫했다.

하지 무라트는 소총을 든 채 골짜기로 내려가기 시작했다. 말 탄 사람들은 거리를 두고 그를 쫓았다. 하지 무라트가 골짜기의 다른 쪽으로 건너가자, 뒤쫓던 말 탄 사람들은 할말이 있다며 소리치기 시작했다. 하지 무라트는 대답 대신 소총을 한 방 쏘고 질주했다. 그가 말을 멈췄을 때는 이미 그를 쫓는 사람들 소리도 수탉 울음소리도 들리지 않았고, 숲속을 흐르는 물소리 사이로 간간이 올빼미 우는 소리만 들렸다. 검은 숲의 벽이 아주 가까이에 있었다. 그의 뮤리드들이 기다리고 있는 숲이었다. 숲에 이르자 하지 무라트는 말을 멈춰 세우고는 가슴 가득 숨을 들이마시고 휘파람을 분 뒤, 숨을 죽이고 귀기울였다. 잠시 후 비슷한 휘파람 소리가 숲에서 들려왔다. 하지 무라트는 길을 벗어나 숲으로 들어갔다. 백 걸음쯤 걸어가자 나무줄기들 사이로 모닥불이 보이고, 불 옆에 앉아 있는 사람들 그림자, 몸의 절반에 불빛이 어른거리는 말이 안장이 놓인 채 매여 있는 모습도 보였다.

모닥불가에 앉아 있던 사람들 중 하나가 재빨리 일어나더니 하지 무라트에게 다가가 말고삐와 등자를 잡았다. 하지 무라트의 의제義弟이자 집안일을 관리해주는 아바르인 하네피였다.

"불을 끄게." 하지 무라트가 말에서 내리며 말했다. 사람들은 모닥불을 헤집어 타고 있던 삭정이를 발로 밟기 시작했다.

"바타가 여기 왔었나?" 하지 무라트는 땅바닥에 깔아놓은 부르카 쪽으로 걸어가며 물었다.

"네, 마고마 칸과 함께 진작 떠났습니다."

"어느 길로 갔나?"

"이쪽 길입니다." 하네피가 하지 무라트가 왔던 반대쪽 길을 가리키며 대답했다.

"알았네." 하지 무라트는 소총을 내려 장전하기 시작했다. "경계해야 해, 나를 쫓고 있었어." 하지 무라트가 불을 끄던 남자를 돌아보며 말했다.

그는 체첸인 감잘로였다. 감잘로는 부르카를 깐 곳으로 가 그 위에 놓아둔 덮개 씌운 소총을 집어들더니 아무 말도 하지 않고 하지 무라트가 말을 타고 지나왔던 숲의 가장자리로 걸어갔다. 엘다르도 말에서 내려 하지 무라트의 말고삐를 잡고 두 말의 대가리를 쳐들어 나무에 줄을 묶고는 감잘로와 마찬가지로 어깨에 소총을 메고 숲의 다른 쪽 가장자리로 갔다. 모닥불이 꺼지자 숲은 아까처럼 칠흑 같지 않았고,

하늘의 별이 희미하게 반짝였다.

하지 무라트는 별을 올려다보고 벌써 묘성昴星이 중천에 뜬 것을 보자 이미 자정도 지나 밤 기도 시간을 넘긴 지 오래되었다고 생각했다. 그는 하네피가 언제나 배낭에 가지고 다니는 쿰간을 받아 부르카를 걸치고 물가로 갔다.

하지 무라트는 신을 벗고 재계한 후, 바닥에 부르카를 깔고 맨발로 올라 무릎을 꿇고 앉아 두 손을 귀에 대고 눈을 감은 채 동쪽을 향해 평상시의 기도문을 외웠다.

기도를 마친 그는 안장주머니를 놓아둔 자기 자리로 돌아왔고, 부르카에 앉아 무릎에 팔꿈치를 괴고 고개 숙인 채 생각에 잠겼다.

하지 무라트는 언제나 자신의 행운을 믿었다. 어떤 일을 시작하더라도 성공할 거라고 굳게 믿었고, 언제나 행운이 따라주었다. 격동하는 군생활 동안 몇 번의 드문 경우를 제외하고는 언제나 그랬다. 그는 이번에도 그렇게 되길 바랐다. 보론초프가 내준 군대를 이끌고 가 샤밀과 싸우고, 샤밀을 포로로 잡아 데려가는 것으로써 복수하고, 러시아 차르*에게 포상을 받고, 자신이 아바르뿐만 아니라 체첸 전체를 정복하는 것을 상상해보았다. 그런 생각을 하다 그는 어느새 잠이 들었다.

그는 용맹한 뮤리트들과 함께 '하지 무라트가 왔다'고 외치고 노래하며 샤밀에게 쳐들어가 샤밀과 그 아내들을 포로로 붙잡고 그녀들이 울부짖는 꿈을 꾸었다. 눈을 떴다. 그는 〈라 일라하〉**도, '하지 무라트가 왔다'는 외침도, 샤밀의 아내들이 울부짖는 소리도 모두 들개들이

---

* 제정러시아의 황제 칭호.

** '라 일라하 일 알라'로, 알라 외에 다른 신은 없다는 뜻의 아라비아어.

울고 짓까부는 소리였다는 것을 깨달으며 잠에서 깨어났다. 하지 무라트는 고개를 들어 나무줄기들 사이로 이미 밝은 동녘 하늘을 바라보고, 조금 떨어져 앉아 있는 뮤리트에게 마고마 칸에 대해 물었다. 마고마 칸이 아직 돌아오지 않은 것을 확인하자 그는 고개를 떨어뜨리고 이내 다시 꾸벅꾸벅 졸기 시작했다.

바타와 함께 사자使者로서 일을 끝내고 돌아온 마고마 칸의 활발한 목소리가 하지 무라트를 잠에서 깨웠다. 마고마 칸은 곧바로 하지 무라트 옆으로 와 앉더니 러시아 군인들을 만났고, 그들이 공작에게로 안내해주었고, 자신이 공작과 직접 이야기를 나누었고, 공작이 기뻐했으며, 내일 아침 러시아인들이 벌채하기로 예정한 미치크 뒤쪽 샬린스카야 숲속 초지에서 만나기로 했다고 이야기했다. 바타는 이따금 동료의 말을 가로채고 자기가 한 일의 세부사항을 덧붙였다.

하지 무라트는 러시아군에 가담한다는 자신의 제안에 보론초프가 어떤 대답을 주었는지 자세히 물었다. 마고마 칸과 바타는 공작이 하지 무라트를 손님으로서 잘 예우할 것을 약속했다고 대답했다. 하지 무라트는 길에 대해서도 자세히 물었고, 마고마 칸이 자기가 길을 잘 아니까 직접 안내하겠다고 말하자, 돈을 꺼내 바타에게 약속했던 3루블을 건넨 뒤 뮤리트들에게는 각자의 안장주머니에서 황금으로 세공된 무기와 파파하와 터번을 채비하고 단정한 모습으로 러시아인들을 맞으라고 명령했다. 무기와 안장과 마구를 닦고 말을 씻기는 동안 별들이 점차 사라지고 동이 트며 차가운 새벽바람이 불기 시작했다.

# 5

아직 어두운 이른 아침, 폴토라츠키의 인솔 아래 2개 중대 병사들이 도끼를 들고 차흐기린스키예 성문에서 10베르스타 떨어진 곳으로 갔고, 저격병들이 산병선에 정렬하고, 날이 밝자 곧바로 벌채를 시작했다. 여덟시쯤 모닥불 속에서 슉슉 툭툭 하며 타는 생나뭇가지의 향기로운 연기와 합쳐진 안개가 서서히 걷히자, 안개 때문에 다섯 걸음만 떨어져도 서로 보지 못하고 목소리만 듣던 벌목꾼들은 나무들이 뒹구는 숲을 가로질러 난 길과 모닥불을 볼 수 있게 되었다. 태양은 안개 속에서 밝은 점으로 나타났다가 다시 모습을 감췄다. 길에서 얼마 떨어지지 않은 숲속 빈터에 폴토라츠키와 하급 사관 티호노프, 제3중대의 장교 두 명, 폴토라츠키의 견습사관학교 동기이자 기병 근위 장교로 복무하다 결투 사건을 일으켜 강등된 프레제 남작이 각기 북 위에 앉아 있었다. 북들 주위에는 음식을 쌌던 종이와 담배꽁초, 빈병들이 널려 있었다. 장교들은 보드카를 마시고, 음식을 먹고, 흑맥주도 마셨다. 고수가 여덟번째 술병을 땄다. 폴토라츠키는 잠이 부족했지만, 위험천만한 곳에서 병사들이나 동지들 사이에 있을 때 언제나 그렇듯 정신력이 고양되는 기분과 평온한 유쾌함을 느끼고 있었다.

장교들 사이에서는 최근 들려온 슬렙초프 장군의 죽음에 대한 이야기가 활발히 오갔다. 이 장군의 죽음에서 삶의 가장 중요한 순간, 즉 삶의 끝과 근원으로의 회귀를 보는 사람은 아무도 없었고, 다만 검을 들고 산민들을 닥치는 대로 베어죽인 장교의 용맹함만을 볼 뿐이었다.

비록 이 자리에 있는 모두가, 특히 실전에 참가한 장교들은 당시 캅카스의 전쟁은 말할 것도 없고 검을 들고 싸우는 백병전이라는 것이 어느 곳에서도 실제로는 존재하지 않는다는 것을 알고 있고 또 알게도 되었지만(설령 검과 총검을 들고 싸우는 백병전이 있었다 해도 그것은 언제나 도망치는 적병을 찌르고 베는 데 불과했다), 사람들이 꾸며내고 묘사하는 그런 백병전은 그들에게 조용한 자부심과 유쾌함을 주었고, 그들은 그런 기분에 젖어 어떤 자는 대담한 자세로, 어떤 자는 반대로 북 위에 아주 겸손한 자세로 앉아 슬렙초프처럼 언제 자신에게 닥칠지 모르는 죽음에 대한 걱정 없이 담배를 피우고 술을 마시며 농담을 했다. 그리고 실제로 대화 도중 마치 그들의 기대에 부응하기라도 하듯 길 왼편에서 소총의 활기차고 아름다운 총성이 날카롭게 울려 퍼졌고, 총알은 경쾌하게 휘파람 소리를 내며 안개 자욱한 허공 어딘가를 날아가 나무에 박혔다. 적의 총격에 응사하는 보총步銃들의 큰 총성이 몇 발 울렸다.

"이런!" 폴토라츠키는 명랑한 목소리로 외쳤다. "산병선을 넘어왔어! 어이 형제, 코스탸*." 그는 프레제에게 말했다. "자네 운이 좋군. 중대로 가게. 이제 우리는 멋진 전투를 할 거야! 그런 뒤에 상황을 보고할 걸세."

강등된 남작은 훌쩍 일어나 연기에 싸인 자기 중대 쪽으로 빠르게 걸어갔다. 카바르다**산産 작은 흑갈색 말이 폴토라츠키 앞으로 끌려오자 그는 말에 올라타 중대를 정렬시킨 뒤 총성이 울린 산병선으로 갔다. 산병선은 나무 한 그루 없는 비탈진 골짜기, 숲 가장자리에 있었

* 프레제 남작의 이름인 콘스탄틴의 애칭.

** 북캅카스의 지명.

다. 바람이 숲 쪽으로 불어 비탈진 골짜기뿐만 아니라 그 건너편까지도 선명하게 보였다.

폴토라츠키가 산병선으로 다가갔을 때 안개 속에서 태양이 얼굴을 내밀어 100사젠*쯤 떨어진 맞은편 골짜기 위 작은 숲에 있는 기마병들이 눈에 들어왔다. 하지 무라트를 추격해 온 체첸인들로, 하지 무라트가 러시아군에게 넘어가는지 확인하러 온 것이었다. 그중 한 사람이 산병선을 향해 총을 쏘았다. 산병선의 병사들도 응사했다. 그들은 체첸인들이 후퇴하자 사격을 멈췄다. 그러나 폴토라츠키가 중대를 끌고 와 발사 명령을 내리자, 그 즉시 산병선 전체에 활기차고 유쾌한 총성이 아름답게 퍼지는 초연과 함께 쉼없이 들려왔다. 병사들은 기분 전환거리가 생겨서 기쁜 듯 급히 장전하고 연발로 쏘았다. 체첸인들은 분명 약이 오른 듯 전진하며 병사들을 향해 총을 쏘아댔다. 그중 한 발이 병사에게 명중했다. 비밀 정찰을 나갔던 압데예프였다. 동료들이 다가갔을 때 압데예프는 엎드린 채 두 손으로 부상당한 복부를 누르며 규칙적으로 경련하고 있었다.

"내가 막 총을 장전하려는데 팍 하는 소리가 들렸어." 압데예프의 동료 병사가 말했다. "그래서 봤더니, 이 사람이 총을 떨어뜨린 거야."

압데예프는 폴토라츠키의 중대원이었다. 폴토라츠키는 병사들이 모여 있는 것을 보고 그들에게 말을 몰고 갔다.

"어이, 형제, 무슨 일인가?" 그는 물었다. "어디야?"

압데예프는 대답이 없었다.

---

* 러시아의 거리 단위로, 1사젠은 약 2.13미터.

“중대장님, 제가 막 총을 장전하려고 하는데,” 압데예프의 동료 병사가 말했다. “팍 하는 소리가 들려서 봤더니, 이 사람이 총을 떨어뜨리고 있었습니다.”

“쯧쯧.” 폴토라츠키는 혀를 찼다. “어떤가, 많이 아픈가, 압데예프?”

“아프지는 않은데 걸을 수가 없습니다. 술 좀 주십시오, 중대장님.”

보드카, 그러니까 캅카스에서 병사들이 주로 마시는 알코올을 누군가 가져오자, 파노프는 술을 따른 뚜껑을 잔뜩 찌푸린 얼굴로 압데예프의 입에 댔다. 압데예프는 입을 대려다 곧 손으로 뚜껑을 밀쳤다.

“속에서 받질 않습니다.” 그는 말했다. “당신이 마셔요.”

파노프는 단숨에 알코올을 들이켰다. 압데예프는 다시 일어나려고 해보다가 또 쓰러졌다. 병사들은 외투를 깔고 압데예프를 눕혔다.

“중대장님, 연대장님이 오셨습니다.” 하사관이 폴토라츠키에게 말했다.

“좋아, 그럼 자네가 수습하게.” 폴토라츠키는 말하고, 보론초프를 맞으러 채찍을 휘두르며 속보로 갔다.

보론초프는 영국산 순종 밤색 종마를 타고 연대 부관과 카자크, 체첸인 통역과 함께 오고 있었다.

“무슨 일인가?” 그는 폴토라츠키에게 물었다.

“적의 일대가 산병선에 총격을 해왔습니다.” 폴토라츠키가 말했다.

“그래, 자네가 시작했겠지.”

“그런 게 아닙니다, 공작.” 폴토라츠키는 미소지으며 대답했다. “그들이 먼저 덤벼들었습니다.”

“병사 한 명이 부상당했다고?”

"네, 상당히 유감스럽습니다. 훌륭한 병사입니다."

"중상인가?"

"그런 것 같습니다. 복부를 맞았습니다."

"그건 그렇고, 자네는 내가 지금 어디 가는지 아나?" 보론초프가 물었다.

"모릅니다."

"짐작도 못하겠나?"

"그렇습니다."

"하지 무라트가 왔고, 곧 우리와 만나게 될 걸세."

"설마 그럴 리가요!"

"어제 그가 보낸 밀사가 왔었어." 보론초프는 기쁨의 미소를 억누르며 말했다. "지금 샬린스카야 숲속 초지에서 나를 기다리고 있을 거야. 그러니까 자네는 초지까지 저격병들을 배치한 뒤에 나에게 오게."

"알겠습니다" 하고 폴토라츠키는 파파하에 손을 올려 경례하고 자기 중대로 갔다. 그는 직접 산병선 오른쪽에 저격병들을 배치하고, 왼쪽은 하사관에게 배치하라고 명령했다. 한편 부상병은 네 명의 병사에게 실려 요새로 갔다.

폴토라츠키가 이미 보론초프에게 돌아가고 있을 때, 뒤에서 자신을 향해 오는 기마병들이 보였다. 그는 말을 세우고 그들을 기다렸다.

흰색 체르케스카를 입고 파파하 위에 터번을 두르고 황금으로 장식된 검을 찬 위풍당당한 모습의 남자가 흰말을 타고 다가왔다. 하지 무라트였다. 그는 폴토라츠키에게 다가와 타타르어로 뭔가 말했다. 폴토라츠키는 눈썹을 치켜뜨고 알아듣지 못했다는 표시로 두 손을 벌리고 미소를 지었다. 하지 무라트도 미소로 응답했고, 그의 아이 같은 선량한 미소에 폴토라츠키는 당황했다. 폴토라츠키는 그 무시무시한 산민이 이런 자일 거라고는 전혀 예상하지 못했다. 그는 하지 무라트가 냉혹하고 음울한 사람이리라 예상했지만, 지금 눈앞에 있는 사람은 마치 오랜 친구처럼 선량한 미소를 지으며 그를 바라보고 있었다. 다만 한 가지 특별한 것은 뚫어질 듯 세심하고 침착하게 다른 사람들을 바라보는 미간이 넓은 두 눈이었다.

하지 무라트의 수행원은 넷이었다. 그중에는 어젯밤 보론초프에게 다녀간 마고마 칸도 있었다. 속눈썹 없는 반짝이는 까만 눈에 혈색 좋은 둥근 얼굴의 마고마 칸은 삶의 기쁨에 찬 표정을 짓고 있었다. 눈썹털이 위로 솟구치고 땅딸막한 몸집의 털보 남자도 있었다. 하지 무라트의 집안일을 관리하는 다게스탄의 산민 하네피였다. 그는 가득찬 안장주머니들을 단 예비마를 끌고 있었다. 그중 특히 두 사람이 시선을 사로잡았다. 젊고 여자처럼 날씬한 허리에 넓은 어깨, 이제 막 아마색 턱수염이 나기 시작한 양처럼 순한 눈의 아름다운 소년 엘다르와, 눈썹도 속눈썹도 없는 외눈박이에 붉고 짧은 턱수염을 기르고 코와 얼굴을 가로지르는 흉터가 있는 체첸인 감잘로였다.

폴토라츠키는 하지 무라트에게 길에 나타난 보론초프를 손으로 가리켰다. 하지 무라트는 그에게 가까이 가서 오른손을 가슴에 얹고 타타르어로 뭔가 말하고 말을 세웠다. 체첸인 통역이 통역해주었다.

"러시아 차르에게 일신을 맡겨 충성하겠다고 합니다. 전부터 그러기를 희망했지만, 샤밀이 허락해주지 않았다고 합니다."

이 말은 들은 보론초프는 사슴가죽 장갑을 낀 손을 하지 무라트에게 내밀었다. 하지 무라트는 그 손을 흘낏 보고 잠시 멈칫했지만 곧 굳세게 부여잡고 통역과 보론초프를 번갈아 보며 다시 말했다.

"다른 사람에게 투항하고 싶지 않았고 꼭 당신에게 하고 싶었다고 합니다. 그건 당신이 사르다르(총사령관)의 아들이기 때문입니다. 당신을 깊이 존경한다고 합니다."

보론초프는 감사의 표시로 머리를 숙였다. 하지 무라트는 자기 수행원들을 가리키며 말했다.

"이들은 자기를 따르는 뮤리트들인데, 이들도 자기처럼 러시아군에 봉사할 거라고 합니다."

보론초프는 그들을 둘러보며 그들에게도 머리를 숙였다.

속눈썹 없는 까만 눈의 활발한 마고마 칸도 머리를 숙이며 분명 보론초프에 대해 무슨 농담이라도 한 듯했는데, 그가 말하자 털보 아바르인이 새하얀 이를 드러내며 웃었다. 붉은 턱수염의 감잘로는 순간 빨간 한쪽 눈을 빛내며 잠시 보론초프를 보았다가 다시 자기 말의 귀를 보았다.

보론초프와 하지 무라트가 수행원들과 함께 요새로 돌아갔을 때, 산병선에서 벗어난 병사들이 무리를 지어 제각기 의견을 말했다.

"얼마나 많은 사람을 죽였느냔 말이야, 저주받을 놈, 그런데도 지금 대접을 받는군." 한 병사가 말했다.

"그야 당연하지. 시멜의 오른팔인 최고 지휘관*이었으니까. 지금 아마……"

---

* 샤밀(Шамилъ)을 시멜(Шмелъ)로, 지휘관을 뜻하는 코만디르(командир)를 카만데르(камандер)로 틀리게 말함.

"그래도 호걸은 호걸이야, 지기트(용사)지."

"그런데 그 붉은 턱수염 말이야, 그 붉은 턱수염은 짐승처럼 곁눈질을 하더군."

"음, 개야, 그렇고말고."

모두가 붉은 턱수염을 특히 눈여겨보았다.

길에 가까운 벌목 장소에 있던 병사들이 구경하러 달려나갔다. 장교가 그들에게 소리쳤지만, 보론초프는 장교를 제지했다.

"옛친구일 텐데 놔두게. 자네는 이 사람들이 누군지 알고 있나?" 보론초프는 가까이 서 있던 한 병사에게 영국식 악센트를 넣으며 느리게 물었다.

"전혀 모릅니다, 각하."

"하지 무라트야, 들어본 적은 있지?"

"들었다 뿐이겠습니까, 각하, 그자를 여러 번 혼내줬습니다."

"글쎄, 그러다 도리어 혼이 났겠지."

"맞습니다, 각하." 상관과 이야기를 나눈다는 데 들뜬 병사가 대답했다.

하지 무라트는 자기 이야기를 하는 것을 알아챈 듯 두 눈에 명랑한 미소가 빛났다. 보론초프는 더없이 유쾌한 기분으로 요새로 돌아갔다.

## 6

보론초프는 샤밀 이후 그에 버금가는 가장 강력한 러시아의 적을 유인하고 받아들인 것이 다른 누구도 아닌 자신이라는 사실에 대단한 만족을 느꼈다. 그러나 한 가지 불쾌한 것은 보즈드비젠스코예의 군사령관은 멜레르-자코멜스키 장군이고, 모든 일은 반드시 그를 통해야 한다는 사실이었다. 무슨 일이든 그에게 알리지 않고 처리하면 문제가 발생할 수 있었다. 이 생각이 보론초프의 만족감을 다소 해쳤다.

숙사에 도착한 보론초프 공작은 연대 부관에게 하지 무라트의 뮤리트들을 맡기고, 하지 무라트를 집으로 안내했다.

잘 차려입은 마리야 바실리예브나 공작부인은 여섯 살배기 잘생긴 고수머리 사내아이와 함께 객실에서 미소로 하지 무라트를 맞았고, 하지 무라트는 가슴에 손을 얹고 공작이 자신을 집에 들여주었으니 자신은 공작의 쿠나크이며, 공작이 자신의 쿠나크이면 쿠나크의 가족 역시 소중한 쿠나크라고 객실에 함께 들어온 통역을 통해 다소 엄숙한 어조로 말했다. 하지 무라트의 외모와 예의에 마리야 바실리예브나는 흡족했다. 그녀가 크고 흰 손을 내밀었을 때 그가 얼굴을 붉힌 것도 더욱 호감을 느끼게 했다. 그녀는 그에게 앉으라고 권하고 커피를 마시겠느냐고 묻고는 가져오라고 일렀다. 그러나 하지 무라트는 커피를 내오자 사양하고 마시지 않았다. 그는 러시아어를 조금 알아들을 뿐 말은 거의 하지 못했고, 알아듣지 못할 때는 미소만 지었는데, 이 미소는 폴토라츠키에게 그랬듯 마리야 바실리예브나에게도 호감을 주었다. 고수머리에 날카로운 눈매를 지닌 마리야 바실리예브나의 아들은 그를 불카라고 부르는 어머니 옆에 서서 비범한 전사라고 소문으로 듣던 하지 무라트에게서 잠시도 눈을 떼지 못했다.

보론초프는 하지 무라트를 아내에게 맡겨두고, 하지 무라트의 투항을 당국에 보고하기 위해 집무실로 갔다. 그는 그로즈나야에 있는 좌익 사령관 코즐롭스키 장군에게 보낼 보고서를 쓰고, 아버지에게도 편지를 쓴 뒤, 너무 적대적이어도 안 되고 그렇다고 너무 친절하지도 않은 대우가 필요한 무서운 이방인을 자신에게 맡겨두었다고 불만스러워할 아내가 걱정되어 서둘러 집으로 돌아왔다. 그러나 그것은 기우에 지나지 않았다. 하지 무라트는 안락의자에 앉아 보론초프의 의붓아들 불카를 무릎에 앉히고 고개를 기울인 채 마리야 바실리예브나가 웃으며 하는 말을 통역을 통해 주의깊게 듣고 있었다. 마리야 바실리예브나는 이 쿠나크가 하지 무라트의 물건을 칭찬할 때마다 그것을 선물로 주다가는 금방 아담처럼 알몸뚱이로 돌아다니게 될 거라고 말하고 있었다……

공작이 들어오자 하지 무라트는 공작이 들어온 것에 놀라고 화가 난 소년을 무릎에서 내려놓으며 벌떡 일어섰고, 장난기 어린 표정은 금세 엄숙하고 진지한 표정으로 바뀌었다. 그는 공작이 앉은 뒤에 다시 앉았다. 대화가 이어지자, 그는 쿠나크가 감탄하는 것이라면 무엇이든 선물로 주는 것이 그들의 법도라고 마리야 바실리예브나에게 대답했다.

"당신의 아들은 내 쿠나크입니다." 하지 무라트는 다시 그의 무릎에 올라간 불카의 고수머리를 쓰다듬으며 러시아어로 말했다.

"당신의 산적은 매력적인 사람이에요." 마리야 바실리예브나는 남편에게 프랑스어로 말했다. "불카가 이 사람의 단검을 보고 감탄하니까 그걸 아이에게 줬어요."

불카는 계부에게 단검을 보였다.

"*귀한 물건이에요.*" 마리야 바실리예브나가 말했다.

"*우리도 뭔가 선물할 기회를 만듭시다.*" 보론초프가 말했다.

하지 무라트는 눈길을 내리고 앉아 소년의 고수머리를 쓰다듬으며 말했다.

"지기트, 지기트."

"훌륭한 단검이야, 정말 훌륭해." 보론초프는 가운데 홈이 파이고 푸르게 빛나는 날선 강철 단검을 반쯤 빼보며 말했다. "고맙소."

"내가 무슨 보답을 하면 좋을지 이 사람에게 물어보게." 보론초프는 통역에게 말했다.

통역이 말을 전하자, 하지 무라트는 필요한 것은 없고 다만 기도할 수 있는 곳이 필요하다고 말했다. 보론초프는 시종을 불러 하지 무라트의 요청을 들어주라고 일렀다.

준비된 방에 혼자 남자 하지 무라트의 즐겁고 다정했던 표정은 돌연 엄숙하고 근심 어린 표정으로 바뀌었다.

보론초프는 그가 기대했던 것보다 훨씬 친절하게 대해주었다. 그러나 그들이 환대할수록 하지 무라트는 보론초프나 장교들에게 더욱 신뢰가 가지 않았다. 모든 것이 불안했고, 그들이 자신을 체포해 시베리아로 보내버리거나 그냥 죽여버릴지도 모른다는 생각에 경계심을 늦출 수 없었다.

그는 방에 들어온 엘다르에게 뮤리트들이 어디서 머물고 있는지, 말은 어디에 있는지, 그들이 무기를 가져가지는 않았는지 물었다.

엘다르는 말들은 공작의 마구간에 있고, 사람들은 헛간에 머물며, 무기는 그대로 지니고 있고, 통역이 그들에게 음식과 차를 보내주었다고 대답했다.

하지 무라트는 미심쩍은 듯 고개를 저은 뒤, 옷을 벗고 기도하기 시작했다. 기도를 마친 그는 은제 단검을 가져오라 이르고 다시 옷을 입고 허리띠를 맨 뒤 등받이 없는 긴 소파에 다리를 포개고 앉아 다가올 뭔가를 기다렸다.

네시가 지나 그는 공작의 오찬에 초대받았다.

하지 무라트는 오찬 자리에서도 약간의 필라프 말고는 아무것도 입에 대지 않았는데, 필라프도 공작부인이 떠낸 자리의 것을 접시에 담아 먹었다.

"우리가 독살이라도 할까봐 걱정하는 것 같아요." 마리야 바실리예브나가 남편에게 말했다. "내가 떠낸 데 옆을 떴어요." 그러고는 곧 하지 무라트에게로 얼굴을 돌리고 언제 다시 기도를 하느냐고 통역을 통해 물었다. 하지 무라트는 다섯 손가락을 들어 태양을 가리켰다.

"그럼, 곧이겠군요."

보론초프가 브레게*를 꺼내 스프링을 누르자, 시계는 네시 십오분을 쳤다. 하지 무라트는 그 소리에 깜짝 놀란 듯 다시 한번 듣고 싶다고 하고, 좀 봐도 되느냐고 물었다.

"*지금이 그 기회예요. 이 사람에게 시계를 선물해요.*" 마리야 바실리예브나가 남편에게 말했다.

보론초프는 즉시 하지 무라트에게 시계를 선물했다. 하지 무라트는 가슴에 손을 얹고 시계를 받았다. 그러고는 몇 번이나 스프링을 눌러 소리를 들어보며 고개를 끄덕거렸다.

---

* 스위스 태생 브레게가 1775년에 만든 시계 브랜드로, 정밀한 회중시계를 가리킨다.

식사를 마쳤을 즈음, 멜레르-자코멜스키 장군의 부관이 도착했다는 연락이 왔다.

부관은 장군이 하지 무라트의 투항 소식을 들었는데 아직 보고가 없어 몹시 불만이며, 그를 당장 데려오라고 명령했다고 공작에게 전했다. 보론초프는 명령대로 하겠다고 대답하고, 통역을 통해 하지 무라트에게 그 명령을 전하며 함께 멜레르에게 가자고 말했다.

마리야 바실리예브나는 부관이 찾아온 이유를 알자, 남편과 장군 사이에 뭔가 불쾌한 일이 일어날지도 모른다고 곧바로 직감하고 남편이 말리는데도 자기도 그와 하지 무라트와 함께 가겠다고 나섰다.

"*당신은 집에 있는 게 좋겠어, 이건 내 일이지 당신 일이 아니야.*"

"*나는 그저 장군의 부인을 만나러 가는 거니까 막지 마요.*"

"다른 때에 갈 수 있잖아."

"난 지금 가고 싶어요."

하는 수 없었다. 보론초프는 동의했고, 셋이 함께 갔다.

그들이 도착하자 멜레르는 침울하지만 정중한 태도로 마리야 바실리예브나를 자기 아내에게로 안내하고, 부관에게는 하지 무라트를 대기실로 데려가 자기 명령이 있을 때까지 아무데도 가지 못하게 하라고 지시했다.

"자 그럼." 장군은 집무실 문을 열고 보론초프 공작을 먼저 들여보내며 말했다.

집무실에 들어가자 그는 공작 앞에서 걸음을 멈추고, 앉으라고 권하지도 않고 바로 말을 시작했다.

"난 이 지역 군사령관이고, 따라서 적과의 모든 협상은 나를 통해 이루어져야 합니다. 그런데 당신은 하지 무라트 투항 건을 왜 내게 보고하지 않았습니까?"

"어제 밀사가 와서 하지 무라트가 저에게 투항하고 싶어한다는 바람을 알렸습니다." 보론초프는 성난 장군의 격렬한 분노를 예상하며, 흥분을 누르지 못해 창백해지고 자기도 모르게 그의 분노에 감염되어 대답했다.

"그러면 왜 내게 보고하지 않았는지 말해주겠소?"

"그러려고 했습니다, 남작, 그런데……"

"나는 당신에게 남작이 아닙니다, 각하지."

억눌렸던 분노가 마침내 갑자기 폭발했다. 남작은 오랫동안 마음에 쌓아두었던 것을 한꺼번에 분출했다.

"내가 이십칠 년 동안 황제 폐하께 봉사한 것은 혈연 덕분에 엊그제 군문에 들어온 뭣도 모르는 풋내기들이 내 코앞에서 멋대로 명령이나 내리는 걸 보려고 그런 게 아닙니다."

"각하! 제발 그런 오해의 말씀은 말아주십시오." 보론초프가 그의 말을 가로막고 말했다.

"난 진실을 말하고 있고, 용납하지 않겠습니다……" 장군은 더욱 화를 내며 말했다.

이때 치맛자락을 바스락거리며 마리야 바실리예브나가 집무실에 들어왔고, 멜레르-자코멜스키의 아내인 키가 작고 다소곳한 여자도 뒤따라 들어왔다.

"아, 진정하세요, 남작, 시몽*은 당신을 불쾌하게 하려고 했던 게 아니었어요." 마리야 바실리예브나가 말하기 시작했다.

"공작부인, 나는 그 일에 대해 말하는 것이 아닙니다……"

"그래요, 아무튼 이 이야기는 그만두시는 게 좋겠어요. 아시겠지만, 나쁜 논쟁은 좋은 다툼보다 낫다는 말이 있잖아요. 아니 내가 무슨 말을 한 거람**……" 그녀는 웃음지었다.

그러자 화를 내던 장군도 미인의 매력적인 미소에 굴복하고 말았다. 그의 콧수염 밑에서 미소가 반짝였다.

"제가 잘못했다는 것은 인정합니다." 보론초프가 말했다. "그렇지만……"

"뭐, 나도 성급했소." 멜레르는 말하고 공작에게 손을 내밀었다.

화해가 이루어졌고, 하지 무라트는 멜레르가 맡았다가 좌익 사령관에게 보내기로 결정했다.

하지 무라트는 옆방에 앉아 비록 그들이 무슨 말을 나누는지는 알아듣지 못했지만, 그들이 자신에 대해서, 자신이 꼭 알아야 하는 일을 논의하고 있다는 것을 알아챘고, 자신이 샤밀을 떠난 것은 러시아측에게 매우 중대한 일이고, 따라서 그들이 자신을 유형을 보내지도 죽이지도 않는다면, 어쩌면 그들에게 더 많은 것을 요구할 수도 있겠다고 생각했다. 또한 상관인 멜레르-자코멜스키보다 부하인 보론초프가 더 중요한 역할을 하므로 중요한 것은 멜레르-자코멜스키가 아니라 보론초프라는 것을 깨닫고 멜레르-자코멜스키가 하지 무라트를 불러 심문하기 시작했을 때, 그는 당당하고 의기양양한 태도로 자신은 하얀 차르***

* 세몬을 프랑스어로 부른 것.

** '좋은 다툼은 나쁜 논쟁보다 낫다'를 거꾸로 말한 것.

*** 이반 4세 이후 주로 흰옷을 입어서 붙여진 러시아 황제를 일컫던 별명.

에게 봉사하기 위해 산에서 내려왔고, 멜레르의 부하, 즉 티플리스*의 그의 사르다르, 즉 티플리스 사령관 보론초프 공작에게만 모든 것을 설명하겠다고 말했다.

## 7

부상당한 압데예프는 요새의 출구에 위치한, 나무판자로 지붕을 이은 작은 건물에 있는 야전병원으로 후송되어 공동 병실의 빈 침대로 옮겨졌다. 병실에는 네 명의 부상병이 더 있었는데, 고열에 시달리는 티푸스 환자, 창백한 얼굴에 눈 밑이 거뭇하고 다음 발작을 기다리는 듯 끊임없이 하품만 해대는 열병 환자, 삼 주 전 습격 때 부상을 입은 두 명, 즉 팔목을 다친 병사(서 있었다)와 어깨에 부상을 입은 병사(침대에 앉아 있었다)가 있었다. 티푸스 환자를 제외한 모두가 새로 온 부상자를 둘러싼 채 그를 후송한 병사들에게 질문을 퍼부었다.

"다른 때는 콩 볶듯 쏴대도 아무 일 없었는데 이번에는 겨우 다섯 발 쐈는데 맞았어." 후송한 병사들 중 하나가 말했다.

"다 운인 거지!"

"아악." 사람들이 침대에 눕히려 하자 압데예프는 고통을 못 이기고 크게 소리쳤다. 침대에 눕혀진 뒤에는 얼굴을 찌푸리며 더이상 신음은 하지 않고 발만 계속 움직였다. 그는 두 손으로 상처 부위를 감싸고 멍

---

* 트빌리시의 러시아식 이름.

하니 앞쪽을 보았다.

군의관이 와서 총알이 등을 관통했는지 살펴보기 위해 부상자를 돌려 눕히라고 명령했다.

"이건 뭐지?" 등과 엉덩이에 있는 십자 모양의 하얀 흉터를 가리키며 군의관은 물었다.

"예전의 상처입니다, 각하." 압데예프는 신음하며 대답했다.

공금으로 술을 마셨을 때 받은 태형의 흔적이었다.

압데예프는 다시 똑바로 눕혀졌고, 군의관은 탐침探針으로 한참 동안 복부를 찌르며 총알을 찾았지만 결국 찾지 못했다. 연고 바른 거즈를 상처에 대고 붕대를 감은 뒤 군의관은 나갔다. 탐침으로 복부를 찌르고 붕대를 감는 동안 압데예프는 눈을 질끈 감고 이를 악물었다. 군의관이 떠나자 그는 눈을 뜨고 놀란 눈으로 주위를 둘러보았다. 그의 눈은 환자와 위생병을 향하고 있었지만 그들을 전혀 보지 못하는 것 같았고 다른 뭔가를 보고 무척 놀란 듯했다.

압데예프의 동료인 파노프와 세료긴이 찾아왔고, 압데예프는 여전히 놀란 눈으로 앞만 바라보며 누워 있었다. 그는 앞에 선 동료들을 똑바로 보았지만 한참이나 그들을 알아보지 못했다.

"이봐, 표트르*, 집에 전하고 싶은 말 없나?" 파노프가 말했다.

압데예프는 파노프의 얼굴을 보았지만 대답은 없었다.

"집에 전하고 싶은 말 없어?" 파노프는 뼈마디가 굵은 압데예프의 차가운 손을 잡으며 다시 물었다.

* 압데예프의 이름.

압데예프는 그 순간 정신이 든 것 같았다.

"아, 안토니치!"

"그래, 왔네. 집에 전할 말 없어? 세료긴이 대신 써줄 거야."

"세료긴이 말입니까." 압데예프는 세료긴 쪽으로 겨우 시선을 옮기며 말했다. "써주겠나?…… 그럼 이렇게 써주게. '아들, 당신의 아들 페트루하*가 장수를 빕니다.' 나는 형을 시기했어. 예전에 자네에게 말한 적 있지. 하지만 지금은 마음이 편해. 신경쓰지 말고 잘살라고 해줘. 하느님의 가호로 잘살아준다면 기쁘겠다고 써줘."

이렇게 말하고 그는 파노프를 응시하며 오랫동안 침묵했다.

"그런데 파이프는 찾았습니까?" 그는 느닷없이 물었다.

파노프는 고개만 저을 뿐 대답하지 않았다.

"파이프, 파이프요, 찾았습니까?" 압데예프는 또 물었다.

"자루 속에 있었어."

"그랬군요. 자, 이제 내게 촛불을 줘요. 난 곧 죽을 겁니다." 압데예프가 말했다.

이때 폴토라츠키가 부하를 보러 왔다.

"어떤가, 형제, 아픈가?" 그가 말했다.

압데예프는 눈을 감고 고개를 저었다. 광대뼈가 튀어나온 넓적한 그의 얼굴은 창백하고 근엄했다. 그는 대답은 하지 않고 파노프에게 다시 말했다.

"촛불을 줘요. 나는 죽을 겁니다."

---

* 압데예프의 이름인 표트르의 애칭.

그의 손에 초를 쥐여주려 했지만 손가락이 구부러지지 않아 손가락 사이에 끼워놓았다. 폴토라츠키는 나가버렸고, 그가 나가고 오 분쯤 지났을 때 위생병은 압데예프의 가슴에 귀를 대보더니 사망했다고 말했다.

압데예프의 죽음은 티플리스의 사령부로 보내는 보고서에 다음과 같이 기록되었다. "11월 23일, 쿠린스키 연대의 2개 중대는 삼림 벌채를 위해 요새 밖으로 나옴. 이날 정오, 상당수의 산민이 불시에 습격함. 산병선은 물러나고, 제2중대는 총검으로 돌격해 산민들을 소탕함. 경상 두 명, 전사 한 명 발생. 죽거나 부상당한 산민은 약 백 명."

## 8

페트루하 압데예프가 보즈드비젠스코예의 야전병원에서 죽던 날 그의 늙은 아버지는 압데예프가 대신해서 군대에 가주었던 형의 아내와 그의 혼기가 찬 딸과 함께 꽁꽁 언 마당에서 귀리를 타작하고 있었다. 전날 눈이 많이 내려 아침부터 살이 에일 듯이 추웠다. 노인은 세번째 닭이 울 때 먼저 일어나 얼어붙은 창밖으로 환한 달빛을 보며 페치카에서 내려와 장화를 신고 슈바에 모자를 쓰고 타작마당으로 나갔다. 그는 두 시간 동안 일하고 돌아와 아들과 여자들을 깨웠다. 아낙과 소녀가 타작마당으로 나왔을 때는 하얗고 퍼슬퍼슬한 눈에 나무삽이 꽂혀 있고, 옆에 빗자루가 거꾸로 꽂혀 있었으며, 깨끗해진 마당에는 낟알 부분을 맞닿게 묶은 귀리 다발들이 굵은 밧줄 모양으로 두 줄로 정돈되어 있었다. 각자 도리깨를 들고 세 박자에 맞춰 타작하기 시작했다. 노인은 무거운 도리깨로 귀리 짚이 부서질 만큼 세게 내리쳤고, 소녀는 박자를 맞추며 고르게 내리치고, 그의 며느리는 귀리 다발을 뒤집었다.

달이 지고 동이 터오기 시작했다. 반외투를 입고 모자를 쓴 큰아들 아킴이 일하러 나왔을 때는 이미 타작이 끝나가고 있었다.

"왜 그렇게 농땡이냐?" 노인은 움직임을 멈추고 도리깨에 몸을 기대며 외쳤다.

"말들 먼저 내보내야죠."

"말들을 내보낸다고 했냐." 아버지는 따라하며 조롱하듯 말했다. "그건 할망구가 할 일이지. 어서 도리깨나 잡아. 뒤룩뒤룩 살만 쪄가지고. 주정뱅이!"

"언제 제게 마실 거라도 사준 적 있어요?" 아들이 투덜거렸다.

"뭐라고?" 노인은 얼굴을 잔뜩 찌푸리고 도리깨를 헛치며 위협적으로 물었다.

아들은 말없이 도리깨를 잡았고, 네 박자의 도리깨질이 시작되었다. 타닥, 타다닥, 타닥, 타다닥…… 타닥! 세 번 내리치면, 노인이 무거운 도리깨를 내리쳤다.

"네놈 목덜미를 보니 잘 먹은 귀족 나리 같구나. 난 바지가 헐렁헐렁해졌는데." 노인은 말하느라 칠 순서를 놓쳤고, 박자를 맞추려고 공중에서 도리깨를 뒤집었다.

탈곡이 끝나자 여자들은 갈퀴로 짚을 긁어모았다.

"페트루하는 바보야, 너 같은 놈 대신 군대를 가다니. 네놈이 군대에 가서 그 근성을 두드려 고쳤어야 하는데, 그애가 있었다면 너 같은 놈 다섯 사람 몫은 했을 거다."

"그만 좀 하세요, 아버님." 낟알이 떨어진 귀리를 묶은 다발을 던지며 며느리가 말했다.

"허, 예닐곱 명이 먹고살아야 하는데, 제대로 된 놈이 하나도 없구나. 페트루하는 두 사람 몫을 했어, 네놈하고는 달라……"

다리에 모직 각반을 단단히 감싸고 새 나무껍질 신을 신은 노파가 집에서 나와 잘 다져진 길을 따라 눈을 밟으며 다가왔다. 남자들이 까지 않은 낟알을 높이 긁어모으면 아낙과 소녀는 그 자리를 쓸었다.

"촌장 조수가 왔다 갔어. 모두 나와서 벽돌 나르는 부역을 해야 한대." 노파가 말했다. "아침 준비됐어요. 지금 와서 들어요."

"알았어. 너는 회색 말에 마구부터 채워라." 노인은 아킴에게 말했다. "그리고 요전처럼 그러면 안 된다, 조심해, 책임 있는 행동을 하란 말이다. 페트루하를 생각해서라도."

"그애가 있을 때는 그애를 죽도록 혼내시더니," 아킴이 아버지에게 투덜거렸다. "이제 없으니까 제게 그러시네요."

"그럴 만하니까 그러지." 어머니도 화를 내며 말했다. "너는 페트루하와는 비교도 안 돼."

"그래요, 알았다고요!" 아들은 말했다.

"알았다니. 밀가루 판 것도 술로 날려버린 주제에 지금 알았다고 말한 거냐."

"지난 일은 말해봤자 소용없어요." 며느리가 말했고, 모두 도리깨를 놓고 집으로 갔다.

부자父子의 불화는 이미 오래전부터, 표트르가 군대에 간 무렵부터 시작되었다. 그때 노인은 매를 뻐꾸기와 바꾼 듯한 기분을 느꼈다. 법대로 하면, 자식이 딸린 형을 대신해 책임질 가족이 없는 동생이 군대에 가는 게 마땅하다는 것을 노인도 모르지 않았다. 아킴에게는 자식이 넷이나 있었지만, 지혜롭고 영리하고 힘이 세고 끈기 있고, 무엇보다 아버지를 닮아 근면한 일꾼 표트르에게는 자식이 없었다. 그는 일을 쉬는 법이 없었다. 일하는 사람 옆을 지나가게 되면 늙은 아버지가 그랬듯이 당장 낫을 들고 두어 두둑 풀을 베어주고, 수레를 끌어주고, 나무를 베거나 장작을 패주었다. 노인은 그런 일꾼이 떠나는 것이 아쉬웠지만 어쩔 수 없었다. 군인이 되는 건 죽는 것이나 같았다. 군인은 잘려나간 빵조각 같은 거라서 아무리 생각해봤자—가슴 아파해봤자—소용없는 일이었다. 다만 노인은 큰아들을 혼내려 할 때 지금처럼 가끔 작은아들을 떠올리곤 했다. 어머니는 늘 작은아들을 기억했고, 오래전부터, 일 년이 넘도록 남편에게 페트루하한테 조금이라도 돈을 부쳐주라고 청했다. 그러나 노인은 침묵만 지켰다.

압데예프네 형편은 넉넉한 편이고 노인은 감춰둔 돈도 좀 있었지만 그 돈에는 절대로 손대지 않았다. 노파는 작은아들 이야기가 나온 김에 귀리를 판 돈에서 1루블이라도 보내주자고 또다시 노인을 졸라보기로 마음먹었다. 그리고 그렇게 했다. 젊은 사람들이 부역을 하러 나가 노인과 단둘이 남자, 그녀는 귀리 판 돈에서 1루블을 페트루하에게 보내자고 설득했다. 타작한 귀리 중 12체트베르티*를 세 자루에 옮겨 담

* 러시아의 옛 도량 단위로, 특히 곡물을 잴 때 사용했다. 1체트베르티는 부피로 약 210리터.

아 꼼꼼히 나무못을 찌르고 썰매 세 대에 실은 뒤, 노파는 교회 집사가 대필해준 편지를 노인에게 내밀었다. 노인은 시내에 나가면 그 편지에 1루블을 넣어 아들의 주소로 부치겠다고 약속했다.

새 슈바에 카프탄*을 입고 다리에 하얗고 깨끗한 모직 각반을 감싼 노인은 편지를 지갑 속에 잘 넣고 신에게 기도를 올린 뒤, 앞의 썰매를 타고 시내로 향했다. 뒤의 썰매에는 손자가 탔다. 시내에 도착한 노인은 경비에게 편지를 읽어달라고 부탁하고, 고개를 끄덕끄덕하며 귀를 기울였다.

어머니는 페트루하에게 보낼 편지에 첫째로 아들의 축복을 빌고, 둘째로 가족들의 안부와 대부代父의 죽음, 마지막으로 악시냐(표트르의 아내)가 '우리와 함께 살지 않겠다며 집을 나갔다. 착실하게 잘 지낸다고 들었다'는 소식을 받아쓰게 했다. 그리고 작은 선물인 1루블을 함께 부친다는 것과 슬픔의 눈물을 흘리면서 교회 집사에게 자신의 말을 받아쓰게 했다는 내용을 덧붙였다.

"그리고 사랑하는 아들, 내 귀여운 페트루셴카**야, 네 생각을 하니까 눈물이 나는구나, 네 눈을 생각하니까. 내 사랑, 너 없이 나는 어떻게 살아야 하니……" 이 대목에서 노파는 오열하고, 눈물 흘리며 말했다.

"그걸로 됐어요."

이 말도 편지에 그대로 적혔지만, 페트루하는 아내가 집을 나갔다는 소식도, 송금된 1루블도, 어머니의 마지막 말도 받아보지 못할 운명이었다. 편지와 돈은 페트루하가 전쟁에서 죽었다는 통지서와 함께 되돌

---

* 앞이 트이고 소매가 긴 남성용 겉옷.

** 표트르의 애칭.

아왔다. "차르, 그리고 조국과 정교회의 신앙을 수호하다." 군대 서기는 이렇게 썼다.

통지서를 받은 노파는 목놓아 울었지만, 곧 다시 일을 손에 잡았다. 그 주 일요일 그녀는 교회에 나가 '하느님의 종 표트르의 명복을 빌며 선한 자들에게' 성찬식 빵을 나눠주었다.

병사의 아내 악시냐도 '일 년밖에 함께 살지 못한' '사랑하는 남편'이 죽었다는 소식에 목놓아 울었다. 그녀는 남편과 자신의 결딴난 인생을 한탄했다. 그리고 '표트르 미하일로비치의 갈색 곱슬머리와 그가 주었던 사랑, 고아가 된 반카*를 데리고 살아야 할 쓰라린 인생'을 생각하며 통곡했고, '페트루샤**가 형만 소중히 여기고 자신은 낯선 사람들 속에 방치해놓고 돌보지 않았다'며 쓰라린 원망을 퍼붓기도 했다.

그러나 내심으로는 표트르의 죽음을 반겼다. 동거중이던 점원의 애를 임신하고 있었기 때문인데, 이제는 아무도 그녀를 비난할 수 없었고, 점원이 함께 살자고 그녀를 설득할 때 말했던 대로 이제는 그와 결혼할 수도 있었다.

## 9

러시아 대사의 아들로 영국에서 교육받은 미하일 세묘노비치 보론초프는 당시 러시아 고관들 중에서는 드물게 유럽식 교육을 받은, 아랫사

---

* 자식이 없다고 했는데 작가의 착각인 듯하다.

** 표트르의 애칭.

람에게는 부드럽고 온정적이고 윗사람에게는 정중하며 명예욕이 강한 인물이었다. 그는 권력과 복종이 없는 인생을 이해하지 못했다. 고위 고관을 모두 거쳤고, 수많은 훈장을 받았고, 탁월한 지휘관이었으며, 심지어 크라온*에서 나폴레옹에게 승리한 자로 인정받았다. 1851년 그는 이미 일흔을 넘겼지만 여전히 활기차고 왕성하게 움직였고, 특히 무엇보다도 그의 권력을 유지하고 명성을 공고히 하고 키워주는 친근감 있는 세련된 기지를 지니고 있었다. 그에게는 막대한 재산이—자기 재산뿐만 아니라 브라니츠카야 백작영애였던 아내의 재산까지—있었고, 총사령관으로서 거액의 봉급도 받았는데, 재산의 상당 부분을 크림 남부의 해안에 저택과 정원을 짓는 데 썼다.

1851년 12월 7일 저녁, 급사急使의 트로이카**가 티플리스에 있는 그의 저택으로 달려왔다. 하지 무라트가 러시아에 투항했다는 소식을 전하러 코즐롭스키 장군에게서 온 장교는 온몸에 먼지를 뒤집어쓰고 지친 모습으로 굳은 다리를 죽 펴며 보초를 지나 총사령관 저택의 넓은 현관으로 들어섰다. 저녁 여섯시였고, 보론초프는 저녁식사를 하러 나가려던 참이었다. 보론초프는 지체하지 않고 급사를 만났고, 식사에는 몇 분 늦었다. 그가 객실에 들어서자 옐리자베타 크사베리예브나 공작부인 옆에 앉아 있거나 창가에 무리 지어 있던 서른 명쯤 되는 손님들이 일제히 일어나 들어오는 그를 돌아보았다. 보론초프는 평소 입는 검은색 군복 프록코트에 어깨 술 장식은 하지 않고 약식견장을 달고

* 1814년 3월, 프랑스 크라온에서 나폴레옹의 프랑스군과 러시아군이 격렬한 전투를 벌였고, 보론초프가 이끈 러시아군이 퇴각했지만 프랑스군의 손실이 매우 컸다.

** 세 필의 말이 끄는 썰매.

목에 하얀 십자훈장을 걸고 있었다. 그는 여우 같은 면도한 얼굴에 유쾌한 미소를 띤 채 눈을 가늘게 뜨고 사람들을 죽 둘러보았다.

그는 가볍게 서두르는 걸음으로 객실에 들어와 먼저 숙녀들에게 늦어서 미안하다고 말하고, 남자들과 인사한 뒤 그루지야*의 공작부인 마나나 오르벨랴니에게 다가가 팔을 내밀더니 마흔다섯 살쯤 된 동방풍 체격에 키가 크고 풍만하고 아름다운 그녀를 식탁으로 안내했다. 옐리자베타 크사베리예브나 공작부인은 최근 이곳을 방문한 콧수염이 무성하고 머리가 붉은 장군에게 손수 팔을 내밀었다. 그루지야의 공작은 공작부인의 친구인 슈아죌 백작부인에게 팔을 내밀었다. 의사 안드레옙스키나 부관이나 다른 사람도 숙녀와 동행하거나 혼자서 세 쌍의 뒤를 따랐다. 카프탄을 입고 스타킹에 단화를 신은 하인들이 손님들을 위해 의자를 빼주었고, 집사가 은그릇에 담긴 김이 나는 수프를 사람들의 접시에 담아주었다.

보론초프는 긴 식탁 중앙에 앉았다. 맞은편에 그의 아내인 공작부인과 함께 온 장군이 앉았다. 그의 오른쪽에는 아름다운 오르벨랴니 공작부인이, 왼쪽에는 검은 머리에 날씬하고 혈색이 좋은 그루지야의 공작영애가 치장한 보석을 반짝이며 연신 미소짓고 있었다.

"*좋은 소식이야, 여보.*" 급사가 무슨 소식을 가져왔느냐는 공작부인의 물음에 보론초프는 프랑스어로 대답했다. "*시몽이 운이 좋았어.*"

그는 식탁에 둘러앉은 모두에게 들리도록 큰 소리로, 샤밀의 오른팔이었던 이름난 맹장 하지 무라트가 러시아에 투항해 오늘내일 중 티플

* 조지아의 러시아식 이름.

리스로 온다는 놀라운 소식—이미 오래전부터 교섭이 있었기 때문에 그에게는 새로운 소식도 아니었지만—을 전했다.

식사를 하던 모두가, 식탁 맨 끝에 앉아 이 소식을 듣기 전까지 이야기를 나누며 나직하게 웃던 젊은 부관들과 장교들까지도 말을 멈추고 조용히 귀를 기울였다.

"장군, 당신도 하지 무라트를 만나신 적이 있어요?" 공작이 말을 멈췄을 때 공작부인이 콧수염이 무성한 옆자리의 붉은 머리 장군에게 물었다.

"한두 번이 아니죠, 공작부인."

그러고서 장군은 1843년 산민들이 게르게빌을 점령한 뒤 하지 무라트가 파세크 장군의 부대를 습격해 그들 눈앞에서 졸로투힌 대령을 어떻게 죽였는지 이야기했다.

보론초프는 장군이 대화에 끼어든 것이 기쁜 듯 미소지으며 이야기를 듣고 있었는데, 갑자기 멍하고 우울한 낯빛으로 변했다.

장군은 하지 무라트와의 두번째 만남에 대해 이어서 말하기 시작했다.

"각하도 기억하시겠지만," 장군은 말했다. "수하리* 원정 때 우리 구원대를 기습했던 매복대를 지휘한 것도 그자였습니다."

"어디서?" 보론초프는 실눈을 뜨며 반문했다.

장군이 '구원대'를 언급했던 전투는 만일 지원군이 와서 구해주지 않았다면 전군을 지휘한 보론초프 공작은 물론 군이 전멸했을지도 모르는 처참했던 다르고 전투를 말하는 것이었다. 보론초프 지휘 아래

* 건빵(수하리, сухари)만 챙겨 간 전쟁이라는 데서 비롯된 이름.

행해졌던 다르고 원정은 러시아에서 많은 사상자가 나고 수문의 대포까지 잃은 치욕적인 사건으로 널리 알려져 있었기 때문에 만일 누군가 보론초프의 면전에서 그 이야기를 언급한다면, 보론초프가 황제에게 보고했던 대로, 즉 러시아군의 빛나는 공적이었다고 말할 수밖에 없었다. 그러나 '구원대'라는 말은 단적으로 이 전쟁이 빛나는 승리가 아니라 수많은 인명을 잃은 패배였다는 것을 의미했다. 모두가 그것을 이해했고, 몇몇은 장군의 말뜻을 모르는 체하고, 몇몇은 두려운 마음으로 뒤따를 일을 기다렸으며, 또 몇몇은 시선을 주고받으며 쓴웃음만 지었다.

콧수염이 무성한 붉은 머리 장군만 아무것도 눈치채지 못하고 자기 이야기에 열중한 채 차분히 대답했다.

"그 구원대 때 말입니다, 각하."

자기가 좋아하는 주제가 나온 김에 장군은 "하지 무라트가 교묘하게 러시아군 지대를 두 동강 내버렸기 때문에 만일 구원대가 오지 않았다면" 하고 마치 '구원대'라는 말에 특별한 애착이라도 있는 것처럼 되풀이했다. "전군이 거기서 궤멸했을 겁니다. 왜냐하면……"

그루지야의 공작부인 마나나 오르벨랴니가 심상치 않은 분위기를 깨닫고 티플리스의 숙사는 지내기 어떠냐는 질문으로 장군의 말을 가로막았기 때문에 그는 끝까지 말할 수 없었다. 놀란 장군은 그제야 사람들을 둘러보았고, 식탁 끝에 앉아 의미심장하게 그를 바라보는 부관과 눈이 마주치고서야 갑자기 뭔가를 깨달았다. 그는 공작부인에게 대답도 하지 않고 얼굴을 찌푸린 채 입을 다물더니 자기 접시에 놓인 세련된 요리를 잘 씹지도 않고 급히 먹었는데, 무슨 요리인지도 맛도 알지 못했다.

모두가 불편해했는데 보론초바 공작부인 맞은편에 앉아 있던 무척 우매하나 유난히 교활하고 능란한 궁중식 아첨꾼인 그루지야의 공작이 이 어색함을 깨뜨려주었다. 그는 아무것도 눈치채지 못한 것처럼 하지 무라트가 메흐툴리* 칸국에 있는 아흐메트 칸의 미망인을 납치했던 사건에 대해 큰 소리로 말하기 시작했다.

"밤중에 마을에 들어가 그녀를 납치해서 일행과 함께 달아났다고 하죠."

"그는 왜 그 여자를 원했을까요?" 공작부인이 물었다.

"하지 무라트는 그 여자의 남편을 평생 숙적으로 좇았는데 그가 죽을 때까지 만나지 못하자 그 과부에게 복수한 겁니다."

공작부인은 그루지야의 공작 옆에 앉아 있던 자기의 옛친구 슈아죌 백작부인에게 이 말을 프랑스어로 통역해주었다.

"*정말 끔찍하군요!*" 백작부인은 눈을 감고 머리를 흔들며 말했다.

"아니, 그렇지 않습니다." 보론초프는 웃으며 말했다. "그는 포로가 된 부인을 기사도적으로 대했고, 나중에 풀어주었다고 합니다."

"그래요, 몸값을 받고 말이죠."

"그야 물론 그랬겠지만, 그는 정중하게 행동했습니다."

공작의 이 말은 하지 무라트에 대한 이야기에 일종의 기조를 형성해주었다. 궁중생활에 길든 사람들은 하지 무라트의 가치를 높여 말할수록 보론초프 공작이 더 즐거워한다는 것을 깨달았다.

---

* 메흐티의 자손을 뜻하는 쿠미크어 '메흐티-울리'에서 유래된 이름.

"그 사람은 놀라운 용기를 지녔어요. 참으로 뛰어난 인물이에요."

"물론이죠, 1849년에는 대낮에 테미르-칸-슈라를 습격해 가게들을 다 털었으니까요."

식탁 끝에 앉아 있던 아르메니아인이 당시 테미르-칸-슈라에 있었다며 하지 무라트의 활약에 대해 상세히 이야기해주었다.

만찬을 하는 동안 화제는 거의 온통 하지 무라트였다. 모두가 앞다퉈 그의 용기와 지혜와 관대함을 칭찬했다. 누군가는 하지 무라트가 스물여섯 명의 포로를 모두 사살하라는 명령을 내렸다고 말했지만, 이때도 통상적인 반박만 있었다.

"어쩔 수 없죠! *전쟁은 전쟁이니까요.*"

"그는 거물이에요."

"만일 유럽에서 태어났다면 그는 새로운 나폴레옹이 되었을 거예요." 아첨에 능란한 그루지야의 우매한 공작이 말했다.

그는 나폴레옹을 언급하면 나폴레옹에게 승리한 공훈으로 받은 하얀 십자훈장을 목에 건 보론초프 공작이 흐뭇해하리라는 것을 알았다.

"글쎄, 나폴레옹까지는 아니더라도 적어도 훌륭한 기병대 장군쯤은 됐을 거야, 암." 보론초프는 말했다.

"나폴레옹이 아니라면 뮈라* 정도는 되었을 겁니다."

"그러고 보니 이름도 비슷한 하지 무라트군요."

"하지 무라트가 투항했으니 이제 샤밀도 끝난 겁니다." 누군가가 말했다.

* J. 뮈라(1767~1815). 프랑스 장군이자 후에 나폴리왕국의 왕. 나폴레옹의 매제.

"그들도 이번만큼은(이 말은 보론초프가 나선다면, 이라는 뜻이었다) 버티지 못할 거라고 느낄 겁니다." 또 한 사람이 말했다.

"*이 모든 것이 당신 덕분이에요.*" 마나나 오르벨랴니가 말했다.

보론초프 공작은 사방에서 밀려오기 시작한 아부의 물결을 가라앉히려 애썼다. 그러나 기분은 좋았고, 그는 더없이 흐뭇한 마음으로 자기 상대인 여성을 식탁에서 객실로 안내했다. 식사가 끝난 뒤 객실로 커피가 나왔을 때 공작은 모두에게 유달리 다정했고, 콧수염이 무성한 붉은 머리 장군에게 다가가 그가 한 실수를 자신이 알아채지 못한 것처럼 느끼게 해주려 애썼다.

손님들을 두루 살핀 뒤 공작은 카드테이블 앞에 앉았다. 그는 오래된 게임인 롬베르만 즐겼다. 그의 파트너는 그루지야의 공작, 공작의 시종에게 롬베르를 배운 아르메니아 장군, 네번째는 영향력 있기로 이름난 의사 안드레옙스키였다.

보론초프가 알렉산드르 1세의 초상이 있는 금제 담뱃갑을 옆에 놓고 공단처럼 반들반들하게 윤이 나는 카드 갑을 뜯어 막 카드를 나누려 할 때, 조바니라는 이탈리아 출신 시종이 은쟁반에 편지를 얹고 들어왔다.

"또 급사가 왔습니다, 각하."

보론초프 공작은 카드를 내려놓고 양해를 구한 뒤 편지의 봉인을 뜯어 읽기 시작했다.

아들에게서 온 편지였다. 하지 무라트의 투항, 멜레르-자코멜스키와 충돌한 일이 적혀 있었다.

공작부인이 다가와 아들이 뭐라고 썼느냐고 물었다.

"역시 그 일이야. *요새 사령관과 좀 좋지 않은 일이 있었나봐. 시몽이 잘못했어. 하지만 끝이 좋으면 다 좋은 법이지But all is well what ends well*" 하고 그는 아내에게 편지를 건네주며 정중히 기다리는 파트너들에게 카드를 잡으라고 말했다.

첫 판이 끝났을 때 보론초프는 평소 기분좋을 때 하는 행동을 했는데, 담뱃갑을 열고 노인의 주름진 하얀 손으로 프랑스산 담배를 한줌 집어 코로 가져가 들이마시고는 손가락으로 흩뿌렸다.

## 10

다음날 하지 무라트가 보론초프의 저택에 왔을 때 공작의 응접실은 사람들로 가득했다. 콧수염이 무성한 어제의 장군도 제복에 훈장을 줄줄이 달고 작별 인사를 하러 왔고, 병참부 공금을 횡령한 혐의로 군법회의에 출두해야 하는 연대장도 있었고, 안드레옙스키 의사의 지원으로 보드카 전매권을 장악하고 계약 갱신을 위해 온 아르메니아인 부호도 있었고, 연금 지급과 자녀의 관비官費 교육 문제를 부탁하려고 찾아온 검은 상복 차림의 장교 미망인도 있었고, 몰수된 교회의 땅을 사들이려는 화려한 그루지야 의상을 입은 영락한 그루지야 공작도 있었고, 캅카스 정복에 관한 새로운 작전 계획이 든 커다란 서류 뭉치를 가져온 지방경찰서장도 있었고, 공작의 저택을 방문한 것만으로도 돌아가면 자랑거리가 된다고 생각하는 칸汗도 있었다.

모두 자기 차례를 기다리다가 잘생긴 금발의 청년 부관의 안내로 한 사람씩 공작의 집무실로 들어갔다.

하지 무라트가 가볍게 발을 절며 당당하게 응접실에 걸어들어오자 모두의 눈이 그를 향했고, 그는 여기저기서 자기 이름을 말하며 수군대는 소리를 들었다.

하지 무라트는 옷깃에 가는 은줄을 단 갈색 베시메트 위에 긴 흰색 체르케스카를 걸치고 있었다. 발목에는 검은색 각반을 차고 발에 장갑처럼 딱 맞는 검은색 가죽신을 신고, 빡빡 깎은 머리에는 파파하를 쓰고 터번을 둘렀는데, 이 터번 때문에 아흐메트 칸의 중상모략으로 클류게나우* 장군에게 체포되기도 했고, 또 이 터번 때문에 샤밀 쪽으로 넘어가기도 했다. 하지 무라트는 날씬한 몸을 조금 앞으로 기울이고 한쪽 다리보다 약간 짧은 다른 쪽 다리를 가볍게 절면서 세공한 조각나무를 깐 마룻바닥을 성큼성큼 걸어갔다. 미간이 넓은 두 눈은 침착하게 앞을 향한 채 아무도 보지 않는 듯했다.

잘생긴 부관이 하지 무라트에게 인사한 뒤, 그가 온 것을 공작에게 보고하는 동안 잠시 앉아 기다려달라고 말했다. 그러나 하지 무라트는 앉기를 거부하고, 한 손을 단검에 얹고 한 발을 조금 뒤로 뺀 자세로 서서 경멸하는 듯한 눈빛으로 주위를 둘러보았다.

통역을 맡은 타르하노프 공작이 하지 무라트에게 다가가 말을 걸었다. 하지 무라트는 내키지 않는 듯 띄엄띄엄 대꾸했다. 지방경찰서장에 대한 불만을 호소하러 온 쿠미크인 공작이 집무실에서 나오자, 부관은 하지 무라트를 불러 문까지 안내하고 그를 들여보냈다.

---

* F. K. K. 클류게나우(1791~1851). 보헤미아 태생 러시아 장군. 당시 다게스탄 북부에서 군대를 지휘했다.

보론초프 공작은 탁자 모서리에 서서 하지 무라트를 맞았다. 총사령관의 희고 늙은 얼굴에는 어제의 웃음은 사라지고 엄격하고 엄숙한 표정이 떠올라 있었다.

녹색 커튼이 달린 큰 창문과 대형 탁자가 놓인 커다란 방에 들어온 하지 무라트는 흰색 체르케스카 깃을 여민 가슴에 햇볕에 그을린 크지 않은 손을 얹고 눈을 내리뜨며 쿠미크 방언으로 서두르지 않고 분명하고 정중하게 말했다.

"위대한 황제와 당신의 크나큰 비호에 이 몸을 바치겠습니다. 마지막 피 한 방울까지 하얀 차르에게 바칠 것을 충심으로 맹세하며, 우리 공동의 적 샤밀과의 전투에서 유용한 존재가 되길 소망합니다."

통역이 이 말을 전하자 보론초프 공작은 하지 무라트의 얼굴을 바라보았고, 하지 무라트도 보론초프의 얼굴을 바라보았다.

마주친 두 사람의 시선은 말로 표현할 수 없는 많은 것을 서로에게 말했고, 그 말은 통역이 한 말과는 전혀 달랐다. 그들은 말없이 시선으로 서로에게 진심을 말했는데, 보론초프의 두 눈은 나는 네 말을 한마디도 믿지 않는다, 너는 러시아 전체의 적이고, 영원히 그럴 것이며, 지금은 네가 어쩔 수 없기 때문에 항복하는 것임을 알고 있다고 말하고 있었다. 하지 무라트도 그의 마음을 읽었지만 그럼에도 여전히 충성을 맹세했다. 하지 무라트의 두 눈은 이 노인은 전쟁이 아니라 죽음에 대해 생각해야 할 만큼 늙었지만 교활한 사람 같으니 조심해야겠다고 말하고 있었다. 보론초프 공작도 그의 생각을 읽었지만, 전쟁에서 이기기 위해서는 하지 무라트가 필요하다고 말했다.

"이렇게 말해." 보론초프 공작은 통역에게 말했다(그는 젊은 장교들에게 '너'라고 불렀다). "우리 황제께서는 강력하시고 또한 자비로우시니 아마도 나의 청원을 받아들여 그를 용서하고 군대에 받아들이실 거라고. 전했나?" 그는 하지 무라트를 보며 통역에게 물었다. "아무튼 나의 주권자께서 자비로운 결정을 내리실 때까지 내가 맡아서 함께 지내게 될 거라고 말해."

하지 무라트는 다시 한번 가슴 한가운데 손을 얹고 활기찬 목소리로 말하기 시작했다.

통역이 전한 바에 따르면, 그는 1839년 아바르를 통치할 때도 러시아에 충성을 다했고, 원수 아흐메트 칸이 그를 파멸시키려고 클류게나우 장군에게 그에 대한 중상을 하지 않았다면 러시아를 배반하는 일은 결코 없었을 거라고 말했다.

"알아, 알고 있네." 보론초프는 말했다(설사 알고 있었다 하더라도 이미 오래전에 잊힌 일이었다). "알고 있네" 하고 공작은 앉으며 하지 무라트에게 벽 옆에 있는 등받이 없는 소파를 가리켰다. 하지만 하지 무라트는 고관 앞에서 감히 그럴 수 없다는 듯 앉지 않고 건장한 어깨를 으쓱했다.

"아흐메트 칸도 샤밀도 모두 나의 원수입니다." 그는 통역을 바라보며 말을 이었다. "공작에게 말해주십시오, 아흐메트 칸은 죽었으니까 복수할 수 없지만, 샤밀은 아직 살아 있으니까 내가 살아 있는 한 꼭 복수하고 말 거라고 공작에게 전해주십시오." 그는 미간을 찌푸린 채 이를 악물고 말했다.

"그래, 그래." 보론초프는 침착하게 말했다. "그런데 대체 어떻게 복수한다는 거지?" 그는 통역에게 말했다. "앉아도 좋다고 하게."

하지 무라트는 이번에도 앉지 않겠다고 하고, 자신이 투항한 이유는 러시아군을 도와 샤밀을 토벌하기 위해서라고 대답했다.

"좋아, 좋아." 보론초프는 말했다. "정확히 뭘 어떻게 하고 싶은가? 앉게, 앉게……"

하지 무라트는 그제야 앉더니, 만일 자신에게 군대를 지원해주고 레즈긴 전선으로 파견해준다면 다게스탄 전체가 들고일어날 것이고 그렇게 된다면 샤밀도 버티지 못할 거라고 말했다.

"그거 좋군. 가능한 일이야." 보론초프는 말했다. "나도 생각해보겠네."

통역이 하지 무라트에게 보론초프 공작의 말을 전했다. 하지 무라트는 생각에 잠겼다.

"사르다르에게 말해주십시오." 그는 말을 이었다. "지금 나의 가족은 적의 수중에 있고, 가족이 산속에 있는 한 나는 수족이 묶인 것이나 다름없기 때문에 러시아에 이바지할 수 없습니다. 내가 그에게 정면으로 맞서면, 그는 나의 아내와 어머니와 아이들을 몰살할 겁니다. 공작만이 내 가족을 구하실 수 있고, 내 가족과 적군 포로를 교환하게 해주신다면, 목숨 걸고 샤밀을 쳐부수겠습니다."

"좋아, 좋아." 보론초프 공작은 말했다. "그 문제는 다시 생각해보지. 그건 그렇고, 이제 참모부로 데려가서 이 사람의 입장과 계획, 희망을 상세히 진술하게 해."

하지 무라트와 보론초프 공작의 첫 만남은 이렇게 끝났다.

그날 저녁, 동방풍의 새로 문을 연 극장에서 이탈리아 오페라가 상연되었다. 보론초프 공작은 지정석에 앉았고, 하지 무라트가 터번을 두르고 다리를 저는 눈에 띄는 모습으로 나타났다. 그는 자신을 수행하는 보론초프의 부관 로리스-멜리코프*와 함께 극장에 들어와 맨 앞줄에 자리잡았다. 그는 동방의 이슬람교도다운 위엄을 지녔고, 당황하기는커녕 무관심한 표정으로 1막이 끝난 뒤 자리에서 일어나 모두의 시선을 집중시키며 유유히 관객들을 둘러보고는 밖으로 나가버렸다.

다음날인 월요일에는 보론초프가에서 늘 있는 야회가 열렸다. 조명이 환한 커다란 홀 구석의 보이지 않는 겨울정원에 숨어 있는 악대가 연주를 했다. 목과 팔과 가슴 선을 거의 드러낸 드레스를 입은 젊거나 젊지 않은 여자들이 한껏 멋을 부린 제복 차림의 남자들과 껴안고 원을 그리며 돌았다. 식기장 옆에서 붉은색 연미복에 스타킹과 단화를 신은 하인들이 샴페인을 따라주기도 하고 여자들에게 사탕을 나눠주기도 했다. '사르다르'의 아내도 젊지는 않지만 노출이 심한 드레스를 입고 미소지으며 손님들 사이를 돌아다니고 있었는데, 어제 극장에서처럼 무관심한 표정으로 손님들을 둘러보던 하지 무라트에게 통역을 통해 상냥하게 두어 마디 건넸다. 여주인을 뒤따라 거의 벌거벗은 듯한 다른 여자들도 하지 무라트에게 다가와 부끄러운 기색도 없이 그의 앞에 서서 그가 보고 있는 것이 마음에 드느냐고 모두 똑같은 것을 물었다. 금색 어깨 술 장식에 금색 견식을 드리우고 흰색 십자훈장을 목에 건 보론초프도 그에게 다가와 하지 무라트가 지금 보이는 모든 것에 만족스러워한다고 확신하는 듯 다른 사람들과 똑같은 질문을 했다. 그러나 하지 무라트는 보론초프 공작에게도 다른 이들에게 대답했던

* M. T. 로리스-멜리코프(1825~1888). 러시아 정치가이자 장군으로, 후에 내무대신을 지냈다.

것과 마찬가지로 자기들에게는 이런 것이 없다고 했을 뿐 이런 것이 자기들에게 없는 것이 좋다고도 나쁘다고도 말하지 않았다.

하지 무라트는 이 무도회장에서도 보론초프에게 자기 가족을 구하는 문제에 대한 이야기를 꺼내려 했지만, 보론초프는 못 들은 척하며 옆에서 멀어졌다. 로리스-멜리코프는 하지 무라트에게 이런 자리에서 그런 문제를 들먹여서는 안 된다고 말해주었다.

시계가 열한시를 쳤을 때, 하지 무라트는 마리야 바실리예브나가 선물한 회중시계를 꺼내 시간을 확인하고는 이제 돌아가도 되는지 로리스-멜리코프에게 물었다. 로리스-멜리코프는 그래도 되지만 남아 있는 편이 나을 거라고 대답했다. 하지만 하지 무라트는 남지 않고 자유롭게 사용하라고 제공받은 파에톤*을 타고 자기 숙사로 돌아갔다.

## 11

하지 무라트가 티플리스에 온 지 닷새째 되는 날, 총사령관의 부관 로리스-멜리코프가 총사령관의 명령으로 그를 찾아왔다.

"내 머리와 손발도 사르다르에게 봉사하는 것을 기쁨으로 여기고 있습니다." 하지 무라트는 그 특유의 외교적 표현인 머리를 숙이고 손을 가슴에 얹은 자세로 말했다. "명령하십시오." 그는 로리스-멜리코프의 눈을 바라보며 말했다.

---

* 보통 2인승의 무개사륜마차.

로리스-멜리코프는 탁자 옆에 있는 안락의자에 앉았다. 하지 무라트는 그의 맞은편에 있는 등받이가 없는 낮은 소파에 앉아 무릎에 팔꿈치를 괴고 고개 숙인 채 로리스-멜리코프의 말을 주의깊게 들었다. 타타르어가 유창한 로리스-멜리코프에 따르면, 보론초프 공작은 하지 무라트의 과거를 알지만 그의 과거사를 전부 그에게 직접 듣길 원하고 있었다.

"내게 말해주십시오." 로리스-멜리코프는 말했다. "내가 적어서 러시아어로 번역하고, 공작은 그것을 황제 폐하께 보내실 겁니다."

하지 무라트는 잠시 침묵하더니(그는 절대 남의 말을 가로채지 않고 언제나 상대방이 말을 마칠 때까지 기다렸다), 이윽고 고개를 들어 파파하를 뒤로 흔들어 떨어뜨리고는 마리야 바실리예브나를 매료시킨 특유의 그 아이 같은 미소를 지었다.

"그러죠." 그는 자기가 살아온 이야기를 황제가 읽는다는 생각에 흡족한 마음으로 대답했다.

"말하십시오(타타르어에는 이인칭 존칭вы이 없다), 처음부터 전부, 서두르지 말고." 로리스-멜리코프는 이렇게 말하고 호주머니에서 수첩을 꺼냈다.

"그러죠, 그런데 할말이 너무 많습니다, 정말 많은 일이 있었으니까요." 하지 무라트는 말했다.

"하루에 다 안 끝나면 다음날 또 하면 됩니다." 로리스-멜리코프는 말했다.

"처음부터 시작합니까?"

"네, 처음부터, 어디서 태어났고 어디서 살았는지부터."

하지 무라트는 고개를 숙인 채 한참 그대로 앉아 있다가, 마침내 등받이 없는 소파 옆에 있는 막대기를 들고, 상아 자루에 금테두리가 있는 강철 단검을 칼집에서 빼 면도칼처럼 날카로운 그것으로 막대기를 깎으며 이야기하기 시작했다.

"그럼 쓰십시오. 나는 우리 산민들이 하는 말로 나귀 대가리만큼 작은 아울인 첼메스에서 태어났습니다." 그는 말하기 시작했다. "우리 아울 가까이, 포탄 두 개 날아갈 거리쯤에 칸들이 사는 훈자흐가 있었습니다. 우리 가족은 그들과 가깝게 지냈죠. 내 어머니가 칸의 큰아들인 아부눈찰 칸의 유모여서 나도 칸들과 친해졌습니다. 칸에게는 우리 형 오스만과 함께 젖을 먹고 자란 아부눈찰 칸, 내 의형제인 움마 칸, 그리고 막내아들 불라치 칸, 이렇게 세 아들이 있었는데, 불라치 칸은 나중에 샤밀이 낭떠러지에 던져 죽였습니다. 이건 나중에 일어난 일입니다. 내가 열다섯 살쯤 되었을 때 뮤리트들이 아울들을 돌아다니기 시작했습니다. 그들은 목검으로 돌을 내리치며 '이슬람교도들이여, 성전聖戰을!' 하고 외쳤습니다. 체첸인들이 모두 동조했고, 아바르인들도 움직이기 시작했습니다. 나는 그때 칸의 저택에서 살았고 칸들의 형제나 다름없었기 때문에 원하는 것을 하며 풍족하게 지냈습니다. 나는 말과 무기, 돈까지 있었습니다. 매일 즐겁게 지냈고, 아무 근심 없었습니다. 카지-물라*가 살해되고 감자트가 그 자리를 차지할 때까지 그런 생활이 계속됐습니다. 감자트는 칸들에게 사자使者를 보내 성전에 동참

* 1794~1832. 체첸과 다게스탄의 첫 이맘. 1832년 길레리에서 로젠 남작이 지휘하는 러시아군에 포위되어 죽었다. 이후 감자트-베크(1789~1834), 뒤이어 샤밀이 이맘이 되었다.

하지 않으면 훈자흐를 멸망시키겠다고 위협했습니다. 우리는 깊이 생각해야 했습니다. 칸들은 러시아를 두려워하며 성전에 참가하길 주저했고, 그래서 칸의 아내는 둘째아들 움마 칸과 나를 티플리스로 보내 감자트를 물리쳐달라고 러시아 총사령관에게 도움을 청했습니다. 당시 총사령관은 로젠 남작이었습니다. 그는 나도 움마 칸도 만나주지 않았습니다. 도와주겠다는 말만 했을 뿐 아무것도 해주지 않았습니다. 다만 그의 부하 장교들이 우리 아울로 찾아와 움마 칸과 카드놀이만 했을 뿐입니다. 그들은 움마 칸에게 술을 먹이고 나쁜 곳으로 끌고 다녔고, 움마 칸은 도박으로 가진 돈도 탕진했습니다. 원래 움마 칸은 황소처럼 힘이 세고 사자처럼 용감했지만 마음은 물처럼 약했습니다. 만약 내가 끌고 나오지 않았다면 그는 마지막 남은 재산인 말과 무기까지 잃었을 겁니다. 티플리스에 다녀온 뒤 나는 생각을 바꿔 성전에 참가하자고 칸의 아내와 젊은 칸들을 설득하기 시작했습니다."

"왜 생각이 달라졌죠?" 로리스-멜리코프는 물었다. "러시아인이 마음에 들지 않았습니까?"

하지 무라트는 잠시 말이 없었다.

"네, 마음에 들지 않았습니다." 그는 단호하게 말하고 눈을 감았다. "그리고 내가 성전에 참가해야겠다고 생각하게 된 또하나의 사건이 있었습니다."

"무슨 사건입니까?"

"첼메스 근교에서 나와 칸은 세 명의 뮤리트와 마주쳤는데, 둘은 도망치고 하나는 내가 권총으로 쏘아 죽였습니다. 무기를 거두려고 다가가 보니 그는 아직 살아 있었습니다. 그가 나를 바라보며 말했습니다.

'나는 네 손에 죽는다. 그러나 행복하다. 너는 이슬람교도이고, 젊고 강하니까 성전에 참가해라. 신의 명령이다.'"

"그래서, 참가했습니까?"

"참가하지는 않았지만 그것에 대해 생각하기 시작했습니다." 하지 무라트는 자기 이야기를 계속했다. "감자트가 훈자흐를 공격했을 때, 우리는 그에게 장로들을 보내 성전에 참가하는 데는 동의하지만 어떻게 싸워야 하는지 가르쳐줄 학자를 보내달라고 청했습니다. 감자트는 장로들의 콧수염을 자르고 코에 구멍을 뚫어 레표시카*를 매달아 돌려보냈습니다. 장로들이 말하길, 감자트는 성전을 위해 이슬람교도를 가르칠 고위 성직자를 보낼 의향이 있지만, 그에 앞서 칸의 아내가 자신의 막내아들을 인질로 보내야 한다고 했습니다. 칸의 아내는 그 말을 믿고 불라치 칸을 감자트에게 보냈습니다. 감자트는 불라치 칸을 잘 대접해주고, 또다시 사자를 보내더니 남은 형제들도 보내라고 요구했습니다. 그는 자기 아버지가 그들의 아버지에게 봉사했던 것처럼 자신도 칸들에게 봉사하고 싶다고 사자를 통해 전했습니다. 칸의 아내는 자기 멋대로 살아가는 세상 여자들처럼 나약하고 무지하고 뻔뻔한 여자였습니다. 그녀는 두 아들을 다 보내기가 두려워 움마 칸만 보냈습니다. 그래서 내가 함께 간 겁니다. 뮤리트들은 1베르스타 앞까지 우리를 마중나와 노래를 부르고 축포를 쏘고 우리 주위에서 기마곡예도 했습니다. 우리가 도착하자 감자트는 천막에서 나와 움마 칸의 말등자로 다가왔고 그를 칸으로서 맞이했습니다. 감자트는 이렇게 말했습

---

* 납작하고 둥근 빵.

니다. '나는 지금까지 당신 집안에 아무런 해도 끼치지 않았고, 또 그렇게 하고 싶지도 않습니다. 그러니 당신도 나를 죽이려 하지 말고 사람들을 성전으로 이끄는 것도 막지 마십시오. 내 아버지가 당신 아버지에게 봉사했듯 나도 전군을 이끌고 당신에게 봉사하겠습니다. 그러니 나를 당신의 집에 살게 해주십시오. 나는 여러 일에 대해 조언을 아끼지 않겠습니다. 당신은 하고 싶은 일을 하면 됩니다.' 윰마 칸은 어둔했습니다. 무슨 말을 해야 할지 몰라 침묵만 지켰죠. 그래서 나는 말했습니다. 만일 그렇다면 감자트가 훈자흐에 오는 것이 좋겠습니다. 칸도 칸의 아내도 모두 정중히 맞아주실 겁니다. 그러나 그들은 내 말을 가로막았습니다. 이때 처음 나는 샤밀과 충돌했습니다. 샤밀은 그때 이맘* 옆에 있었습니다. '네가 아니라 칸에게 묻는 거야.' 그는 이렇게 말했습니다. 나는 입을 다물었고, 감자트는 윰마 칸을 천막 안으로 안내했습니다. 잠시 후 감자트가 나를 불러 자기 사자들과 함께 훈자흐로 돌아가라고 명령했습니다. 나는 출발했습니다. 훈자흐로 돌아오자 감자트의 사자들은 큰아들도 감자트에게 보내라고 칸의 아내를 설득하기 시작했습니다. 나는 모반이 분명하다고 생각하고 칸의 아내에게 아들을 보내면 안 된다고 말했습니다. 그러나 달걀에 털이 없듯 여자의 머리에는 지혜가 없었습니다. 칸의 아내는 그들의 말을 믿고 아들에게 가라고 말했습니다. 아부눈찰은 거부했습니다. 그러자 그녀가 말했습니다. '아마도 너는 두려운가보구나.' 그녀는 마치 벌처럼 어디를 쏘아야 고통스러운지 알았던 겁니다. 아부눈찰은 화가 나서 어머니

* 이슬람교단의 지도자, 최고 성직자.

에게는 아무 말도 하지 않고 말에 안장을 얹으라고 명령했습니다. 나는 그와 함께 갔습니다. 감자트는 움마 칸보다 우리를 더 정중히 맞았습니다. 그는 포탄 두 개 날아갈 거리쯤 되는 산 아래까지 내려와 우리를 맞았습니다. 그의 뒤에는 손에 깃발을 든 기마병들이 따르며 〈라 일라하 일 알라〉를 부르고 축포를 쏘며 기마곡예도 했습니다. 우리가 야영지에 도착하자 감자트는 칸을 천막 안으로 안내했습니다. 나는 말과 함께 밖에 있었습니다. 내가 산 아래로 내려가고 있을 때 갑자기 천막에서 총성이 울렸습니다. 나는 천막으로 달려갔습니다. 움마 칸은 이미 피로 얼룩진 바닥에 쓰러져 있고 아부눈찰은 뮤리트들과 싸우고 있었습니다. 그의 얼굴은 반쯤 잘려나가 대롱거리고 있었습니다. 그는 한 손으로 얼굴 반쪽을 누르고 다른 손으로 단검을 휘두르며 달려드는 자들을 모두 베었습니다. 내 앞에서 감자트의 동생을 베어 죽이고 또 한 사람에게 달려들었지만, 결국 뮤리트들이 쏜 총에 쓰러지고 말았습니다."

하지 무라트는 말을 멈추었고, 갈색으로 그을린 얼굴은 붉어지고 두 눈에는 핏발이 섰다.

"나는 무서워서 도망치고 말았습니다."

"정말입니까?" 로리스-멜리코프는 말했다. "당신은 아무것도 두려워하지 않는 줄 알았는데요."

"그뒤로는 전혀요. 그때부터 나는 언제나 그날의 수치를 떠올리게 되었고, 그 일을 생각하면 아무것도 두렵지 않았습니다."

## 12

“이만할까요. 기도를 드려야 합니다.” 하지 무라트는 말하고 체르케스카 가슴 안주머니에서 보론초프에게 받은 브레게를 꺼내 조심스럽게 용수철을 누르고 고개를 기울여 아이 같은 미소를 지으며 시곗소리에 귀를 기울였다. 시계는 열두시 십오분을 알렸다.

“쿠나크 보론초프의 페시케시(선물)입니다.” 그는 웃으며 말했다. “좋은 사람입니다.”

“네, 좋은 사람이고말고요.” 로리스-멜리코프는 말했다. “시계도 좋군요. 당신이 기도를 하는 동안 기다리겠습니다.”

“야크시(좋습니다), 그러죠.” 하지 무라트는 말하고 침실로 갔다.

혼자 남은 로리스-멜리코프는 하지 무라트가 이야기한 요점을 수첩에 적고, 담배를 피우며 방안을 거닐기 시작했다. 침실 다른 쪽 문에 다가가자 타타르어로 빠르게 말하는 활기찬 목소리가 들렸다. 하지 무라트의 뮤리트들이 왔다고 추측한 로리스-멜리코프는 문을 열고 들어갔다.

방안에서는 산민들에게 나는 시큼한 가죽 냄새가 풍겼다. 기름때가 낀 해진 베시메트를 걸친 붉은 머리의 애꾸눈 감잘로가 창가 바닥에 부르카를 깔고 앉아 굴레를 겯고 있었다. 그는 목쉰 소리로 한껏 지껄이다 로리스-멜리코프가 들어오자 곧 입을 다물어버리고 그에게는 눈길도 주지 않고 하던 일을 계속했다. 쾌활한 마고마 칸은 그의 맞은편에 서서 흰 이를 드러내고 속눈썹이 없는 검은 눈을 번득이며 똑같은 말을 되풀이하고 있었다. 잘생긴 옐다르는 소매를 걷어 우람한 팔을 드러내고 벽의 못에 걸어놓은 안장 띠를 닦고 있었다. 재정을 관리하는 중요한 책임자인 하네피는 보이지 않았다. 그는 부엌에서 점심을 준비하고 있었다.

"무슨 논쟁이라도 하나?" 그들에게 인사를 건네고 로리스-멜리코프는 마고마 칸에게 물었다.

"이 사람은 언제나 샤밀을 칭송합니다." 마고마 칸은 로리스에게 손을 내밀며 대답했다. "샤밀은 위대한 인물이라고 말입니다. 학자이고, 성자이고, 지기트라고요."

"그를 떠난 마당에 어떻게 칭송할 수가 있지?"

"떠나놓고도 칭송한단 말입니다." 마고마 칸은 이를 드러내고 눈을 번득이며 말했다.

"그래, 정말 그를 성자라고 생각하나?" 로리스-멜리코프가 물었다.

"그가 성자가 아니라면 사람들이 그의 말을 듣지 않겠지." 감잘로가 재빨리 말했다.

"샤밀은 성자가 아니지만 만수르*는," 마고마 칸이 말했다. "그야말로 진짜 성자였어. 그가 이맘이었을 때는 사람들도 뭔가 달랐거든. 그가 아울들을 돌아다니면 사람들이 다가와 그의 체르케스카 옷자락에 입을 맞추고, 죄를 뉘우치고, 악행을 범하지 않겠다고 맹세했지. 노인들 말을 들어보니, 당시에는 모두가 성자처럼 살면서 담배도 안 피우고 술도 안 마시고 기도도 빠짐없이 하고, 서로의 죄를 용서하고 심지어 살인까지 용서했대. 그때는 돈과 물건을 주우면 그걸 장대 끝에 걸

* 캅카스의 이슬람 전도자.

어 길가에 세워두었어. 그 시절에는 신도 백성들에게 모든 일에서 성공을 내려주셨지, 지금과는 달랐어." 마고마 칸은 말했다.

"지금도 산에서는 술을 마시지도 담배를 피우지도 않아." 감잘로가 말했다.

"너의 샤밀은 라모로이야!" 마고마 칸은 로리스-멜리코프에게 눈을 찡긋하며 말했다.

'라모로이'는 산민을 업신여기는 호칭이었다.

"라모로이는 원래 산사람이야. 독수리들이 사는 곳도 산이고." 감잘로가 말했다.

"훌륭해! 멋진 표현이군, 한 방 얻어맞았는데." 마고마 칸은 상대방의 재치 있는 답변이 기쁜지 흰 이를 드러내며 말했다.

그는 로리스-멜리코프가 들고 있는 은제 담뱃갑을 보고 담배를 한 대 달라고 청했다. 로리스-멜리코프가 담배는 금지 아니냐고 묻자, 그는 눈을 찡긋하고 하지 무라트의 침실 쪽을 고갯짓으로 가리키며 보지 않을 때는 괜찮다고 말했다. 그는 곧바로 담배를 피워 물었지만, 깊이 들이마시지는 않고 내뿜을 때도 붉은 입술을 서툴게 오므렸다.

"좋지 않아." 감잘로는 엄격하게 말하고 방에서 나가버렸다. 마고마 칸은 그에게 눈을 찡긋하고 담배를 피우며 비단 베시메트와 파파하는 어디서 사는 게 더 나은지 로리스-멜리코프에게 물었다.

"글쎄, 그걸 살 만큼 돈이 많은가?"

"그럼요, 살 수 있죠." 마고마 칸은 눈을 찡긋하며 대답했다.

"어디서 그런 돈이 났느냐고 한번 물어봐주십시오." 옐다르는 미소 띤 아름다운 얼굴을 로리스 쪽으로 돌리며 말했다.

"도박으로 땄습니다." 마고마 칸은 재빨리 말했는데, 그의 말에 따르면 어제 티플리스의 거리를 돌아다니다가 오를랸카*를 하는 러시아인 병졸들과 아르메니아인 무리를 만났다. 판이 커서 바닥에는 금화 세 닢과 수많은 은화가 쌓여 있었다. 마고마 칸은 금세 이해하고 주머니 속 동전을 짤랑거리며 사람들 원을 헤집고 들어가 가진 돈을 모조리 걸겠다고 말했다.

"다 걸었다고? 그만한 돈이 있었단 말인가?" 로리스-멜리코프는 물었다.

"다해봐야 12코페이카밖에 없었습니다." 마고마 칸은 이를 드러내고 웃으며 말했다.

"저런, 만일 지면 어쩌려고 그랬나?"

"그럼 이거죠." 마고마 칸은 권총을 가리키며 말했다.

"아니, 그걸 넘겨줄 생각이었나?"

"이걸 왜 넘겨줍니까? 나는 도망쳤을 거고, 나를 붙잡으려는 놈은 쏴 죽였을 겁니다. 마음먹고 있었습니다."

"그래, 이겼단 말이지?"

"아무렴요, 다 쓸어 담아 왔죠."

로리스-멜리코프는 마고마 칸과 엘다르의 됨됨이를 완전히 파악하고 있었다. 마고마 칸은 넘치는 생명력을 어디 써야 할지 모르고, 언제나 명랑하고, 경박하고, 자기 목숨뿐만 아니라 남의 목숨까지 가벼이 여기며, 이번에도 생명을 담보한 도박 때문에 러시아군으로 넘어왔고,

---

* 동전 앞뒤 맞히기 놀이.

내일이라도 그런 도박 때문에 다시 샤밀 편으로 되돌아갈 수도 있는 인물이었다. 옐다르에 대해서도 충분히 파악했는데, 옐다르는 뮤르시트에게 충심으로 헌신하는 침착하고 심지가 굳은 인물이었다. 유일하게 도무지 알 수 없는 인물은 붉은 머리의 감잘로였다. 로리스-멜리코프는 그가 샤밀에게 충성하고, 모든 러시아인에게는 참을 수 없는 혐오와 경멸, 반감과 증오를 느낀다는 것을 알았는데, 그런 그가 왜 러시아에 투항했는지 알 수 없었다. 하지 무라트의 투항도 샤밀과의 불화에 대한 이야기도 다 거짓이고 사실은 그가 러시아군의 약점을 파악한 뒤 다시 산으로 달아나 러시아군의 허점을 찌르려는 것일지도 모른다고 했던 몇몇 상관의 의견이 로리스-멜리코프의 머릿속을 스쳤다. 감잘로는 이러한 추측을 온전히 증명하는 듯한 존재였다. '하지 무라트나 다른 사람들은 속내를 감출 줄 알지만 이 사내만은 증오를 감추지 못하고 드러내고 있다.' 로리스-멜리코프는 생각했다.

로리스-멜리코프는 그와 이야기해보려 했다. 그에게 이곳 생활이 따분하지 않은가 물어보았다. 그러나 그는 일손을 멈추지 않고 애꾸눈으로 로리스-멜리코프를 바라보며 목쉰 소리로 무뚝뚝하게 대답했다.

"아니요, 따분하지 않습니다."

어떤 질문을 해도 그는 이런 식으로 대답했다.

로리스-멜리코프가 누케르(친위대)가 묵는 방에 있을 때 네번째 뮤리트가 들어왔는데, 얼굴과 목에 털이 많고 부푼 듯한 불룩한 가슴에도 털가죽처럼 털이 무성한 아바르인 하네피였다. 그는 언제나 주어진 일을 묵묵히 하는 건장한 일꾼이고, 옐다르처럼 무조건 주인에게 충성했다.

하네피가 쌀을 가지러 누케르가 묵는 방으로 들어오자 로리스-멜리코프는 그를 불러세우더니 어디서 왔는지, 하지 무라트와는 얼마나 함께했는지 물었다.

"오 년입니다." 하네피는 로리스-멜리코프의 물음에 이렇게 대답했다. "나는 그분과 같은 아울 출신입니다. 나의 아버지가 그분의 숙부를 죽이자, 그의 사람들이 나를 죽이려고 했습니다." 그는 일자로 붙다시피 한 눈썹 아래 침착한 눈으로 로리스-멜리코프의 얼굴을 바라보며 말했다. "그래서 그분에게 나를 동생으로 삼아달라고 간청했습니다."

"동생으로 삼는다니 그게 무슨 뜻이지?"

"나는 두 달 동안 머리도 손톱도 깎지 않고 그들을 찾아갔습니다. 그들은 나를 그분의 어머니인 파티마트에게 데려갔습니다. 파티마트가 젖가슴을 내주셨고, 마침내 나는 그분의 동생이 되었습니다."

옆방에서 하지 무라트의 목소리가 들렸다. 옐다르는 이내 주인의 부름을 알아채고 손을 씻은 뒤 서둘러 성큼성큼 객실로 갔다.

"뵙자고 하십니다." 그는 돌아와 말했다.

로리스-멜리코프는 쾌활한 마고마 칸에게 담배를 한 대 더 준 뒤 객실로 갔다.

## 13

로리스-멜리코프가 객실에 들어오자 하지 무라트는 밝은 얼굴로 그를 맞았다.

"어때요, 계속하시겠습니까?" 그는 등받이 없는 소파에 앉으며 말했다.

"네, 물론입니다." 로리스-멜리코프는 말했다. "당신 누케르에게 가서 잠시 이야기를 나눴습니다. 꽤 쾌활한 사람이 있더군요." 그는 덧붙였다.

"네, 마고마 칸 말이군요, 좀 가볍죠." 하지 무라트는 말했다.

"그런데 나는 젊고 잘생긴 자가 마음에 들던데요."

"아, 엘다르입니다. 젊고 강철같이 단단하죠."

그들은 잠시 말이 없었다.

"그럼, 이야기를 이어가볼까요?"

"네, 좋습니다."

"칸이 살해당한 데까지 했었죠. 그래요, 감자트는 그들을 죽이고 훈자흐로 가 칸의 궁전에 들어앉았습니다." 하지 무라트는 말하기 시작했다. "칸의 아내가 거기 남아 있었고, 감자트는 그녀를 자기 앞으로 불렀습니다. 그녀는 감자트를 비난하기 시작했습니다. 그러자 감자트는 뮤리트 아셀데르에게 눈짓을 했고, 아셀데르는 그녀의 등뒤에서 칼을 내리쳐 그녀를 죽였습니다."

"왜 그녀까지 죽였을까요?" 로리스-멜리코프가 물었다.

"왜 그랬겠습니까, 한 다리를 올렸으니 다른 발도 올려 딛고 넘어서야 하니까요. 일족을 멸해야 했던 겁니다. 그는 그것을 실행했습니다. 샤밀은 칸의 막내아들까지 절벽 밑으로 던져 죽였습니다. 이렇게 아바르 전체가 감자트에게 항복했지만, 우리 형제만은 항복하지 않았습니다. 우리는 칸 일족에 대한 복수로 그의 피를 봐야 했습니다. 우리는 항복한 체했지만, 어떻게 하면 그를 피 흘리게 할 수 있을지만 궁리했습니다. 우리는 할아버지와 상의했고 잠복하고 있다가 그가 궁전에서 나올 때 덮쳐 죽이기로 했습니다. 그런데 한 놈이 우리 말을 엿듣고 감자트에게 일러바쳤고, 그는 할아버지를 불러 이렇게 말했습니다. '조심하시오, 당신 손자들이 나를 해치려고 모의하는 게 사실이라면, 손자들과 함께 당신도 교수대에 매달리게 될 테니까. 나는 신의 과업을 행하는 것이니 방해 마시오. 이제 가보시오, 내 말을 명심하는 것이 좋을 거요.' 할아버지는 돌아와 우리에게 자초지종을 말해주었습니다. 우리는 더이상 지체하지 않고 축일 첫째 날 모스크에서 거사를 결행하기로 했습니다. 동지들은 꺼렸고, 결국 우리 형제만 남았습니다. 우리는 권총을 두 자루씩 지니고 부르카를 걸치고 모스크로 갔습니다. 감자트는 삼십 명의 뮤리트를 거느리고 들어오더군요. 모두 칼을 빼들고 있었습니다. 아셀데르라는 감자트의 심복이, 칸의 아내의 머리를 친 바로 그 장본인이 감자트 옆에 서 있었습니다. 우리를 발견한 그자가 외투를 벗으라고 외치며 다가왔습니다. 나는 손에 든 단검으로 그를 찔러 죽이고 감자트에게 달려들었습니다. 오스만 형이 벌써 그에게 총을 쏜 뒤였고, 감자트는 아직 죽지 않고 단검을 휘두르며 형에게 달려들었지만 내가 감자트의 머리에 일격을 가했습니다. 뮤리트는 삼십 명이고 우리는 두 명이었습니다. 오스만 형은 그들의 칼에 쓰러지고 말았고, 나는 그들을 피해 겨우 창문에서 뛰어내려 달아났습니다. 감자트의 죽음이 알려지자 사람들이 모두 들고일어났고 그의 뮤리트들은 뿔뿔이 달아났고, 달아나지 못한 자들은 모두 살해되었습니다."

하지 무라트는 말을 멈추고 깊게 숨을 내쉬었다.

"이때까지만 해도 모든 것이 좋았지만," 하지 무라트는 말을 이었다. "그다음부터 모든 상황이 나빠졌습니다. 감자트의 자리에 샤밀이 앉은 겁니다. 그는 나에게 사자를 보내 자기와 함께 러시아 저항군에 가담하라면서, 내가 거절하면 훈자흐를 파괴하고 나를 죽이겠다고 협박했습니다. 나는 그에게 가지도 않고 그가 나에게 오도록 하지도 않겠다고 말했습니다."

"왜 그에게 가지 않았습니까?" 로리스-멜리코프는 물었다.

하지 무라트는 미간을 찌푸렸고 바로 대답하지 않았다.

"그럴 수 없었습니다. 샤밀의 손에는 오스만 형과 아부눈찰 칸의 피가 묻어 있었으니까요. 나는 그에게 가지 않았습니다. 로젠 장군은 나에게 장교 계급을 주고 아바르의 사령관으로 임명했습니다. 만사가 잘 풀리는 듯했지만, 로젠 장군은 아바르의 통치자로 처음에는 카지쿠미흐의 칸 마호메트-미르자를 임명했고, 그뒤 아흐메트 칸을 임명했습니다. 이자가 나를 싫어했습니다. 그는 자기 아들을 칸의 딸 살타네트와 결혼시키려다 거절당했습니다. 그것을 나 때문이라고 생각했던 겁니다. 그는 나를 증오해서 누케르를 시켜 죽이려고 했지만 나는 피했습니다. 그러자 그는 클류게나우 장군에게 가서, 내가 아바르인들에게 러시아 병사들에게는 장작을 주지 말라고 명령했다고 나를 중상했습니다. 그리고 또 이것도 말했습니다. 내가 이 터번을 하고 있다고, 이 터번 말입니다." 하지 무라트는 파파하 위에 두른 터번을 가리키며 말했다. "이 터번이 내가 샤밀과 내통한 증거라고 말한 겁니다. 장군은 그 말을 믿지 않았고, 그래서 나를 해치라는 명령은 내리지 않았습니다. 그러나 장군이 티플리스로 떠나자, 아흐메트 칸은 마음대로 행동했습니다. 그는 1개 중대 병사를 이끌고 와 나를 붙잡아 족쇄를 채우고 쇠사슬로 대포에 묶었습니다. 나는 엿새 동안 묶여 있었습니다. 이레째 되던 날 비로소 쇠사슬을 풀어주더니 테미르-칸-슈라로 끌고 갔습니다. 장전한 총을 든 사십 명의 병사가 나를 끌고 가고 있었습니다. 나는 양손이 묶여 있었고, 도망치면 사살하라는 명령이 내려져 있었습니다. 나도 그것을 알고 있었습니다. 모크소흐 근처에 다다르자 길이 좁아지고 오른쪽에 약 50사젠 높이의 낭떠러지가 나타났는데, 나는 병사들에게서 떨어져 오른쪽 낭떠러지 쪽으로 갔습니다. 한 병사가 나를 저지했지만 나는 낭떠러지 아래로 뛰어내렸고 그 바람에 그 병사도 함께 떨어지고 말았습니다. 병사는 즉사했지만 나는 아직 이렇게 살아 있습니다. 갈비뼈, 머리, 팔다리 할 것 없이 전부 부러졌죠. 기어가보려 했지만 할 수 없었습니다. 어질어질하더니 정신을 잃었습니다. 피에 젖은 상태로 눈을 떴습니다. 양치기가 나를 발견했습니다. 그가 사람들을 불러왔고, 나는 아울로 옮겨졌습니다. 다친 갈비뼈와 머리가 아물고, 다리도 나았습니다, 한쪽 다리가 좀 짧아졌지만." 하지 무라트는 굽은 한쪽 다리를 뻗어 보였다.

"쓸 만합니다, 괜찮습니다." 그는 말했다. "사람들이 소식을 듣고 나를 찾아오기 시작했습니다. 몸이 낫자 나는 첼메스로 옮겼습니다. 아바르인들이 다시 자신들 땅을 통치해달라고 했습니다." 하지 무라트는 자부심에 찬 자신 있고 침착한 어조로 말했다. "나는 받아들였습니다."

하지 무라트는 벌떡 일어났다. 그러고는 안장주머니에서 서류 뭉치를 꺼내 누렇게 바랜 편지 두 통을 뽑더니 로리스-멜리코프에게 건넸다. 클류게나우 장군의 편지였다. 로리스-멜리코프는 그것을 읽었다.

첫번째 편지에는 이렇게 적혀 있었다.

"하지 무라트 소위! 자네가 내 부하로 복무하는 동안 나는 자네에게 만족했고, 자네를 선량한 인물이라 생각했네. 그런데 최근 아흐메트 칸 소장이, 자네는 변절해 터번을 쓰고 있고, 샤밀과 내통하면서 러시아 당국에 반역하도록 민중을 선동한다는 보고를 올렸네. 그래서 자네를 붙잡아 나에게 데려오라고 명령했지만 자네는 도주해버렸어. 나는 자네가 유죄인지 무죄인지 모르므로 그 행동이 정당한지 그렇지 않은지 판단할 수 없네. 이제 내 말을 듣게. 만일 위대한 황제 폐하께 자네가 결백하다면, 스스로 어떤 죄도 없다고 생각한다면 나에게 오게. 누구도 두려워할 필요 없네—나는 자네의 보호자니까. 칸은 자네에게 아무 짓도 하지 못할 걸세. 그는 내 휘하의 부하이니 두려워할 건 조금도 없어."

클류게나우는 자신은 언제나 공정하며 자신이 한 말을 지킨다고 덧붙이고, 한번 더 하지 무라트에게 자기에게 오라고 권고했다.

로리스-멜리코프가 첫번째 편지를 다 읽자, 하지 무라트는 두번째 편지를 꺼내 로리스-멜리코프에게 건네주기 전 첫번째 편지에 자신이 어떤 답장을 했는지 말해주었다.

"나는 장군에게 내가 터번을 한 이유는 샤밀을 위해서가 아니라 영혼의 구원을 위해서였다고, 내 아버지와 형제와 친척들이 샤밀에게 살해당했기 때문에 그에게 넘어가고 싶지도 않고 넘어갈 수도 없다고 썼고, 또한 내 명예를 훼손당했기 때문에 러시아 쪽으로 넘어갈 수도 없다고 썼습니다. 내가 훈자흐에서 결박되어 있을 때 한 악당이…… 나를 모욕했습니다. 그래서 그를 죽이기 전까지는 장군에게 갈 수 없다고 썼습니다. 그러나 사실 내가 가장 두려웠던 건 사기꾼 아흐메트 칸이었습니다. 그러자 장군이 다시 이 편지를 보내왔습니다" 하고 하지 무라트는 빛바랜 또 한 통의 편지를 로리스-멜리코프에게 건넸다.

"자네의 답장 잘 받았네." 로리스-멜리코프는 편지를 읽었다. "자네는 어느 이교도가 자네에게 준 모욕 때문에 러시아로 넘어올 수 없다고 썼지만, 러시아의 법은 공정하기 때문에 감히 자네를 모욕한 자가 어떤 처벌을 받는지 그 모습을 자네 두 눈으로 직접 보게 될 거라고 내가 보증하지. 나는 이미 그 사건을 조사하라고 지시했네. 내 말을 듣게, 하지 무라트. 나는 자네가 나를 믿지 않고 나의 정직함을 믿지 않는다는 사실에 마땅히 불만을 품을 권리가 있지만, 일반적으로 산민들이 지닌 불신감에 대해 잘 알기 때문에 자네를 용서하네. 만일 자네가 양심에 꺼릴 것이 없고, 터번을 쓴 것이 진정 영혼의 구원만을 위해서였다면 자네는 러시아 정부와 나를 거리낌없이 당당히 볼 수 있을 거야. 그리고 자네를 욕되게 한 자는 벌을 받을 것이고, 자네는 재산을 되찾을 수 있으며, 러시아의 법이 어떤 의미인지 직접 보고 알게 될 걸세. 또한 러시아인들은 세상의 모든 것을 다르게 보기 때문에, 어떤 악당이 자네에게 모욕을 주었다 해도 러시아인들은 자네의 품위가 떨어졌다고 보지 않아. 나는 김리*의 사람들에게 터번 착용을 허가하고, 관습에 따르는 그들의 행동을 지켜보고 있으며, 거듭 말하지만 두려워할 건 조금도 없네. 이 편지를 가져간 사자와 함께 내게로 오게. 그는 내게 충실하며 자네 원수의 노예가 아니라 러시아 정부의 각별한 배려를 받

* 다게스탄의 한 지역.

는 사람의 친구일세."

편지의 나머지 부분에서도 클류게나우는 하지 무라트에게 러시아로 넘어오라고 계속 설득했다.

"나는 그 말을 믿지 않았습니다." 로리스-멜리코프가 편지를 다 읽자 하지 무라트가 말했다. "그래서 클류게나우 장군에게 가지 않았습니다. 무엇보다도 나는 아흐메트 칸에게 복수하는 것이 중요했는데, 러시아인을 통해서는 복수할 수 없었기 때문입니다. 그런데 바로 그때 아흐메트 칸이 첼메스를 포위하고 나를 생포하거나 죽이려 했고, 우리의 적은 인원으로는 도저히 그를 물리칠 수 없었습니다. 그때 샤밀의 사자가 편지를 가지고 온 겁니다. 샤밀은 아흐메트 칸을 물리치도록 지원하고 그를 죽이고 아바르의 통치권을 내게 준다고 약속했습니다. 나는 고심 끝에 샤밀 쪽으로 넘어갔습니다. 그후로 계속 러시아군과 싸웠습니다."

그리고 하지 무라트는 여러 전투에서 자신이 거둔 공적을 전부 이야기했다. 무척 많았고, 로리스-멜리코프도 일부는 이미 아는 것이었다. 그의 원정과 기습 공격은 신속한 이동과 대담한 공격 덕분에 언제나 성공적이었다.

"나와 샤밀 사이에 우정 같은 건 전혀 없었습니다." 하지 무라트는 이야기를 마치며 말했다. "그는 나를 두려워하면서도 나를 필요로 했습니다. 그러던 어느 날 우연히 누군가가 샤밀 후에는 누가 이맘이 되어야 하느냐고 묻자, 나는 검이 날카로운 자가 될 거라고 말했습니다. 이 말이 샤밀의 귀에 들어갔고, 그는 나를 처치하려 했습니다. 그는 나를 타바사란으로 보냈습니다. 나는 그곳에 가서 양 천 마리와 말 삼백

필을 빼앗아 왔습니다. 그러나 그는 시키지도 않은 일을 했다며 내게서 나이브 지위를 박탈하고 전 재산을 내놓으라고 명령했습니다. 나는 금화 천 냥을 보냈습니다. 그러나 그는 뮤리트들을 보내 내 전 재산을 빼앗았습니다. 그리고 자신에게 오라고 명령했지만, 나는 샤밀이 나를 죽이려 한다는 것을 알아채고 가지 않았습니다. 그는 나를 붙잡아 오라고 뮤리트들을 보냈습니다. 난 그들을 물리치고 보론초프에게 갔죠. 다만 가족을 데려오지 못했을 뿐입니다. 어머니도 아내도 아들도 모두 샤밀의 수중에 있습니다. 사르다르께 말해주십시오, 가족이 거기 있는 한 나는 아무 일도 할 수 없다고 말입니다."

"내가 말씀드리겠습니다." 로리스-멜리코프는 말했다.

"부탁입니다, 꼭 그렇게 해주십시오. 내가 가진 모든 것을 당신에게 줄 테니 공작에게 도와달라고 꼭 말해주십시오. 나는 묶여 있고, 밧줄은 샤밀이 쥐고 있습니다."

하지 무라트는 로리스-멜리코프에게 이렇게 말하며 자기 이야기를 마쳤다.

## 14

12월 20일, 보론초프는 육군대신 체르니쇼프*에게 다음과 같은 편지를 보냈다. 프랑스어로 쓰여 있었다.

* A. I. 체르니쇼프(1786~1857). 러시아 장군, 니콜라이 1세 때 육군대신을 지냈다.

친애하는 공작, 최근 각하에게 서면을 드리지 못한 것은 우선 하지 무라트에 대한 조치를 결정하기 위해서였고, 이삼일간 저의 건강이 몹시 좋지 않았습니다. 지난번 서면에서 하지 무라트가 이곳에 도착했다고 알려드렸다시피, 그는 지난 8일 티플리스에 왔고, 다음날 저와 만나고, 이후 8~9일 동안 우리는 이야기를 나눴고, 저는 그가 앞으로 우리 군을 위해 무엇을 할 수 있을지, 특히 당면한 문제에 대해 그에게 어떤 조치를 할지 심사숙고했는데, 그는 자기 가족의 운명을 몹시 우려하고, 그들이 샤밀의 수중에 있는 한 자신은 수족이 묶인 것이나 다름없기 때문에 러시아의 환영과 관용에 감사를 표하고 싶어도 마음과 달리 그럴 수 없다고 아주 솔직하게 말했습니다. 소중한 사람들에 대한 불안감이 그를 매우 초조하게 만들고 있고, 저의 지시로 여기서 그와 함께 지내는 사람들이 말하길, 그는 밤잠을 못 이루고, 거의 먹지도 않고, 다만 끊임없이 기도를 하고, 카자크들과 함께 말을 탈 수 있게 해달라는 부탁만 하고 있다고 합니다—말을 달리는 것은 오랜 습관으로 그에게는 꼭 필요한 운동이자 유일한 위안이니까요. 그는 매일 저에게 와서 가족 소식을 묻고, 그때마다 우리가 통치하는 각 전선에서 사로잡은 적의 포로들과 자기 가족을 교환하도록 샤밀에게 제안해달라고 요청하면서, 자신도 얼마간 돈을 보태겠다고 말하고 있습니다. 그에게 돈을 줄 사람들이 있다고 합니다. 가족을 구해주시고, 그다음에 당신들에게 봉사할 수 있도록 해주십시오(그의 의견에 의하면 레즈긴 전선이 가장 적당하다고 합니다), 만일 한 달 이내에 큰 전과를 올리지 못하면 어떠한 처벌도 달게 받겠습니다, 라고 그는 제게 계속 되풀이하고 있습니다.

저는 그의 말이 모두 아주 지당하고, 그의 가족이 인질로 우리에게가 아니라 산속에 남아 있는 한 우리 쪽에도 그를 신뢰하지 못할 사람이 많을 거라고 대답했고, 국경에서 포로들을 모으기 위해 가능한 한 모든 노력을 기울일 것이며, 가족의 몸값을 내는 사람에게 보조금을 주는 것은 우리 규정상 저의 소관은 아니지만, 그를 도울 수 있는 다른 방법이 있는지 찾아보겠다고 약속했습니다. 그다음에 저는 샤밀은 어떠한 경우에도 그의 가족을 넘겨주지 않을 것이며, 어쩌면 그에게 직접 그 사실을 언명하고 동시에 그의 모든 잘못을 용서하고 이전 지위를 돌려준다고 약속할지도 모르며, 만일 그럼에도 그가 돌아가지 않는다면 분명 그의 어머니와 아내와 여섯 자녀를 모두 죽인다고 위협할 거라고 솔직하게 제 의견을 말했습니다. 그리고 샤밀에게 이런 통지를 받으면 어떻게 할 것인지 솔직히 말해달라고 했습니다. 하지 무라트는 눈을 치켜뜨고 하늘로 두 손을 올리더니 모든 건 신에게 달렸지만 자신은 적에게 돌아가지 않을 것이고, 샤밀이 자신을 용서하는 일은 결코 없을 것이며, 설사 용서한다 해도 목숨을 오래 부지하지 못한다는 것을 잘 안다고 말했습니다. 그는 샤밀이 자기 가족의 처단을 경솔하게 실행할 거라고는 생각하지 않는데, 그 이유는 첫째, 샤밀은 그를 더 필사적이고 위협적인 적으로 만들고 싶지 않을 것이며, 둘째, 다게스탄의 유력자들이 샤밀이 그런 행동을 하지 못하게 저지할 것이기 때문이라고 합니다. 끝으로 그는 자신의 미래에 대한 신의 의지가 어떠하든 간에, 지금 머릿속에는 가족을 구출해야 한다는 생각밖에 없으며, 그래서 신의 이름으로 도와달라고, 체첸 부근으로 돌아갈 수 있게 해달라고 계속해서 요청하고 있으며, 아시다시피 체첸 부근에 가면 러시아 지휘관들의 허락과 중재 아래 가족과 접촉할 수도 있고, 현재 가족의 상황이나 그들을 구출하는 방법에 대해 지속적으로 정보를 얻을 수도 있으며, 비록 적지이지만 이 지역 대다수의 사람들은 물론이고 몇몇 나이브도 다소 차이는 있지만 그에게 호감을 가지고 있기 때문에, 이미 러시아군에게 정복되었거나 중립적인 처지의 주민들 속으로 들어가면 하지 무라트가 밤낮으로 갖은 애를 쓰는 그 목적 달성을 위해 우리의 도움과 함께 아주 유용한 기회를 잡을 수 있고, 그 목적 달성은 하지 무라트를 안정시켜 향후 러시아의 이익을 위해 활약하여 우리의 신뢰에 보답할 수 있도록 해줄 거라고 저에게 여러 차례 반복했습니다. 그는 이삼십 명의 용맹한 카자크 호위대를 이끌고 그로즈나야로 파견되기를 희망하는데, 이 부하들은 적에게서 그를 보호하는 동시에 우리에게는 그가 말했던 의도가 진정성 있는 것인지를 검증할 것입니다.

친애하는 공작 각하, 어떻게 처리하든 막중한 책임은 저에게 있기 때문에 제가 얼마나 곤혹스러울지 이해하시리라 생각합니다. 그를 전적으로 믿는 것도 매우 경솔한 일이겠지만, 만일 그에게서 탈출의 수단을 없애려면 가두는 수밖에 없는데, 그것은 부당하고 전략적이지 못한 처사라고 생각합니다. 그런 수단을 쓴다면 다게스탄 전역에 금세 소문이 퍼져 지역 내 우리의 통치에 악영향을 미칠 것이고, 또 많든 적든 공개적으로 이맘에 반대할 준비가 되어 있는, 어쩔 수 없이 러시아로 넘어갔지만 과감하고 진취적인 제2의 우두머리 하지 무라트가 러시아에서 받는 대우에 큰 관심을 가진 모든 사람(그들은 꽤 많습니다)이 품었던 희망의 싹을 꺾는 결과를 낳을 것입니다. 우리가 일단 하지 무라트를 포로로 다루게 되면, 샤밀을 배반함으로써 그가 불러일으킨 긍정적 효과는 모두 사라지고 말 것입니다.

그래서 저는 제가 한 행동 외에 다른 방도는 없었다고 생각하지만, 만일 하지 무라트가 또다시 탈출을 꾀한다면, 그 중대한 과오에 대한 책임은 피할 수 없을 것입니다. 이처럼 공무와 복잡한 문제에서 실수를 감수하지 않고 책임을 받아들이지 않으면서 올바른 길로 걸어가는 것은 불가능까지는 아니어도 분명 어려운 일인데, 일단 올바른 길로 보인다면 결과가 어떻게 되든 그 길로 걸어가야 한다고 생각합니다.

친애하는 공작 각하, 이 사건을 위대하신 황제 폐하께 상주해주시기를 요청하며, 만일 폐하께서 제 행동을 승인해주신다면 저는 행복해 마지않을 것입니다. 이상과 같이 공작 각하에게 보고한 모든 것을 자바돕스키 장군과 코즐롭스키 장군에게도 전했으며, 특히 코즐롭스키 장군에게는 하지 무라트와 직접 교섭할 것을 권하고, 하지 무라트에게도 장군의 허가 없이는 어떤 행동을 해서도 어떤 곳에도 가면 안 된다고 말해두었습니다. 저는 샤밀이 러시아군이 하지 무라트를 감금했다는 낭설을 퍼뜨릴 염려가 있으므로 그가 우리 호위병들과 함께 말을 타고 다니는 것은 러시아 입장에서는 오히려 좋은 일이라고 설명했지만, 동시에 그에게 보즈드비젠스코예에는 절대로 가지 않겠다는 서약을 받아두었는데, 그가 처음 투항했을 때 자기의 쿠나크(친구)로 여기게 된 제 아들이 그 지역 지휘관이 아니라서 오해를 불러일으킬 수도 있다고 생각했기 때문입니다. 또한 보즈드비젠스코예는 우리에게 적의를 품은 사람들이 사는 여러 거주지와 너무 가까운 반면, 그로즈나야는 하지 무라트의 심복들과 연락하는 데 모든 면에서 편리한 곳이기 때문입니다.

하지 무라트의 요청에 따라 한 걸음도 떨어지지 않고 뒤따를 스무 명의 정예 카자크 외에 로리스-멜리코프 대위를 보내기로 했는데, 이 대위는 훌륭하고 아주 똑똑한 모범적인 장교로 타타르어를 할 줄 알고 하지 무라트를 잘 알며, 하지 무라트 또한 대위를 깊이 신뢰하는 것 같습니다. 하지 무라트는 이곳에서 열흘을 보내는 동안 용무차 여기 머물고 있는 슈신스키 도의 지휘관인 중령 타르하노프 공작과 한집에 기거했고, 이 중령은 실로 모범적인 인물로 저는 그를 절대적으로 신뢰합니다. 그 또한 하지 무라트의 신뢰를 받고 있고 타타르어에 능통해 가장 세밀하고 비밀스러운 논의는 오직 그를 통해서 합니다.

저는 타르하노프와 하지 무라트에 관해 상의했고, 그도 제 의견과 똑같이, 즉 제가 했던 대로 조치하든가, 하지 무라트를 감금하고 가능한 한 엄격한 수단으로 감시하든가—일단 그를 냉대하면, 이후 그를 감시하기가 쉽지 않기 때문에—혹은 그를 완전히 외국으로 추방하는 방법밖에 없다고 말했습니다. 그러나 뒤의 두 가지 방법은 하지 무라트와 샤밀의 반목에서 발생하는 우리의 모든 이득을 없애 버릴 수 있고, 샤밀의 권력에 반대하는 산민들의 불만과 반란의 가능성도 필연적으로 소멸시킬 것입니다. 타르하노프 공작도 하지 무라트의 진심을 믿는다고 말했고, 또한 그의 말에 의하면 하지 무라트는 샤밀이 모든 것을 용서해준다고 약속해도 결코 자신을 용서할 리 없으며 분명 처형을 명령할 거라 믿고 있다고 했습니다. 하지 무라트와의 교섭에서 타르하노프 중령의 마음에 걸리는 유일한 것은 종교에 대한 그의 애착인데, 샤밀이 이런 차원에서 하지 무라트를 움직일 수도 있다는 것을 그도 솔직히 인정하고 있습니다. 그러나 앞에서도 썼듯이, 샤밀은 하지 무라트가 돌아가도 곧바로 죽이지 않는다, 혹은 얼마간의 시간이 지나도 죽이지 않는다 같은 말로는 결코 그를 설득하지 못할 것입니다.

친애하는 공작 각하, 이상이 제가 각하에게 보고하려 한 이곳에서 있었던 일들의 전말입니다.

## 15

편지는 12월 24일 티플리스에서 발송되었다. 1852년 새해 전날 밤, 전령은 열 마리의 말을 몰고 열 명의 마부를 혹사시킨 끝에 당시 육군대신이던 체르니쇼프 공작에게 이것을 전달했다.

1852년 1월 1일, 체르니쇼프는 보론초프 공작의 이 편지를 다른 보고서들과 함께 니콜라이 황제에게 상주했다.

체르니쇼프는 보론초프를 좋아하지 않았는데—보론초프가 사람들의 존경과 엄청난 부를 누리고, 또 체르니쇼프 자신은 *벼락출세한 사람*이지만 그는 진정한 귀족이기 때문에—무엇보다도 큰 이유는 황제가 보론초프를 특별히 총애하기 때문이었다. 그래서 체르니쇼프는 기회가 있을 때마다 보론초프를 깎아내리려 했다. 캅카스에 대한 지난 보고서에서는 상관들의 부주의로 러시아군 소규모 파견 부대가 산민들에게 전멸되었다는 보고를 해 니콜라이가 보론초프에 대해 불만을 품도록 할 수 있었다. 이번에도 그는 하지 무라트에 대한 보론초프의 조치를 불리한 쪽으로 보고하려 했다. 그는 보론초프가 러시아군에게 피해를 끼치면서까지 언제나 원주민들을 보호하고 심지어 방종하게 한다는 것, 또 하지 무라트가 러시아에 투항한 것은 분명 우리의 방어 수단을 염탐하기 위해서일 가능성이 있는데도 그를 캅카스에 머물게 한 것은 현명하지 못한 조치라고, 하지 무라트를 러시아의 중앙으로 보내두고 그의 가족을 산에서 구출한 뒤 그가 러시아에 봉사할 거라는 확신이 들 때 활용하는 것이 더 낫다고 황제에게 제안할 계획이었다.

하지만 이 계획은 새해 첫날부터 니콜라이 황제의 기분이 몹시 좋지 않아 누구의 어떠한 제안도 받아들이지 않았기 때문에 실패했는데, 특히나 황제는 대신할 인물이 없어 마지못해 기용한 체르니쇼프에 대해서는, 데카브리스트 재판 때 그가 자하르 체르니쇼프*를 파멸시키고 그의 재산까지 착복하려 했다는 사실을 알고 비열한으로 여겼으므로 더욱 받아들이고 싶지 않았다. 따라서 니콜라이 황제의 기분이 좋지 않았던 덕에 하지 무라트는 캅카스에 남을 수 있었고, 체르니쇼프가 만약 다른 시간에 보고했다면 바뀌었을지 모르는 그의 운명도 바뀌지 않았다.

* Z. G. 체르니쇼프(1796~1862). 러시아 백작, 데카브리스트. 1825년 12월 14일 혁명에 참가하지 않았으나 4년 징역형에 이후 유형을 선고받았다. A. I. 체르니쇼프가 이 같은 가혹한 판결을 이끌었다.

아침 아홉시 삼십분, 영하 20도 추위의 안개 속으로 모서리들이 뾰족한 푸른 벨벳 모자를 쓰고 수염을 기른 체르니쇼프의 뚱뚱한 마부가 니콜라이 파블로비치가 애용하는 똑같은 마차를 몰고 겨울궁전*의 작은 현관 앞에 멈춰, 지기인 돌고루키 공작의 마부에게 친근하게 고개를 끄덕였는데, 이 마부는 이미 한참 전에 주인을 내려놓은 뒤 궁전 현관 옆에서 두꺼운 솜을 넣은 외투의 엉덩이 밑에 고삐를 깐 채 언 손을 문지르고 있었다.

체르니쇼프는 부드러운 회색 비버털 깃이 달린 외투를 입고, 수탉 깃털을 꽂은 삼각모를 쓰고 있었다. 그는 무릎을 덮었던 곰 모피를 치우고 덧신을 신지 않은 얼어붙은 두 발을(그는 덧신을 신지 않는 것을 자랑으로 여겼다) 조심스럽게 썰매에서 내려 박차를 요란스럽게 쩔렁거리며 양탄자가 깔린 현관 바닥으로 내려서서 문지기가 그를 위해 정중히 열어준 문안으로 들어갔다. 체르니쇼프는 외투를 벗어 그에게 다가온 제복 입은 늙은 시종에게 던지고는 거울로 걸어가 곱슬머리 가발에 쓴 모자를 조심스레 벗었다. 그는 거울에 비친 모습을 보며 관자놀이와 이마의 머리털을 늙은 손으로 능숙하게 매만지고, 십자훈장과 어깨 장식, 머리글자가 들어간 커다란 어깨 술 장식을 바로잡은 뒤, 이제는 말을 잘 듣지 않는 노쇠한 다리를 힘없이 옮겨 양탄자가 깔린 경사가 완만한 계단을 올라가기 시작했다.

제복 입은 시종들이 서서 정중히 고개 숙이는 문가를 지나 대기실로 들어갔다. 검고 짧은 콧수염을 기른 신임 당직 시종무관이 니콜라이

* 러시아 황제들이 주로 겨울에 거주했던 궁전으로, 현재 에르미타시박물관의 중심 건물.

파블로비치처럼 관자놀이에 머리를 눈 쪽으로 빗어 붙이고 어깨 장식과 새 제복과 아직 궁중생활에 지치지 않은 듯한 혈색 좋은 얼굴을 빛내며 정중하게 그를 맞이했다. 니콜라이처럼 구레나룻과 콧수염을 기르고 관자놀이에 머리를 눈 쪽으로 빗어 붙인 육군차관 바실리 돌고루키 공작이 지루한 얼굴에 따분한 표정을 띠고 손을 내밀며 체르니쇼프를 맞았다.

"*황제께서는?*" 체르니쇼프는 집무실 문을 눈으로 가리키며 시종무관에게 물었다.

"*폐하는 방금 돌아오셨습니다.*" 시종무관은 자기 목소리의 울림에 만족스러운 듯이 대답하고, 물이 가득찬 잔을 머리에 올려도 한 방울도 쏟지 않을 것처럼 미끄러지듯 부드럽게 발을 디뎌 집무실 문으로 다가가 지금 자신이 들어가려는 곳에 공손함을 표하며 문안으로 사라졌다.

그동안 돌고루키는 서류 봉투를 열어 안에 든 서류들을 확인했다.

한편 체르니쇼프는 미간을 찌푸린 채, 얼어붙은 다리를 풀려는 듯 대기실 안을 걸어다니며 황제에게 보고해야 할 모든 것을 숙고하고 있었다. 체르니쇼프가 집무실 문 앞을 걸을 때 다시 문이 열리더니 시종무관이 나와 아까보다 더 밝은 표정과 공손한 몸짓으로 대신과 차관을 황제에게로 불러들였다.

겨울궁전은 화재 후 이미 오래전에 재건되었는데, 니콜라이는 전과 마찬가지로 위층에서 지내고 있었고, 대신이나 상급 지휘관들의 보고가 이루어지는 집무실은 천장이 아주 높고 네 개의 커다란 창문이 있었다. 정면 벽에는 알렉산드르 1세의 대형 초상화가 걸려 있었다. 창문들 사이에는 두 개의 접이식 책상이 놓여 있었다. 벽을 따라 몇 개의 의자가 놓여 있고, 방 한가운데 커다란 책상과 니콜라이의 안락의자, 그리고 그를 알현하는 사람들을 위한 의자들이 있었다.

니콜라이는 어깨 술 장식은 달지 않고 약식견장이 있는 검은색 프록코트를 입고 불룩 나온 배를 꽉 조인 육중한 상반신을 기대고 책상 앞에 앉아, 들어온 두 사람을 움직이지 않는 생기 없는 눈으로 바라보았다. 벗어진 부분을 가리는 가발과 교묘히 연결되게 빗어 넘긴 관자놀이 머리털 사이로 튀어나온 경사진 큰 이마를 지닌 그의 창백하고 긴 얼굴은 이날따라 유난히 더 차갑고 딱딱해 보였다. 늘 생기 없는 눈동자는 평소보다 더 흐릿했고, 추켜올린 콧수염 아래 꾹 다문 입술, 높은 목깃이 받친 갓 면도한 두 뺨과 거기에 대조적으로 남겨진 소시지 모양의 구레나룻, 목깃에 눌린 턱은 불만을 넘어 노기를 띠고 있었다. 그의 이런 기분은 피로 탓이었다. 피로는 어젯밤 가장무도회 때문이었는데, 여느 때처럼 새가 그려진 근위기병 투구를 쓰고 걸어다니던 그는 자신에게 몰려왔다가 거대하고 자신감에 찬 그의 모습에 기가 죽어 길을 비키는 군중 사이를 걸어다니다가, 지난 무도회 때 희고 아름다운 자태와 부드러운 목소리로 그에게 노년의 관능을 일깨우고 다음번 무도회에서 만나자 약속하고 사라졌던 그 가면과 다시 마주쳤다. 그는 어제 무도회에서 그녀가 다가오자 다시 놓아주지 않았다. 그는 그럴 목적으로 특별히 준비된 칸막이석으로 그녀를 데려가 둘만 있으려 했다. 말없이 칸막이석 앞에 도착한 니콜라이는 안내원을 찾아보았지만 보이지 않았다. 니콜라이는 얼굴을 찡그리며 직접 칸막이석 문을 열고 여자를 먼저 들여보냈다.

"*누가 있는데요.*" 가면의 여자는 멈춰 서서 말했다. 비밀의 공간은 이미 들어차 있었다. 벨벳 소파에는 경기병 장교와 도미노* 차림을 한 금발의 아름다운 아주 젊은 여자가 가면들을 벗고 바싹 붙어 앉아 있었다. 잔뜩 화난 얼굴로 그들 앞에 우뚝 선 니콜라이를 보자, 금발의 여자는 재빨리 가면을 썼지만 경기병 장교는 겁에 질려 소파에서 엉거주춤한 채 니콜라이를 멀거니 쳐다보기만 했다.

그는 사람들에게 두려움을 주는 데 익숙했고, 그런 모습을 보면 늘 즐거워했으며, 때로는 두려움에 질린 사람들에게 뜻밖에 대조적으로 다정한 말을 건네 그들을 더욱 놀라게 하는 것도 좋아했다. 그래서 이번에도 그렇게 했다.

"이봐, 형제, 자네는 나보다 젊으니까," 그는 두려움 때문에 굳어버린 장교에게 말했다. "자리를 좀 양보해주면 좋겠는데."

장교는 벌떡 일어나 하얘졌다 빨개졌다 하며 허리 굽혀 절하고 가면 쓴 여자를 뒤따라 말없이 칸막이석을 빠져나갔고, 니콜라이는 여자와 단둘이 남았다.

가면의 여자는 스웨덴인 여자 가정교사의 딸로 스물한 살의 아름답고 순진한 처녀였다. 이 처녀는 아주 어린 시절 니콜라이의 초상화를 보고 사랑에 빠졌고, 그를 숭배해오며 무슨 수단을 써서라도 반드시 그의 관심을 끌겠다고 결심했었다고 니콜라이에게 말했다. 그리고 이제 그것을 이루었으니 더이상 바랄 게 없다고 말했다. 그녀는 니콜라이가 평소 여자와 밀회를 나누는 곳으로 안내되었고, 그와 한 시간 넘

* 얼굴을 가릴 수 있는 후드가 붙은 겉옷.

게 그곳에 머물렀다.

그날 밤 침실에 든 그는 평소 자랑으로 여기는 좁고 딱딱한 침대에 누워 나폴레옹의 모자만큼이나 유명하다고 믿는(그렇다고 말하기도 했다) 망토를 덮었지만, 오래도록 잠을 이루지 못했다. 처녀의 하얀 얼굴에 떠오른 두려움과 열망이 섞인 표정을 생각하기도 하고, 현재 그의 애인인 넬리도바의 포동포동한 어깨를 떠올리며 두 여자를 비교해보기도 했다. 그는 결혼한 남자의 방탕이 나쁘다고 생각해본 적이 없었는데, 그런 문제로 비난받은 적도 없으며 만약 누군가 비난한다면 그는 매우 놀랄 것이다. 그러나 온당한 행동을 했다고 믿으면서도 마음 한구석에 석연치 않은 뒷맛이 남아 있었고, 그는 그런 기분을 떨치기 위해 언제나 자신을 진정시켜주는 생각, 즉 나는 얼마나 위대한 사람인가라는 생각으로 주의를 돌렸다.

그는 늦게야 잠이 들었지만 평소처럼 여덟시가 되기 전에 일어나 크고 뚱뚱한 몸을 얼음으로 문지르고, 기도를 올리고, 어린 시절부터의 습관인 '성모송' '사도신경' '주기도문'을 아무 뜻도 없이 외운 뒤 외투를 걸치고 챙이 달린 모자를 쓰고 작은 현관으로 나가 강변도로로 걸어갔다.

강변도로에서 그는 법과대학 제복에 테 있는 모자를 쓴 덩치가 그와 비슷한 학생과 마주쳤다. 니콜라이 파블로비치는 자유사상을 주장하는 그 법과대학의 제복을 보고 못마땅해 눈살을 찌푸렸지만, 학생이 커다란 몸을 똑바로 세우고 부동자세로 팔꿈치를 힘차게 뻗어올려 경례하자 불쾌감은 어느 정도 사그라졌다.

"성은?"

"폴로사토프입니다! 황제 폐하."

"훌륭한 젊은이군!"

학생은 여전히 모자에 손을 붙이고 있었다. 니콜라이가 내리게 해주었다.

"군인이 되고 싶나?"

"절대 아닙니다, 황제 폐하."

"멍청한 놈!" 하고 니콜라이는 뒤돌아 다시 걷기 시작했고, 머릿속에 갑자기 떠오른 단어를 큰 소리로 말하기 시작했다. "코페르베인, 코페르베인." 그는 어젯밤에 만났던 처녀의 이름을 여러 번 되풀이했다. "추악하다, 추악하다." 그는 자신이 왜 그런 말을 하는지 생각하지 않았고, 다만 그 말에 귀기울이면서 감정을 지워버리려 했다. '그래, 내가 없으면 러시아는 어떻게 될까.' 그는 또다시 불쾌한 기분을 느끼며 속으로 말했다. '그래, 내가 없으면 러시아뿐만 아니라 이 유럽이 어떻게 되겠는가.' 그는 처남인 프로이센 왕의 어리석음과 나약함을 떠올리며 고개를 저었다.

궁전 현관 가까이에 이르렀을 때, 붉은색 제복을 입은 하인이 모는 옐레나 파블로브나*의 마차가 살티콥스키 출입문으로 다가오는 것이 보였다. 옐레나 파블로브나는 학문이나 시詩뿐만 아니라, 통치에 대해서까지 논쟁을 일삼는 무익한 인간의 전형이었는데, 그런 인간들은 자기들이 니콜라이보다 더 나은 통치를 할 수 있다고 믿었다. 그는 아무리 억압해도 그런 인간들은 계속해서 튀어나온다는 것을 잘 알고 있었

* 1784~1803. 러시아 여대공. 니콜라이 1세의 손위 누이.

다. 그는 얼마 전 죽은 동생 미하일 파블로비치를 생각했다. 불쾌하고 슬픈 감정이 그를 사로잡았다. 그는 침울하게 얼굴을 찌푸리고 또다시 머릿속에 떠오른 말을 중얼거리기 시작했다. 궁전에 들어서서야 중얼거림을 멈췄다. 방에 들어간 그는 거울 앞에서 구레나룻과 관자놀이의 머리털, 정수리 위 가발을 매만지고, 콧수염을 꼬아 추켜올린 뒤 보고를 받으러 곧장 집무실로 갔다.

가장 먼저 체르니쇼프를 인견했다. 체르니쇼프는 니콜라이의 얼굴을 보자마자, 특히 그의 눈빛을 보자 심기가 불편하다는 것을 알아챘는데, 전날 밤 그의 편력을 알았기 때문에 이유를 짐작했다. 니콜라이는 냉랭하게 인사하고 체르니쇼프에게 앉으라고 권한 뒤, 생기 없는 눈으로 그를 골똘히 바라보았다.

체르니쇼프가 보고할 첫번째 사안은 최근 발각된 병참부 관리들의 착복 사건이었고, 다음은 프로이센 국경에서의 군대 이동 건, 다음은 새해를 맞아 내린 포상 명단에서 누락된 사람들 포상 건, 다음은 하지 무라트의 투항에 관한 보론초프의 보고 건, 마지막은 교수를 죽이려 한 의과대학생의 불미스러운 사건이었다.

니콜라이는 말없이 입을 다물고 약지에 금반지를 낀 크고 하얀 손으로 서류를 만지작거리며 체르니쇼프의 이마와 솟은 앞머리에서 눈을 떼지 않은 채 착복 사건에 대한 보고를 들었다.

그는 모두가 도둑질을 한다고 확신했다. 그는 착복한 관리들을 당장 처벌해야 한다는 것을 알고, 관련자 모두를 일개 병사로 강등시키기로 결정했지만, 그렇게 하더라도 그 후임이 또다시 똑같은 범죄를 저지르는 것을 막을 수 없다는 것도 알았다. 관리들은 습관처럼 착복을 하고 그들을 처벌하는 것은 그의 의무이므로, 이 의무에 신물이 나면서도 그는 성실히 의무를 이행했다.

"우리 러시아에는 정직한 자가 딱 한 명밖에 없는 것 같군." 그는 말했다.

체르니쇼프는 러시아에 한 명밖에 없다는 정직한 인간이 니콜라이 자신을 가리킨다는 것을 알아채고 동의하듯 미소를 지어 보였다.

"정말 그렇습니다, 폐하." 그는 말했다.

"놓고 가게, 결정을 내릴 테니까." 황제는 서류를 책상 왼쪽으로 밀며 말했다.

그다음 체르니쇼프는 포상과 군대 이동에 대해 보고하기 시작했다. 니콜라이는 명단을 훑어보고 이름을 몇 개 지웠고, 2개 사단을 프로이센 국경으로 이동시키라고 간단하고 단호하게 명령했다.

니콜라이는 1848년 사태 이후 헌법을 제정한 프로이센 왕을 도저히 용서할 수 없었는데,* 편지와 대화에서는 이 처남에게 최대한 우호적인 표현을 썼지만, 만일에 대비해 프로이센 국경에 군을 배치해둘 필요가 있다고 생각했다. 헝가리인들이 봉기를 일으켰을 때 오스트리아를 구하기 위해 러시아군을 파견했듯이 만일 프로이센 사람들이 모반한다면(니콜라이는 곳곳에서 모반을 준비하고 있다고 보았다) 처남의 왕위를 지켜야 했다. 또한 군대를 국경에 배치하는 것은 그가 프로이센 왕

---

* 1848년 독일 연방 국가에서 동시다발로 혁명이 일어났고, 프로이센의 베를린에서도 일어났다. 같은 해 5월 프랑크푸르트에서 국민의회가 소집되어 독일 연방 통일헌법 제정과 입헌군주제 도입을 논의하지만, 프로이센 왕의 반대로 성과 없이 해산되고 말았다. 그러나 1851년 프로이센 왕은 헌법을 제정해 형식적인 입헌군주제를 도입했다.

에게 한 조언에 무게와 의미를 싣는 것이었다.

'그래, 만일 내가 없다면 지금 러시아에 무슨 일이 일어날까.' 그는 또다시 생각했다.

"자, 또 뭐가 있지?" 그는 물었다.

"캅카스에서 전령이 왔습니다" 하고 체르니쇼프는 하지 무라트의 투항에 대해 쓴 보론초프의 보고서를 올렸다.

"아 그런가." 니콜라이는 말했다. "시작이 좋군."

"폐하의 계획이 차츰 결실을 맺기 시작했습니다." 체르니쇼프는 말했다.

니콜라이는 자신의 전략적 재능에 대한 찬사에 무척 기분이 좋아졌는데, 자신에게 그런 재능이 있다고 자부하나 실제로는 그렇지 않다는 것을 스스로 알고 있기 때문이었다. 그는 자신에 대한 찬사를 좀더 자세히 듣고 싶었다.

"왜 그렇게 생각하지?" 그는 물었다.

"저는 삼림을 벌채하고 식량 보급을 차단해 느리지만 점진적으로 전진한다는 폐하의 전략을 진작에 따랐더라면 캅카스는 벌써 오래전에 정복되었을 거라고 생각합니다. 하지 무라트의 투항도 바로 그 전략 덕분인데, 이제 더이상 버틸 수 없다고 깨달은 것입니다."

"맞는 말이야." 니콜라이는 말했다.

삼림을 벌채하고 식량 보급을 차단해 점진적으로 적지에 진군한다는 작전 계획은 사실 예르몰로프*와 벨리야미노프의 계획이었고, 니콜

* A. P. 예르몰로프(1777~1861). 1816~1827년 그루지야 사령관으로, 조국전쟁에도 참가했다.

라이는 이와는 정반대로 샤밀의 본거지를 곧바로 장악해 도둑들 소굴을 소탕해야 한다고 주장하고 그에 따른 1845년 다르고 원정에서 수많은 인명이 희생되었는데도 그는 삼림 벌채와 식량 보급 차단 계획을 자기의 것으로 돌렸다. 삼림 벌채와 식량 보급 차단에 의한 점진적 진군 계획이 그의 계획이라고 믿기 위해서는 1845년의 정반대되는 군사행동이 그 자신의 계획이었다는 것을 감춰야 했다. 그러나 그는 그 사실을 은폐하기는커녕 두 계획이 명백히 모순되는데도 1845년의 원정계획도, 점진적 진군 계획도 모두 자랑스럽게 생각했다. 이처럼 사실이 명백한데도 그는 주변 인물들이 늘어놓는 뻔한 아첨 때문에 자신의 모순을 보지 못했고, 자신의 말이나 행동을 현실에도, 논리에도, 심지어 단순한 상식에도 맞출 수 없는 지경이 되고 말았는데, 그는 자신의 명령이 아무리 무의미하고 부당하고 모순되더라도, 오로지 자신이 내렸다는 이유만으로 그것이 모두 합리적이고 공정하고 모순 없는 것이라 믿고 있었다.

체르니쇼프가 캅카스 건 다음에 보고한 의과-외과 대학생 사건에 대한 그의 결정도 그러했다.

시험에서 두 차례나 낙제한 청년이 세번째 시험에서도 시험관이 또다시 낙제시키자 부당한 판정이라 주장하며 병적으로 흥분해 책상에 있던 펜나이프를 집어들고 발작적 상태에서 자기도 모르게 교수에게 달려들어 몇 군데 상처를 입힌 사건이었다.

"그의 성은?" 니콜라이는 물었다.

"브제조프스키입니다."

"폴란드인인가?"

“폴란드 출신이고 가톨릭교도입니다.” 체르니쇼프는 대답했다.

니콜라이는 눈살을 찌푸렸다.

그는 폴란드인에게 많은 악행을 했다. 그 악행을 정당화하기 위해서는 모든 폴란드인이 악인이라는 확신이 필요했다. 니콜라이는 그들을 악인이라 여겼고, 자신이 그들에게 했던 악행만큼 그들을 증오했다.

“잠깐 기다리게” 하고 그는 눈을 감고 고개를 숙였다.

체르니쇼프는 이미 여러 번 보았기 때문에 중대한 결정을 내려야 할 때 니콜라이가 잠시 정신을 집중해야 하는 것을 알았고, 그러면 어떤 계시가 스쳐 내면의 목소리가 무엇을 해야 할지 알려주기라도 한 듯 그에게 최선의 결정이 떠오르곤 했다. 그는 지금 이 대학생의 사건으로 다시 그를 뒤흔드는 폴란드인에 대한 분노를 어떻게 해야 완전히 해소할 수 있는지 생각하고 있었고, 내면의 목소리는 그에게 다음과 같은 결정을 귀띔했다. 그는 보고서를 들어 여백에 크게 썼다. ‘사형이 마땅함. 그러나 다행히도 우리 나라에는 사형제도가 없음. 본인도 그것을 도입할 생각이 없음. 천 명의 대열 사이를 열두 번 지나가게 할 것—니콜라이.’ 그는 부자연스러우리만치 큰 수결*로 서명했다.

니콜라이는 아무리 건강한 자라도 오천 대의 매를 맞으면 목숨을 부지하기 어려우므로 천 명의 대열 사이를 열두 번 지나가는 만이천 대의 태형이 고통스러운 죽음을 뜻할 뿐만 아니라 지나치게 잔인한 형벌임을 알았다. 그러나 그는 지독하리만치 잔인한 것이 마음에 들었고, 러시아에 사형제도가 없다는 것도 흡족했다.

* 도장 대신 글자를 직접 쓰는 것, 또는 그 글자.

그는 대학생에 관해 작성한 판결장을 체르니쇼프에게 내밀었다.

"자, 읽어보게." 그는 말했다.

체르니쇼프는 판결장을 읽고 그의 지혜로운 결정에 놀라움을 표하듯 정중히 고개 숙였다.

"학생들 전원을 연병장에 불러 처벌을 보게 하게." 니콜라이는 덧붙였다.

'봐두는 게 이롭겠지. 나는 혁명 정신이라는 것을 뿌리째 뽑아버릴 것이다.' 그는 생각했다.

"그렇게 하겠습니다." 체르니쇼프는 말하고 잠시 말없이 앞머리를 매만진 뒤 캅카스 보고서 건으로 돌아갔다.

"그러면 미하일 세묘노비치에게는 뭐라고 쓰시겠습니까?"

"체첸의 민가 파괴와 식량 보급 차단이라는 나의 전략을 유지하고, 습격으로 그들의 불안을 고조시키라고 하게." 니콜라이는 말했다.

"하지 무라트는 어떻게 하시겠습니까?" 체르니쇼프가 물었다.

"그건 보론초프가 캅카스에서 그를 활용하고 싶다고 썼잖은가."

"위험하지 않겠습니까?" 체르니쇼프가 니콜라이의 눈길을 피하며 말했다. "저는 미하일 세묘노비치가 그를 너무 신뢰하는 것 같아 불안합니다."

"그럼 자네 생각은 어떠한데?" 니콜라이는 보론초프의 결정에 대해 흠잡으려는 체르니쇼프의 속셈을 알아채고 날카롭게 되물었다.

"저는 하지 무라트를 러시아로 보내두는 편이 안전하다고 생각합니다만."

"자네는 그렇겠지." 니콜라이는 비꼬듯이 말했다. "하지만 내 생각은 달라. 보론초프와 같은 생각이네. 그렇게 쓰게."

"알겠습니다" 하고 체르니쇼프는 일어나 절을 하고 나갔다.

돌고루키도 절하고 나갔는데, 그는 군대 이동에 대한 니콜라이의 질문에 몇 마디 대답했을 뿐 보고하는 내내 말없이 있었다.

체르니쇼프 다음은 임지로 떠나기 전 인사하러 온 서부 지역 총사령관 비비코프였다. 황제는 비비코프가 러시아정교를 받아들이지 않고 저항하던 농민들에게 취한 조치를 재가한 뒤, 복종하지 않는 자들을 모두 군사재판으로 다루라고 명령했다. 이는 사실상 태형 선고를 뜻했다. 그리고 그는 수천 명의 국유농민을 황실 소속으로 편입한다는 기사를 내보낸 신문사 편집장을 병사로 징병하라고 지시했다.

"필요가 있다고 생각하니까 그러는 거야." 그는 말했다. "이에 대해 왈가왈부하는 건 허락지 않겠네."

비비코프는 이들 동방가톨릭교도*에 대한 조치가 너무 가혹하다고 생각했고, 당시 유일하게 자유농민이었던 국유농민을 황실로 편입하는 것은 황족의 노비로 삼는 것과 다름이 없으므로 몹시 부당한 처사라고 생각했으나 반대할 수는 없었다. 니콜라이의 명령에 따르지 않는 것은 그가 사십 년 동안 공들여 얻고 누리는 지금의 화려한 지위를 모두 잃는 것을 의미했다. 그래서 그는 가혹하고 광적이고 부도덕한 황제의 뜻에 순종하고 따르겠다는 표시로 희끗희끗한 머리를 공손히 조아렸다.

비비코프를 물러가게 한 뒤 니콜라이는 자신의 의무를 잘 끝냈다고

* 동방정교회에서 가톨릭의 교리를 수용한 기독교 일파.

생각하며 기지개를 켜고 시계를 보고는 나가기 위해 옷을 갈아입으러 갔다. 그는 어깨 술 장식과 훈장을 달고 리본을 두른 제복을 입고 대기실로 나갔고, 제복 입은 남자들과 목이 깊게 파인 우아한 드레스를 입은 여자들까지 백 명이 넘는 사람들이 저마다 정해진 자리에서 그가 오기를 초조하게 기다리고 있었다.

불룩 튀어나온 가슴, 졸라맨 허리띠 위아래로 배가 튀어나온 모습으로 그는 자신을 기다리는 사람들을 생기 없는 눈으로 바라보며 앞으로 나아갔고, 그에게 쏠린 모두의 시선에 깃든 두려움과 비굴함을 보자 더욱 엄숙한 태도를 취했다. 그는 낯익은 사람과 눈이 마주치면 누구인지 기억해내며 걸음을 멈추고 때로는 러시아어로 때로는 프랑스어로 몇 마디 건네고, 냉랭하고 생기 없는 눈으로 상대방을 주시하며 그들의 대답을 들었다.

모두와 새해 인사를 나눈 니콜라이는 교회로 향했다.

하느님 또한 속세의 인간들과 마찬가지로 자신의 종從을 통해 니콜라이에게 새해 인사와 찬사를 건넸고, 그는 그런 인사와 찬사에 신물이 났지만 의무처럼 받아들였다. 온 세상의 행복과 복지가 그의 두 손에 달려 있으므로 그것은 당연했고, 그는 세상을 위해 협력하기를 마다하지 않았다. 예배가 끝나갈 즈음, 장엄한 옷차림에 긴 머리를 말쑥하게 빗은 부제가 〈만수무강하소서〉를 선창하고 성가대가 아름다운 목소리로 우애 좋게 받아 부르자, 니콜라이는 뒤를 돌아보다 창가에 서 있는 어깨가 포동포동한 넬리도바를 보았고, 그녀와 어젯밤의 처녀를 비교해보며 넬리도바에게 마음이 기우는 것을 느꼈다.

예배가 끝난 후에는 황후를 찾아가, 아내와 자식들과 농담을 하며 단란한 분위기 속에서 몇 분을 보냈다. 그후 예르미타시를 거쳐 볼콘스키 궁내대신에게 가서 어젯밤 처녀의 어머니에게 자신의 특별비에서 연금을 마련해 보내라고 지시했다. 그런 다음 그는 평소처럼 산책을 나갔다.

이날의 만찬은 폼페이스키 홀에서 열기로 했고, 그의 어린 두 아들 니콜라이와 미하일 외에도 리벤 남작, 르제부스키 백작, 돌고루키, 프로이센 공사公使, 프로이센 왕의 시종무관이 초대되었다.

황제와 황후를 기다리며 프로이센 공사와 리벤 남작은 최근 폴란드에서 들려온 불안한 소식에 대해 흥미로운 대화를 나누기 시작했다.

"*폴란드와 캅카스는 러시아에게 암적 존재입니다.*" 리벤이 말했다. "*어디에 보내든 최소 10만의 병력이 필요합니다.*"

그런가요, 하며 공사는 짐짓 놀란 표정을 지어 보였다.

"*폴란드 말씀이시죠.*" 공사는 말했다.

"*네, 그렇습니다, 그건 우리를 곤경에 빠뜨리려는 메테르니히의 교묘한 술책이었습니다……*"

대화가 여기에 이르렀을 때, 황후가 굳은 미소를 띠고 고개를 흔들며 들어오고 니콜라이가 뒤따랐다.

만찬 자리에서 니콜라이는 하지 무라트의 투항에 대해 말하고, 삼림 벌채와 요새 건설로 산민들을 압박하라는 자신의 작전을 실행했기 때문에 캅카스 전쟁도 머지않아 끝날 거라고 말했다.

공사는 프로이센 왕의 시종무관과 재빨리 시선을 교환하며, 그 계획이야말로 니콜라이의 뛰어난 전략적 능력을 다시 한번 입증하는 것이라고 찬사를 늘어놓았지만, 사실 이날 아침 공사는 시종무관에게 니콜라이가 스스로를 뛰어난 전략가로 생각하는 치명적 약점을 지녔다는 이야기를 했었다.

만찬 후 니콜라이는 발레를 보러 갔고, 수백 명의 여자들이 트리코*만 입은 반나체 상태로 발을 모으며 걷고 있었다. 그는 한 여자가 마음에 들었고, 독일인 여자 감독을 불러 치하하고 이 감독에게 다이아몬드 반지를 선물하겠다고 말했다.

다음날 체르니쇼프가 보고서를 들고 다시 들어오자 니콜라이는 보론초프에게 보낼 명령을 재확인해주었는데, 하지 무라트의 투항으로 현재 심각한 곤경에 빠졌을 체첸인들을 더욱 교란시키기 위해 국경의 포위망을 더 세게 조이라는 것이었다.

체르니쇼프는 이러한 취지로 보론초프에게 편지를 썼고, 또다른 전령이 말들을 후려치고 마부의 얼굴을 때려가며 티플리스로 급히 내달렸다.

## 16

니콜라이 파블로비치의 명령으로 1852년 1월, 체첸을 향한 공격이 즉시 시작되었다.

공격 부대는 4개 보병 대대, 2개 카자크 중대, 8문의 대포로 구성되었다. 부대는 종대로 길을 따라 나아갔다. 종대 양쪽으로 양가죽 반외

* 부드러운 내의 등을 만드는 모조 직물로, 여기서는 타이즈를 뜻함.

투에 높은 장화를 신고 파파하를 쓴 저격병들이 어깨에 총을 메고 허리에 탄대를 두른 채 산개대형을 이루어 끊임없이 비탈을 오르락내리락하며 가고 있었다. 부대는 적지를 이동할 때 언제나 그렇듯 최대한 소리 없이 이동하고 있었다. 가끔 도랑을 건널 때 무기가 덜컹거리거나, 침묵하라는 명령을 알아듣지 못하는 포병의 말이 콧김을 불거나, 혹은 성난 지휘관이 산개대형이 너무 길다느니 종대에 너무 붙었다느니 떨어졌다느니 하며 숨죽인 목쉰 소리로 부하들에게 다그칠 뿐이었다. 침묵은 산개대형과 종대 사이 가시나무 관목 덤불에서 배와 궁둥이가 하얗고 등이 잿빛인 산양 암컷이 튀어나왔을 때 딱 한 번 깨졌는데, 산양은 작은 뿔이 뒤로 굽고 털색이 같은 수컷에게 쫓기고 있었다. 아름다운 산양들이 놀란 듯 앞다리를 오그려 크게 뛰어올라 종대 바로 앞까지 오자 병사들은 함성과 웃음을 터뜨리며 총검으로 찔러보려고 산양들을 뒤쫓았는데, 산양들은 방향을 바꿔 횡대로 늘어선 산개대형을 뚫고 빠져나갔고, 몇몇 기병과 중대의 개들이 쫓았지만 새처럼 날쌔게 산속으로 달아났다.

아직 겨울이지만 아침 일찍 출발했던 종대가 10베르스타쯤 이동한 정오경에는 태양이 높이 떠올라 조금 더울 만큼 뜨겁게 내리쬐었고, 강렬한 햇살이 총검의 강철과 대포의 구리에 반사되어 번쩍거리자 마치 작은 태양처럼 눈이 부셨다.

뒤쪽에는 부대가 이제 막 건넜던 맑은 개울이 빠르게 흐르고, 앞쪽에는 깊지 않은 골짜기와 경작된 밭과 초지가, 더 앞쪽에는 숲에 둘러싸인 거무스름해 보이는 신비한 산들이, 그 안쪽에 돌출된 암벽들이, 더 멀리 높은 지평선에는 영원히 아름답고 영원히 변화무쌍한 눈 덮인 산봉우리가 다이아몬드처럼 빛나고 있었다.

제5중대 선두에서는 최근 근위대에서 전속한 훤칠한 미남 장교 부틀레르가 검은색 프록코트에 파파하를 쓰고 어깨에 사브르를 메고 행군하고 있었는데, 그는 활기찬 삶의 즐거움과 더불어 죽음의 위험, 활동에 대한 열망을 느끼고 있었고, 머릿속에는 지금 자신이 하나의 의지로 통제되는 거대한 전체에 속한 존재라는 분명한 의식이 있었다. 부틀레르에게는 이번이 두번째 전투였고, 그들이 이제 곧 총격을 가해오겠지만 자신은 포탄이 머리 위로 날아와도 고개 숙이지 않고 탄환이 날아가는 소리에도 귀를 세우지 않을 것이며, 지난번 전투 때처럼 오히려 고개를 더 꼿꼿이 들고 웃는 얼굴로 동료와 병사들을 둘러보며 아주 침착한 목소리로 무언가 다른 이야기를 하리라 생각했다.

부대는 포장도로에서 벗어나 옥수수를 베어낸 밭 사이의 사람이 잘 다니지 않는 길로 들어섰는데, 숲 가까이 이르렀을 때 포탄이 불길한 휘파람 소리를 내며—어디서 날아왔는지 알 수 없었다—수송대 한가운데로 날아와 길 근처 옥수수밭에서 폭발했다.

"시작이군." 부틀레르는 옆에서 걷던 동료에게 유쾌하게 웃으며 말했다.

실제로 그 포탄에 이어 체첸의 기병들이 숲 뒤쪽에서 깃발을 휘날리며 몰려나왔다. 무리 한가운데 커다란 녹색 깃발이 보였는데, 중대원 중 원시遠視인 나이든 상사는 근시인 부틀레르에게 샤밀이 직접 나온 모양이라고 말했다. 분대가 언덕을 내려와 오른쪽 가장 가까운 골짜기에 나타났다가 내려오기 시작했다. 따뜻한 검은색 프록코트에 커다란 흰색 술 장식을 단 파파하를 쓴 몸집 작은 장군이 부틀레르의 중대로 측대보로 말을 달려 와, 내려오는 적 기병들에게 오른쪽에서 대항하라고 명령했다. 부틀레르는 그가 명령한 방향으로 신속히 중대를 이끌었지만, 골짜기로 내려가기도 전에 뒤쪽에서 두 발의 포성이 울려퍼졌다. 그는 뒤돌아보았고, 두 문의 포문에서 두 개의 푸른 포연이 피어올라 골짜기로 퍼져나갔다. 분대는 분명 대포 공격을 예상 못한 듯 후퇴하기 시작했다. 부틀레르의 중대는 후퇴하는 산민들을 쫓으며 대응사격을 했고, 골짜기 전체가 화약 연기로 뒤덮였다. 산민들이 추격하는 카자크에게 응사하며 급히 퇴각하는 모습은 골짜기 위쪽에서만 보였다. 부대가 산민들을 계속 추격하며 두번째 골짜기 기슭에 이르렀을 때 아울이 나타났다.

부틀레르는 중대를 인솔하고 카자크들을 뒤따라 구보로 아울로 갔다. 주민은 한 사람도 없었다. 병사들에게는 곡식과 건초뿐만 아니라 사클랴까지 불태우라는 명령이 떨어졌다. 아울은 온통 매캐한 연기로 뒤덮였고, 병사들은 연기 속을 뛰어다니며 사클랴에서 약탈할 만한 물건은 죄다 끌어내고, 산민들이 가져갈 수 없어 남겨둔 닭을 잡기도 하고 쏴 죽이기도 했다. 장교들은 연기가 나는 데서 조금 떨어져 앉아 아침을 먹고 술을 마셨다. 상사가 널빤지에 벌집 몇 개를 얹어 가져왔다. 체첸인의 목소리는 이제 들리지 않았다. 정오가 조금 지나자, 퇴각 명령이 내려졌다. 중대는 아울 뒤에서 종대를 이루어 퇴각하고, 부틀레르는 후방에서 움직였다. 그들이 움직이자마자 곧바로 체첸인들이 나타나더니 뒤따라오듯이 발포했다.

부대가 트인 벌판으로 나오자 산민들은 추격을 멈췄다. 부틀레르의 중대에는 사상자가 한 명도 없었기 때문에 그는 아주 유쾌하고 의기양양한 기분으로 돌아왔다.

부대는 아침에 건넜던 개울을 다시 건너 옥수수밭과 초지에 길게 늘어졌고, 각 중대의 노래꾼들이 앞으로 나와 노래하는 소리가 울려퍼졌다. 바람 한 점 없고, 공기는 신선하고 하늘은 맑고 청명해 수백 베르스타 떨어진 눈 덮인 산들이 아주 가깝게 보였으며, 병사들 노래 사이사이에 규칙적인 발소리와 무기가 스치는 덜컥거리는 소리가 배경음처럼 들렸다. 부틀레르의 제5중대에서 부르던 노래는 견습사관이 작곡한 연대 찬가로 무도곡에 가까웠는데, '좋구나, 좋구나, 저격병이여, 저격병이여!' 하는 후렴이 붙어 있었다.

부틀레르는 한 집을 쓰는 자신과 가장 가까운 상관 페트로프 소령과 나란히 말을 타고 가고 있었는데, 그는 자신이 근위대에서 이곳 캅카스로 오기로 결심한 것에 대해 더없이 기쁘게 생각했다. 그가 근위대에서 이곳으로 전속한 주된 이유는 페테르부르크에서 도박으로 전 재산을 탕진해 빈털터리가 되었기 때문이었다. 근위대에 그대로 남아 있으면 도박에서 손을 뗄 수 없을 것 같았고, 더이상 잃을 돈도 남지 않은 상태였다. 이제 그 모든 것이 끝났다. 그의 삶은 완전히 달라졌고, 훌륭하고 용감한 삶이었다. 그는 자신이 파산한 사실도, 아직 갚지 못한 부채가 남았다는 것도 잊어버리고 있었다. 캅카스, 전투, 병사들, 장교들, 술을 좋아하고 사람 좋은 용감한 소령 페트로프—이 모든 것이 좋기만 해서 담배 연기 자욱한 페테르부르크의 방에서 도박판 물주를 원망하고 묵직한 두통을 느끼며 카드 끝을 접는 게 아니라, 이 멋진 땅에서 용맹한 캅카스인들과 함께 지내고 있다는 것이 스스로 믿기지 않을 정도였다.

"좋구나, 좋구나, 저격병이여, 저격병이여!" 부틀레르의 중대 노래꾼들이 노래했다. 그가 탄 말은 즐거운 듯 음악에 발을 맞췄다. 중대의 털보 회색 개 트레조르카는 꼬리를 말고 마치 지휘관처럼 진지하게 부틀레르의 중대 선두에서 달렸다. 부틀레르는 마음이 편하고, 즐겁고 명랑했다. 그는 전쟁이란 다만 자신을 위험과 죽음의 가능성에 내던지는 것이고, 그 대가로 포상이 주어지고 이곳 동지들과 러시아 벗들의 존경을 받게 된다고 생각했다. 그는 전쟁의 다른 측면, 즉 병사나 장교나 산민의 죽음과 부상에 대해서는 이상한 일이지만 한 번도 생각해본 적이 없었다. 그는 전쟁에 대한 자신의 시적 이미지를 지키려고 전사자와 부상자를 보는 것도 무의식적으로 꺼렸다. 오늘 역시 그랬는데, 아군 세 명이 죽고 열두 명이 부상당했다. 그는 등을 대고 쓰러진 시체 옆을 지났지만 밀랍같이 변한 손이 기묘한 위치로 뒤틀린 것도, 머리에 생긴 검붉은 얼룩도 흘끗 보았을 뿐 자세히 보지 않았다. 그에게 산민은 말 탄 지기트일 뿐이었고, 그들로부터 자신을 지켜야 한다는 생각만 했다.

"이보게, 어떤가." 노래 사이에 소령이 말했다. "자네들이 피테르*에서 우로 정렬, 좌로 정렬 하던 것과는 다르지 않나. 이제 할 일은 끝났으니 집으로 돌아가야지. 마슈르카**가 피로크***와 맛있는 채소 수프를 만들어줄 걸세. 이게 인생이지! 안 그런가? 어이, 이번에는 〈여명이 비칠 때〉를 부르게." 그는 자기가 좋아하는 노래를 부르라고 명령했다.

---

* 페테르부르크의 속칭.

** 마리야의 애칭.

*** 러시아식 파이.

소령은 간호대장의 딸로 처음에는 마시카*라고 불렸으나 이제는 마리야 드미트리예브나라는 어엿한 이름으로 불리는 여자와 부부생활을 하고 있었다. 마리야 드미트리예브나는 금발에 아름답고 얼굴에 주근깨가 많은, 아직 자식이 없는 서른 살 여자였다. 과거가 어떻든 지금의 그녀는 소령의 충실한 반려로 유모처럼 그를 보살폈는데, 자주 인사불성이 될 정도로 폭음하는 그에게는 필요한 일이었다.

요새에 도착했을 때 모든 것은 소령의 예상 그대로였다. 마리야 드미트리예브나는 소령과 부틀레르, 부대에서 장교 두 명도 초대해 맛있는 음식을 차려주었고, 많이 먹고 말을 할 수 없을 정도로 과음한 소령은 잠을 자기 위해 침실로 가버렸다. 부틀레르도 피곤했지만 평소보다 조금 더 치히르**를 마시고 좋은 기분으로 방에 들어와 옷을 벗자마자 멋진 곱슬머리를 손으로 괸 채 꿈도 꾸지 않고 중간에 깨지도 않고 깊은 잠에 빠졌다.

## 17

습격으로 파괴된 아울은 하지 무라트가 러시아에 투항하기 전 하룻밤 묵었던 아울이었다.

하지 무라트를 받아들였던 사도는 러시아인들이 아울에 접근하자 가족을 데리고 급히 산으로 도망쳤다. 사도가 아울로 돌아와 보니 사

---

* 마리야의 애칭.

** 가정에서 담근 레드와인의 일종.

클랴는 완전히 파괴되어 지붕이 무너져내리고 회랑의 문과 기둥이 불타버리고 집안도 쑥대밭이었다. 그의 아들은, 하지 무라트를 열렬한 눈길로 바라보던 빛나는 눈의 그 아름다운 소년은 시체가 되어 부르카를 덮은 말 등에 실려 모스크로 옮겨졌다. 총검이 뒤에서 소년의 몸을 관통했다. 하지 무라트가 찾아갔을 때 상냥하게 대접해줬던 우아한 부인은 겉옷 가슴팍이 찢겨 늙고 처진 가슴이 드러나고 머리카락이 흘러내린 채 아들 옆에 서서 두 손으로 피가 날 만큼 얼굴을 할퀴며 하염없이 울었다. 사도는 곡괭이와 삽을 들고 친척들과 함께 아들의 무덤을 파러 떠났다. 할아버지인 노인은 무너진 사클랴의 벽에 기대앉아 멍한 시선으로 앞을 바라보며 지팡이를 깎고 있었다. 노인은 방금 전 양봉장을 보고 온 참이었다. 거기 있던 건초 더미 두 개도 타버렸고, 직접 심고 가꿨던 살구나무와 벚나무는 뽑히고, 그리고 무엇보다 벌통도 벌도 모두 불타버렸다. 이 집 저 집에서, 새롭게 두 구의 시체가 운반된 광장에서 여자들의 울음소리가 들렸다. 어린애들은 어머니가 울자 따라 울었다. 먹을 것이 없어 굶주린 가축들도 울었다. 더 큰 아이들은 노는 것도 잊고 겁먹은 눈으로 어른들을 바라보았다.

우물도 일부러 오염시켜놓았기 때문에 물을 길을 수 없었다. 모스크도 더럽혀져 물라*와 수사들이 치우고 있었다.

가장家長인 노인들은 광장에 모여앉아 현재의 상황을 의논했다. 러시아에 대한 증오를 말하는 사람은 없었다. 아이부터 노인까지 체첸인 모두가 경험한 감정은 증오 그 이상이었다. 그들의 감정은 증오가 아

---

* 이슬람 율법학자.

니라 이 러시아 개들을 인간으로 인정하지 않는 것, 이 비열한 짐승들의 터무니없는 잔인성에 대한 혐오와 회의였고, 쥐나 독거미나 늑대를 박멸하듯 그들을 박멸하고 싶은 욕망은 생존의 본능만큼이나 자연스러운 것이었다.

아울 주민들에게는 선택만이 남아 있었는데, 하나는 이대로 여기 남아 그토록 오래 공들여 일궜지만 러시아인들이 너무도 허망하고 무의미하게 파괴해버린 것들을 복구하며 또다시 닥칠지도 모를 재난을 각오하는 것이고, 또하나는 그들이 믿는 종교의 율법에 반하지만 러시아인들에 대한 혐오와 경멸을 억누르고 그들에게 항복하는 것이었다.

노인들은 기도를 한 뒤, 샤밀에게 도움을 청하는 사절을 보내기로 만장일치로 결의했고, 곧바로 파괴된 것들을 재건하기 시작했다.

## 18

부틀레르는 습격이 있고 사흘째 아침, 그리 이르지 않은 시각에 뒤쪽 현관을 통해 한길로 산책을 나갔는데, 평소처럼 페트로프와 아침 차를 마시기 전에 맑은 공기를 마시고 싶었다. 태양은 이미 산 위로 떠올라 거리 오른쪽으로는 집집의 하얀 담들에 눈부실 만큼 햇빛이 내리쬐었지만, 그와 대조적으로 왼쪽으로는 점점 더 멀어지고 위로 솟아오르는 울창한 검은 산들과 계곡 너머로 언제나 구름인 척하는 듯한 눈덮인 산들의 둔탁한 대열을 보자 즐겁고 안심이 되었다.

부틀레르는 산을 바라보고 가슴 가득 숨을 들이마셨고, 자신이 살아 있다는 것, 이렇게 아름다운 세계에 살고 있다는 것이 행복했다. 어제 습격 때와 특히 격전중 후퇴할 때 자신이 맡은 임무를 훌륭히 수행했다는 것을 상기하자 기분이 좋았으며, 전투를 마치고 돌아왔을 때 페트로프와 동거하는 여자인 마샤*, 아니 마리야 드미트리예브나가 그들을 맞아 모두에게 유난히 소박하고 친절하게 대하고, 특히 그에게 더 각별히 상냥하게 대하던 모습을 떠올리고 조금 행복을 느꼈다. 굵게 땋은 머리, 넓은 어깨와 불룩 솟은 풍만한 가슴, 주근깨 가득한 선량한 얼굴에 환한 미소를 짓는 마리야 드미트리예브나를 보자 젊고 건강한 총각 부틀레르는 매료되지 않을 수 없었고, 심지어 그녀가 그를 원하는지도 모른다는 생각까지 들었다. 그러나 그는 선량하고 순진한 동지를 모욕하면 안 된다는 생각에 마리야 드미트리예브나에게는 아주 단순하면서도 정중한 태도를 취했고, 그러한 자신에게 만족감을 느꼈다. 지금 그는 그런 생각을 하고 있었다.

그의 상념은 앞쪽 길에서 먼지가 피어오르면서 많은 말이 달려오는 듯한 발굽 소리에 끊겼는데, 분명 사람들이 말을 타고 달려오고 있었다. 그는 고개를 들어 길 끝에서 다가오는 기마병 무리를 보았다. 스무 명쯤 되는 카자크들 선두에 두 사람이 있었다. 한 사람은 흰색 체르케스카를 입고 높은 파파하에 터번을 두르고 있었고, 또 한 사람은 검게 그을린 얼굴에 매부리코이고, 푸른색 체르케스카를 입고 옷이며 무기에 온통 은세공 장식을 한 러시아 장교였다. 터번을 두른 남자는 대가리가 작고 눈이 아름다운 붉은빛 도는 밤색 말을, 장교는 키가 크고 맵

* 마리야의 애칭.

시가 좋은 카라바흐*산 말을 타고 있었다. 말 애호가인 부틀레르는 첫 번째 말의 기운찬 활기를 바로 알아보았고, 이 사람들이 누구인지 알아보려고 발을 멈췄다. 장교가 부틀레르에게 말을 걸었다.

"사령관 여기 집입니까?" 그는 말채찍으로 이반 마트베예비치**의 집을 가리키며 물었는데, 격변화를 무시한 어법과 억양으로 보아 러시아인이 아니라는 것을 알 수 있었다.

"이 집입니다." 부틀레르가 말했다.

"그런데 저 사람은 누구입니까?" 부틀레르는 장교에게 가까이 다가가 터번을 두른 남자를 눈으로 가리키며 물었다.

"이 사람 하지 무라트. 여기 왔습니다, 사령관 집에서 묵을 겁니다." 장교가 말했다.

부틀레르는 하지 무라트를 알고 그가 러시아에 투항한 것도 알고 있었지만, 이렇게 작은 요새에서 그를 만나리라고는 전혀 예상하지 못했다.

하지 무라트는 우호적으로 그를 바라보았다.

"안녕하세요, 코시콜디(당신에게 평화를)." 부틀레르는 예전에 배운 타타르어로 인사했다.

"사우불(반갑습니다)." 하지 무라트는 고개를 끄덕이며 대답했다.

하지 무라트는 부틀레르에게 다가와 두 손가락 사이에 채찍을 건 손을 내밀었다.

"사령관?" 그는 물었다.

---

* 캅카스의 유명한 말 산지.

** 페트로프의 이름과 부칭.

"아닙니다, 사령관님은 안에 계시는데 내가 가서 모셔오겠습니다." 부틀레르는 장교를 돌아보고 말한 뒤 계단을 올라가 문을 밀었다.

그러나 마리야 드미트리예브나가 '정면 현관'이라고 부르는 그 문은 잠겨 있었다. 부틀레르는 문을 두드렸으나 대답이 없자 뒤쪽 입구로 돌아갔다. 당번병을 불렀지만 대답이 없었고, 두 당번병이 모두 보이지 않자 그는 부엌으로 들어갔다. 플라토크*를 쓴 마리야 드미트리예브나가 상기된 얼굴로 소매를 걷어붙여 희고 통통한 팔을 드러낸 채 피로조크**를 만들기 위해 그녀의 팔처럼 흰 반죽을 작은 조각으로 자르고 있었다.

"당번병들은 어디 갔습니까?" 부틀레르는 물었다.

"마시러 나갔어요." 마리야 드미트리예브나는 대답했다. "왜 그러시는데요?"

"문을 열어야 합니다, 지금 집 앞에 산민들이 와 있거든요. 하지 무라트가 왔습니다."

"어디 더 꾸며내보시죠." 마리야 드미트리예브나는 빙긋 웃으며 말했다.

"농담이 아닙니다. 정말입니다. 현관 앞에 서 있어요."

"아, 정말이에요?" 마리야 드리트리예브나가 물었다.

"내가 왜 말을 꾸며내겠습니까. 가보세요, 그들이 현관 앞에 있습니다."

"큰일이네요." 마리야 드미트리예브나는 소매를 내리고, 굵게 땋은

---

* 여성용 숄 또는 머릿수건.

** 만두처럼 속을 넣은 러시아식 파이.

머리에 꽂은 머리핀을 매만지며 말했다. "그럼 내가 가서 이반 마트베예비치를 깨울게요."

"아닙니다, 내가 가겠습니다. 이봐, 본다렌코, 현관문을 열어." 부틀레르는 말했다.

"아, 그게 낫겠네요" 하고 마리야 드미트리예브나는 하던 일을 계속했다.

이반 마트베예비치는 하지 무라트가 왔다는 말에도 이미 그가 그로즈나야에 와 있다는 것을 알고 있었기 때문에 전혀 놀라지 않았고, 몸을 일으켜 담배를 말아 불을 붙여 피우더니 옷을 입으며 큰 소리로 기침하고 '그 악마'를 이곳으로 보낸 당국을 욕하기 시작했다. 옷을 입자 그는 당번병에게 '약'을 가져오라고 명령했다. 당번병은 그것이 보드카라는 것을 알고 보드카를 가져왔다.

"혼합주보다 나쁜 것도 없어." 그는 보드카를 마시고 검은 빵을 씹으며 투덜거렸다. "어제 치히르를 마셨더니 머리가 지끈거려. 자, 이제 됐네." 그는 이렇게 말을 끝내고 부틀레르가 하지 무라트와 그와 동행한 장교와 함께 기다리고 있는 객실로 갔다.

하지 무라트와 동행한 장교는 좌익군 사령관의 명령서를 이반 마트베예비치에게 건넸는데, 하지 무라트를 인도해 보호하고, 정찰병들을 통해 그가 산민들과 접촉하는 것은 허락하지만, 카자크의 호위 없이는 절대 요새를 떠나지 못하게 하라고 쓰여 있었다.

명령서를 쭉 읽으며 이반 마트베예비치는 하지 무라트를 찬찬히 바라보고 또다시 서류를 살피기 시작했다. 그렇게 여러 번 서류와 손님을 번갈아보던 끝에 그는 하지 무라트에게 시선을 고정하고 말했다.

"야크시(좋습니다), 베크(선생)-야크시. 여기 머물게 하겠습니다. 이 사람에게 내가 그를 요새 밖으로 절대 내보내지 말라는 명령을 받았다고 말해주시오. 명령은 신성한 거니까. 어디서 머물게 할까—부틀레르, 자네 생각은 어떤가? 집무실은 어때?"

부틀레르가 미처 대답하기도 전에, 부엌에서 나와 문가에 서 있던 마리야 드미트리예브나가 이반 마트베예비치에게 말했다.

"왜 막사예요? 여기서 지내게 해요. 쿠나크 방과 창고를 비워줘요. 적어도 눈에 보이는 데 있어야죠." 그녀는 말하며 하지 무라트를 힐끗 보았지만, 그와 시선이 마주치자 황급히 고개를 돌렸다.

"그래요, 마리야 드미트리예브나의 말이 옳다고 생각합니다." 부틀레르는 말했다.

"자, 자, 물러가, 여자들이 나설 자리가 아냐." 이반 마트베예비치는 얼굴을 찌푸리며 말했다.

이런 대화가 오가는 동안 하지 무라트는 단검 자루에 손을 얹고 어렴풋이 경멸 어린 미소를 띠며 앉아 있었다. 그는 어디에 머물든 상관없다고 말했다. 다만 사르다르도 허락했듯이 산민들과 접촉하는 것, 즉 그들을 자기한테 데려다주기만 바랄 뿐이라고 말했다. 이반 마트베예비치는 그렇게 하겠다고 말하고, 부틀레르에게 음식과 방이 준비될 때까지 손님들과 함께 있어달라고 부탁하고, 자신은 집무실에 가서 필요한 서류를 쓰고 필요한 지시를 내리겠다고 했다.

새로운 지인들에 대한 하지 무라트의 태도는 곧 뚜렷이 나타났다. 하지 무라트는 이반 마트베예비치에게는 첫 대면 때부터 혐오와 경멸을 느꼈고, 언제나 오만한 태도로 대했다. 그를 위해 요리를 해서 가져다주는 마리야 드미트리예브나에게는 특히 호감을 품었다. 그녀의 소박함, 그에게는 낯선 민족의 독특한 아름다움이 좋았고, 그녀가 그에게 끌리고 있다는 것이 무의식적으로 전해졌기 때문에 좋았다. 그는 그녀를 쳐다보지도 않고 말을 걸지도 않았지만, 두 눈은 언제나 그녀를 향하고 그녀의 움직임을 좇았다.

부틀레르와는 안면을 트자 금세 친해져 친구처럼 기꺼이 많은 대화를 나눴는데, 부틀레르에게 어떤 삶을 살아왔는지 묻기도 하고, 자신이 살아온 과정을 이야기해주기도 하고, 또 정찰병들이 그의 가족의 상태를 살피고 돌아와 소식을 전했을 때는 앞으로 자신이 어떻게 행동해야 할지 의견을 구하기도 했다.

정찰병들이 그에게 전한 소식은 좋지 않았다. 요새에서 보낸 나흘 동안 정찰병들이 두 번 소식을 전했는데, 두 번 다 좋지 않았다.

## 19

하지 무라트가 러시아에 투항하자, 그의 가족은 그 즉시 베데노 아울로 끌려가 샤밀의 처분만 기다리며 감시받고 있었다. 여자들—노모 파티마트와 하지 무라트의 두 아내—과 어린 다섯 자녀는 부대장 이브라힘 라시드의 사클랴에서 감시받으며 지냈고, 열여덟 살인 아들 유수프는 1사젠이 넘는 깊이의 땅굴에 그와 마찬가지로 운명의 판결을 기다리는 네 명의 죄인과 함께 갇혀 있었다.

샤밀이 출타중이었기 때문에 그들에 대한 판결은 늦춰지고 있었다.

그는 러시아군과 전투중이었다.

1852년 1월 6일, 샤밀은 러시아군과의 전투를 끝내고 베데노로 돌아왔는데, 러시아군 쪽에서는 샤밀의 군대가 대파되어 베데노로 달아났다고 했고, 샤밀과 뮤리트들 쪽에서는 큰 승리를 거두어 러시아군을 몰아냈다고 했다. 이 전투에서 샤밀은 아주 드물게도 직접 소총을 쏘았고, 검을 빼들고 러시아군에게 말을 곧장 달려 가려 했지만 동행한 호위들이 그를 말렸다. 샤밀의 뮤리트들 중 두 명이 그의 눈앞에서 목숨을 잃었다.

정오쯤 기마곡예를 하고 권총과 소총을 쏘며 〈라 일라하 일 알라〉를 멈추지 않고 부르는 뮤리트들의 호위를 받으며 샤밀은 거처로 다가가고 있었다.

큰 아울인 베데노의 모든 사람이 거리로 나오거나 지붕에 올라가서 통치자의 개선을 환영했고, 호위하는 자들은 소총과 권총을 쏘며 답했다. 샤밀은 아라비아산 백마를 타고 집으로 다가가며 기분좋게 고삐를 당기곤 했다. 그의 마구는 금은 장식도 없이 무척 소박했는데, 가운데에 가는 홈을 파 섬세하게 세공한 붉은 가죽 굴레와 컵 모양의 금속 등자, 안장 밑으로 보이는 붉은 언치가 전부였다. 이맘은 목과 소맷부리에 검은색 모피가 달린 갈색 나사 외투를 입고, 키가 크고 날렵한 몸을 검은색 허리띠로 동이고 거기에 단검을 차고 있었다. 머리에는 검은색 술이 달리고 정수리가 높고 평평한 파파하에 흰색 터번을 두르고, 터번 끝자락을 목 뒤로 늘어뜨리고 있었다. 그리고 녹색 추뱌키를 신고, 가장자리에 수수한 끈이 달린 검은색 각반을 차고 있었다.

대체로 이맘은 반짝이는 금은 장식 하나 없이 수수한 옷차림을 하고, 큰 키에 자세가 꼿꼿하고 늠름해서 금은으로 옷과 무기를 장식하고 그를 에워싼 뮤리트들과 비교할 때 위대한 인물이라는 인상을 주었는데, 이는 그가 원하는 것이기도 했고, 그는 사람들에게 그런 인상을 불러일으킬 줄 알았다. 작은 눈을 언제나 가늘게 뜨고, 짧게 깎은 붉은 수염에 둘러싸인 창백한 그의 얼굴은 돌처럼 미동도 없었다. 아울을 지나가며 수천 개의 눈동자가 자신을 향한 것을 알았지만 그는 아무에게도 눈길을 주지 않았다. 하지 무라트의 아내들도 이맘을 보기 위해 사클랴에 같이 사는 사람들과 함께 아이들을 데리고 회랑에 나갔다. 하지 무라트의 노모인 파티마트만은 나가지 않고 사클랴의 마룻바닥에 앉아 언제나처럼 헝클어진 백발에 가는 두 팔로 앙상한 무릎을 그러안고 타오르는 듯한 검은 눈을 깜빡이며 벽난로 속에서 타오르는 나뭇가지들을 응시하고 있었다. 그녀는 아들처럼 샤밀을 증오했고, 지금은 전보다 더 그를 증오했기 때문에 얼굴도 보고 싶지 않았다.

하지 무라트의 아들도 샤밀의 화려한 개선을 보지 않았다. 어둡고 냄새나는 땅굴에서 축하 총성과 노랫소리를 들었을 뿐, 생기 넘치는 젊은이가 자유를 빼앗겼을 때 느끼는 고통을 똑같이 경험하고 있었다. 냄새나는 땅굴에 앉아 그와 함께 있는 불행하고 더럽고 쇠약해진 죄인들, 그중 대다수는 서로를 증오하는 사람들만을 보았기 때문에 맑은 공기와 햇살과 자유를 만끽하는 사람들이, 통치자 주위에서 용감한 말을 타고 재주를 부리며 돌아다니고 총을 쏘고 우애 있게 〈라 일라하 일 알라〉를 부르는 사람들이 그는 한없이 부러웠다.

샤밀은 아울을 지나 큰 마당으로 들어섰는데, 이곳은 샤밀의 세랄*로 이어졌다. 바깥의 대문을 지키는 무장한 두 명의 레즈긴인이 샤밀을 맞았다. 마당은 사람들로 가득했다. 볼일이 있어 먼 곳에서 찾아온 사람들도 있고, 청원하러 온 사람들도 있고, 재판과 선고를 하려고 샤밀이 직접 부른 사람들도 있었다. 샤밀이 들어오자 마당에 있던 모두가 일제히 일어나 양손을 가슴에 얹고 정중히 이맘을 맞았다. 무릎을 꿇은 채 샤밀이 마당을 지나 바깥의 대문에서 안의 다른 대문으로 사라질 때까지 그대로 있는 사람들도 있었다. 샤밀은 기다리던 사람들 중에 그를 불쾌하게 만드는 사람도 많고 관심을 바라며 그를 지치게 하는 청원자도 많다는 것을 알았지만 여전히 돌처럼 굳은 얼굴로 그들 옆을 지나 안마당 왼쪽에 있는 문을 들어가 자신의 거처 회랑 앞에서 말을 멈췄다.

샤밀은 승리했다고 스스로 공표한 이번 전투가 사실은 패배라는 것을 알고 있었고, 많은 체첸인 아울이 불타고 파괴되어 변덕스럽고 경박한 사람들이 동요하고 개중 러시아 국경에 가장 가까이 사는 사람들이 당장에라도 러시아로 넘어가려 준비하고 있다는 사실을 알았기 때문에, 육체적이라기보다 정신적으로 긴장되었던 행군 뒤 이 모든 것이 괴롭고 또 대책도 강구해야 했지만, 이 순간은 아무것도 하고 싶지 않았고 생각조차 하고 싶지 않았다. 지금 그가 바라는 것은 오직 휴식이었으며, 아내들 중 그가 가장 사랑하는 검은 눈과 날쌘 몸을 가진 열여덟 살의 키스틴 여자 아미네트의 푸근하고 매력적인 애무뿐이었다.

그러나 남녀의 주거 구역을 나눈 안마당의 울타리 너머에 있는 아미네트를 지금 만나는 것은 생각할 수도 없었고(샤밀은 말에서 내릴 때

* 동방의 궁전 또는 하렘.

아미네트가 다른 아내들과 함께 울타리 틈새로 그를 지켜보고 있었다고 확신했다), 그러기는커녕 깃털 이불에 누워 피로를 달랠 수도 없었다. 무엇보다도 먼저 정오 기도를 올려야 했고, 기도를 올릴 기분은 전혀 아니었지만 민족의 종교 지도자로서, 또한 그 자신을 위해서라도 매일의 양식처럼 꼭 필요한 기도를 빠뜨릴 수 없었다. 그는 재계하고 기도를 올렸다. 기도가 끝나자 그는 기다리는 사람들을 불러들였다.

처음에 들어온 사람은 샤밀의 장인이자 전에 선생이었던 키가 훤칠하고 혈색이 좋고 눈처럼 하얀 수염에 머리도 백발인 제말-에딘이었는데, 노인은 신에게 기도를 드린 후 샤밀에게 전투에 대해 묻고, 그가 없는 동안 산에서 일어난 여러 가지 사건을 이야기했다.

노인은 온갖 사건—피의 보복으로 일어난 살인, 가축 도난, 담배와 술을 금하는 타리카트* 위반—을 이야기했고, 하지 무라트가 가족을 러시아로 데려가려고 사람을 보냈다가 발각되었고 그 가족을 베데노로 데려와 감시하면서 이맘의 처분만 기다리고 있다는 이야기도 했다. 제말-에딘은 노인들이 그 문제를 상의하기 위해 모여 옆 쿠나크의 방에서 사흘이나 샤밀을 기다렸으니 오늘중으로는 그들을 집으로 돌려보내야 한다고 조언했다.

샤밀이 사랑하지 않는 피부가 검고 코가 뾰족하고 얼굴이 못생긴 첫째 부인 자이데트가 식사를 내왔고, 샤밀은 자기 방에서 식사하고 쿠나크의 방으로 갔다.

샤밀의 고문은 모두 여섯 명인데, 희거나 잿빛이거나 붉은 수염을

* '길'이라는 의미로 수행의 도정, 계율을 뜻함.

기른 노인들이 모두 파파하를 쓰고 터번은 두르거나 두르지 않고 새 베시메트에 체르케스카를 입고 허리띠에 단검을 찬 모습으로 일제히 그를 맞으러 일어섰고, 샤밀은 그들보다 머리 하나가 더 컸다. 샤밀과 그들은 모두 눈을 감고 두 손바닥을 위로 들고 기도문을 외운 뒤 두 손으로 얼굴을 턱까지 쓸어내리고 합장했다. 기도를 끝내자 모두 방석에 앉았고, 샤밀은 한가운데 가장 높은 방석에 앉아 그들과 당면한 문제를 상의하기 시작했다.

범죄를 저지른 자들은 샤리아*에 따라 절도범 두 명에게는 한 손 절단, 살인을 저지른 한 명에게는 참수형, 또다른 세 명에게는 방면 판결을 내렸다. 그런 다음 주요 문제인 체첸인들의 러시아 투항을 막을 조치를 상의해야 했다. 투항을 막기 위해 제말-에딘은 다음과 같은 선언문을 작성했다.

전능하신 신과 함께 너희에게 영원한 평화 깃들라. 러시아인들이 감언으로 투항을 권한다고 한다. 그들을 믿지 말고, 굴복하지 말고, 참고 기다려라. 만일 현세에서 보답이 없다면 내세에서 보답을 받을 것이다. 지난날 러시아군에게 무기를 빼앗겼던 때를 기억하라. 1840년에 만일 신이 너희를 일깨워주지 않으셨다면, 너희는 군인이 되어 단검 대신 총검을 잡았을 것이고, 너희의 아내들은 바지가 벗겨진 채 능욕당했을 것이다. 지난 일로 내일을 판단하라. 이교도들과 살기보다 러시아인에 대한 적의를 품고 죽는 것이 낫다. 견뎌라,

---

* 이슬람 율법.

나는 쿠란*과 칼을 들고 너희에게 가서 함께 러시아군과 싸울 것이다. 지금부터 러시아에 투항하는 것은 물론 그런 생각을 품는 것까지도 엄격히 금하노라.

샤밀은 선언문을 승인하고 서명한 뒤, 포고하라고 명령했다.

이것을 처리한 뒤 하지 무라트 문제를 논의했다. 샤밀에게 아주 중요한 문제였다. 그는 그토록 기민하고 대범하고 용감한 하지 무라트가 그의 편에 남아 있었다면 지금 체첸에서 일어나는 일들은 결코 일어나지 않았으리라는 것을 잘 알았지만, 인정하고 싶지 않았다. 하지 무라트와 화해하고 또다시 그를 활용하는 편이 가장 이롭겠지만, 그것이 불가능하다면 그가 러시아군을 돕도록 내버려둘 수 없었다. 따라서 무슨 수를 쓰든 반드시 그를 불러들여 죽여야만 했다. 그러기 위해서는 티플리스로 그를 죽일 사람을 보내든가, 아니면 그를 이곳으로 유인해 끝장내야 했다. 유일한 수단은 그의 가족이고, 그중에서도 가장 중요한 것은 그의 아들이었는데, 샤밀은 하지 무라트가 이 아들을 더없이 사랑한다는 것을 알았다. 그러므로 그의 아들을 통해 움직여야 했다.

고문들이 이 문제를 상의하는 동안 샤밀은 눈을 감고 침묵했다.

고문들은 그의 행동이 무슨 뜻인지 알았는데, 샤밀은 앞으로 자신이 어떻게 해야 할지 예언자의 목소리를 듣고 있었다. 오 분쯤 엄숙한 침묵이 흐른 뒤 샤밀은 눈을 떴고, 평소보다 더 눈을 가늘게 뜨며 말했다.

"하지 무라트의 아들을 데려오라."

---

* 이슬람교 경전.

"그는 여기 와 있네." 제말-에딘이 말했다.

실제로 하지 무라트의 아들 유수프는 바깥마당 문가에서 부름을 기다리고 있었는데, 핼쑥하고 창백한 얼굴에 누더기를 걸친 몸에서는 악취가 풍겼지만 여전히 용모도 체격도 훌륭했고, 할머니 파티마트를 닮은 검은 두 눈은 타오르는 것 같았다.

샤밀에 대한 유수프의 감정은 아버지와는 달랐다. 그는 과거의 일은 아무것도 알지 못했고, 설사 알았더라도 자신이 직접 경험한 것이 아니므로 아버지가 왜 그토록 고집스럽게 샤밀과 반목하는지 이해할 수 없었다. 그는 나이브의 아들로서 훈자흐에서 누렸던 편안하고 방탕한 삶으로 돌아가는 것만 바랐고, 따라서 샤밀과 대립할 필요는 전혀 없다고 생각했다. 그는 아버지에 대한 반감과 반항으로 샤밀을 동경했고, 산민들처럼 열렬히 숭배하기까지 했다. 지금도 그는 이맘에 대한 떨리는 경외심과 특별한 감정을 품은 채 쿠나크의 방으로 가 문 앞에서 발을 멈췄고, 실눈을 뜬 샤밀의 집요한 시선과 마주쳤다. 그는 잠시 서 있다가 샤밀에게 다가가 손가락이 긴 커다랗고 하얀 그의 손에 입을 맞췄다.

"하지 무라트의 아들인가?"

"그렇습니다, 이맘."

"네 아버지가 한 일을 알고 있나?"

"압니다, 이맘, 유감스럽게 생각합니다."

"글을 쓸 줄 아나?"

"저는 물라가 되기 위해 준비하고 있었습니다."

"아버지에게 편지를 써라, 만일 바이람* 때까지 돌아온다면, 나는 그를 용서할 것이고, 모든 것은 예전과 같을 거라고. 만일 돌아오지 않고 러시아인들에게 남아 있는다면," 샤밀은 말하며 위협적으로 눈살을 찌푸렸다. "너의 할머니와 어머니는 아울들에 넘겨버리고, 네 목을 자르겠다."

유수프는 얼굴 근육 하나 움직이지 않고 샤밀의 말을 잘 알아들었다는 듯이 깊이 고개 숙였다.

"써서 내 전령에게 건네라." 샤밀은 입을 다물고 오랫동안 유수프를 주시했다.

"이렇게 써라, 나는 너를 불쌍히 여겨 죽이지는 않을 생각이지만, 다른 모든 배신자에게 하듯 두 눈알을 뽑아버릴 거라고. 물러가라."

유수프는 샤밀의 면전에서는 침착해 보였지만 쿠나크의 방에서 나가자마자 그를 데려가던 뮤리트에게 달려들더니 뮤리트의 단검을 뽑아 자살하려 했고, 사람들은 유수프의 팔을 움켜잡아 결박하고 다시 땅굴로 데려갔다.

이날 밤, 저녁기도를 끝내고 황혼이 질 무렵 샤밀은 흰색 슈바를 걸치고 울타리 건너편 부인들 거처가 있는 마당을 거쳐 아미네트의 방으로 향했다. 아미네트는 없었다. 그녀는 손위 부인들과 함께 있었다. 샤밀은 눈에 띄지 않으려고 방문 뒤에 몸을 감추고 서서 그녀를 기다렸다. 그러나 아미네트는 샤밀이 자신이 아니라 자이데트에게 실크를 준 것 때문에 토라져 있었다. 그녀는 샤밀이 거처를 나와 자신의 방으로

* 일 년에 두 번 있는 이슬람교 축제.

들어가는 것을 보았지만 일부러 돌아가지 않았다. 그녀는 오랫동안 자이데트의 방문가에 서서 샤밀의 하얀 형체가 자신의 방을 들락거리는 것을 바라보며 숨죽여 키득거렸다. 헛되이 기다리던 샤밀은 자정 기도 시간이 다 되어서야 거처로 되돌아갔다.

## 20

하지 무라트는 요새의 이반 마트베예비치의 집에서 일주일을 보냈다. 마리야 드미트리예브나는 털보 하네피와 다투고(하지 무라트는 두 심복, 하네피와 엘다르만 데려왔다), 언젠가 한번은 그를 부엌에서 쫓아내 그가 그녀를 거의 죽일 뻔한 일도 있었지만, 분명 하지 무라트에게는 특별한 감정과 존경과 호감을 품은 듯했다. 그녀는 엘다르에게 하지 무라트의 식사 시중을 맡겼기 때문에 더이상 신경쓸 일이 없었지만, 그를 만날 기회가 생기면 언제나 그를 기쁘게 해주려고 노력했다. 그리고 그의 가족을 구출하기 위한 협상에도 각별한 관심을 보이면서 그의 아내와 자식이 몇이고 그들이 각각 몇 살인지도 알았으며, 정찰병이 찾아오면 그 사람이 누구든 협상의 결과를 꼬치꼬치 캐물었다.

부틀레르는 이 일주일 동안 하지 무라트와 각별한 사이가 되었다. 때로는 하지 무라트가 그의 방에 찾아오고, 때로는 그가 하지 무라트의 방을 찾았다. 때로는 통역을 통해, 때로는 손짓발짓으로, 그리고 가장 중요한 수단인 미소로 그들은 대화를 나눴다. 하지 무라트는 분명 부틀레르에게 호감을 가진 것 같았다. 그것은 부틀레르에 대한 엘다르의 태도에서도 분명히 드러났다. 부틀레르가 하지 무라트의 방에 들어오면, 엘다르는 반짝이는 이를 드러내며 즐겁게 부틀레르를 맞고 서둘러 방석을 권하기도 하고, 그가 검을 차고 있으면 검을 푸는 것을 도와주기도 했다.

부틀레르는 하지 무라트의 의제인 털보 하네피와도 친해졌다. 하네피는 산민들의 노래를 많이 알았고, 노래도 잘했다. 하지 무라트는 부틀레르를 즐겁게 해주려고 하네피를 불러, 자신이 좋아하는 노래를 불러달라고 청했다. 하네피의 목소리는 높은 테너였고, 그의 노래는 더없이 또렷하고 표현도 풍부했다. 그중에 특히 하지 무라트가 좋아하는 노래가 있었는데, 부틀레르는 그 노래를 듣고 장엄하고 슬픈 멜로디에 깊이 감동받았다. 부틀레르는 통역에게 가사를 물어보고 그것을 적기 시작했다.

노래는 피의 복수에 관한 것이었는데, 하네피와 하지 무라트 사이에도 그와 같은 일이 있었다.

가사는 다음과 같았다.

무덤의 흙이 마르면 나를 잊겠지, 사랑하는 어머니여! 잡초가 자라 무덤을 덮으면 내 슬픔도 안 들리겠지, 나의 늙은 아버지여. 내 누이들 눈에서 눈물이 마르는 날 가슴에 맺혔던 슬픔도 멀리 날아가리라.

하지만 나의 형, 그는 내 죽음을 복수할 때까지 나를 잊지 않으리라. 그리고 나의 아우, 그도 내 옆에 눕는 날까지 나를 잊지 않으리라.

총알이여, 뜨거운 너는 내게 죽음을 주었지만, 너야말로 나의 충실한 종이 아니었더냐? 흑토여, 너는 나를 덮으려 하지만, 너를 말발굽으로 짓밟았던 것은 내가 아니었더냐? 죽음이여, 너는 차갑지만, 너의 주인은 나였거늘. 이 땅이 나의 몸을 삼키고 저 하늘이 나의 영혼을 빨아들이리라.

하지 무라트는 이 노래를 들을 때면 언제나 눈을 지그시 감았고, 길게 끌며 잦아지는 음으로 노래가 끝날 즈음 늘 러시아어로 이렇게 말했다.

"훌릉한* 노래, 지혜로운** 노래."

부틀레르는 하지 무라트가 이곳에 온 후 그와 그의 뮤리트들과도 친해지자, 독특한 활력이 넘치는 산민들의 시적인 삶에 더욱 매료되었다. 그도 베시메트며 체르케스카를 입고 각반도 차면서 마치 자신이 산민이 된 듯하고 그들과 똑같은 삶을 사는 것 같다고 느꼈다.

하지 무라트가 떠나는 날 이반 마트베예비치는 그를 송별하기 위해 장교들을 불렀다. 장교들은 마리야 드미트리예브나가 차를 따라주는 다탁 옆에 앉거나, 보드카와 치히르와 자쿠스카***가 놓인 다른 탁자 옆에 앉아 있었는데, 길 떠나는 옷차림에 무장을 한 하지 무라트가 다리를 절면서도 날렵하고 부드러운 걸음걸이로 들어왔다.

모두 일어나 차례로 그와 악수했다. 이반 마트베예비치는 하지 무라트에게 등받이 없는 소파에 앉으라고 권했지만 그는 고맙다고 인사하

---

* 러시아어를 틀리게 말함.

** 러시아어를 틀리게 말함.

*** 식전에 술과 함께 먹는 간단한 요리.

고 창가의 의자에 앉았다. 그는 자신이 들어올 때 엄습했던 침묵에도 조금도 당황하지 않았다. 그는 모인 사람들을 모두 주의깊게 둘러보았고, 사모바르*와 자쿠스카가 놓인 탁자에 무심한 시선을 멈췄다. 하지 무라트를 처음 본 페트로콥스키라는 활달한 장교가 티플리스가 마음에 드느냐고 통역을 통해 물었다.

"아야(네)." 그는 말했다.

"그렇답니다." 통역이 대답했다.

"어떤 점이 마음에 들었습니까?"

하지 무라트가 뭐라고 대답했다.

"극장이 가장 마음에 들었다고 합니다."

"아, 총사령관의 무도회는 좋았습니까?"

하지 무라트는 미간을 찌푸렸다.

"어느 민족에게나 고유의 관습이 있습니다. 우리 민족 여자들은 그런 옷을 입지 않습니다." 그는 마리야 드미트리예브나를 바라보며 대답했다.

"그럼 마음에 들지 않았던 것은 무엇인가요?"

"우리에게는 이런 속담이 있죠." 하지 무라트는 통역에게 말했다. "개가 당나귀에게 고깃덩이를 주자, 당나귀는 개에게 건초를 주었고, 그래서 둘 다 배를 곯았다." 그는 씩 웃었다. "어느 민족에게나 고유의 관습이 있습니다."

대화는 더 이어지지 않았다. 장교들은 차를 마시고 자쿠스카를 먹기

---

* 러시아의 가정에서 물을 끓이는 데 쓰는 주전자.

시작했다. 하지 무라트는 찻잔을 받자 앞에 내려놓았다.

"어때요? 크림을 드릴까요? 흰 빵은?" 마리야 드미트리예브나가 그에게 권하며 말했다.

하지 무라트는 고개를 숙였다.

"자, 드디어 작별이군요!" 부틀레르는 그의 무릎에 손을 올리며 말했다. "언제 다시 만날 수 있을까요?"

"안녕히! 안녕히." 하지 무라트는 웃으며 러시아어로 말했다. "쿠나크 불루르*. 나도 당신의** 진실한 쿠나크입니다. 시간이 됐습니다, 어서 가자."

그는 자신이 가야 할 방향을 가리키듯 머리를 흔들며 말했다.

그때 옐다르가 하얗고 커다란 뭔가를 어깨에 짊어지고, 손에 검을 들고 나타났다. 하지 무라트가 손짓하자 옐다르는 성큼성큼 다가와 하얀 부르카와 검을 건넸다. 하지 무라트는 일어나 부르카를 받아 팔에 걸더니 마리야 드미트리예브나에게 그것을 주며 통역에게 뭐라고 말했다. 통역이 말했다.

"당신이 이 외투를 칭찬했다고 하면서, 받아달라고 합니다."

"아니 왜요?" 마리야 드미트리예브나는 얼굴을 붉히며 말했다.

"그래야 합니다. 그것이 우리 아다트(관습)입니다." 하지 무라트는 말했다.

"그럼, 고마워요." 마리야 드미트리예브나는 부르카를 받으며 말했다. "아들을 구하도록 신이 도우실 거예요. 울란 야크시(용감한 전사)."

---

* 부틀레르를 잘못 말함.

** 러시아어를 틀리게 말함.

그녀는 덧붙였다. "가족이 구출되길 바란다고 전해줘요."

하지 무라트는 마리야 드미트리예브나를 바라보고 알았다는 듯이 끄덕였다. 그러고는 엘다르에게 검을 건네받아 이반 마트베예비치에게 주었다. 이반 마트베예비치는 검을 받고 통역에게 말했다.

"내 밤색 거세마를 가져가라고 말해주게, 나는 달리 줄 것이 없어."

하지 무라트는 자신은 아무것도 원하지 않고, 받지 않겠다는 듯이 얼굴 앞에서 손을 내저었고, 먼저 산을 가리키고 자기 심장을 가리킨 다음 문으로 걸어갔다. 모두 그를 따라갔다. 방안에 남은 장교들은 검을 꺼내 날을 살펴보며 이것은 진짜 구르다*라고 감정했다.

부틀레르도 하지 무라트와 함께 현관까지 나갔다. 그러나 이때 아무도 예상하지 못했던 일이, 하지 무라트의 지혜와 결단력과 기민함과 노련함이 없었다면 죽음으로 끝날 뻔한 사건이 일어났다.

쿠미크의 타시-키추 아울 사람들은 하지 무라트를 무척 존경해서 이 유명한 나이브의 얼굴이라도 보기 위해 요새로 종종 찾아오곤 했었는데, 하지 무라트가 떠나기 사흘 전 그들이 하지 무라트에게 심부름꾼을 보내 금요일 기도회 때 모스크로 와달라고 초대했다. 타시-키추에 사는 쿠미크의 공작들은 하지 무라트를 증오했고, 이 사실을 알자 하지 무라트를 절대 모스크에 들여서는 안 된다고 주민들에게 공표했다. 아울 사람들은 반발했고, 결국 그들과 공작의 추종자들 사이에 싸움이 벌어졌다. 러시아군이 개입해 산민들을 진압했고, 하지 무라트에게는 모스크에 가지 말라는 전갈을 보냈다. 그래서 하지 무라트는 가

* 캅카스 지역에서 만든 명검의 하나.

지 않았고, 그것으로 문제가 해결되었다고 모두가 생각했다.

그러나 하지 무라트가 출발하려고 현관 앞 말이 대기하던 입구에 나간 순간, 부틀레르와도 이반 마트베예비치와도 안면이 있는 쿠미크의 공작 아르슬란 칸이 이반 마트베예비치의 집 앞으로 말을 몰고 다가왔다.

그는 하지 무라트를 보자 허리띠에서 권총을 뽑아 겨냥했다. 그러나 아르슬란 칸이 방아쇠를 당기기도 전에 하지 무라트는 다리를 절면서도 현관 계단에서 고양이처럼 그에게 달려들었다. 아르슬란 칸은 방아쇠를 당겼지만 총알은 빗나갔다. 하지 무라트는 그에게 달려들어 한 손으로 말고삐를 움켜잡고, 다른 손으로 단검을 빼들며 타타르어로 뭐라고 외쳤다.

부틀레르와 옐다르는 동시에 적에게 달려들어 그의 팔을 붙잡았다. 이반 마트베예비치도 총성을 듣고 나왔다.

"대체 무슨 짓인가, 아르슬란, 내 집에서 이런 추악한 짓을 하다니!" 그는 사건의 경과를 듣고 말했다. "형제, 이건 좋지 않아. 들판에서라면 몰라도 내 집에서 살인이라니 당치도 않네."

왜소한 몸집에 검은 콧수염을 기른 아르슬란 칸은 창백해진 채 몸을 떨며 말에서 내려 증오의 눈으로 하지 무라트를 바라보았고, 이반 마트베예비치와 함께 방으로 들어갔다. 하지 무라트는 거칠게 숨을 몰아쉬었지만 미소를 띤 채 말 옆으로 돌아왔다.

"저자는 왜 그를 죽이려고 한 겁니까?" 부틀레르는 통역에게 물었다.

"그들은 그것이 자신들의 법이라고 말한답니다." 통역은 하지 무라트의 말을 전했다. "아르슬란은 피의 복수를 맹세했습니다. 그래서 그를 죽이려 했습니다."

"그럼, 만일 당신이 가는 도중에 보복당하면 어떡합니까?" 부틀레르는 물었다.

하지 무라트는 미소지었다.

"뭐, 그의 손에 죽는다면 알라의 뜻이겠죠. 그럼, 안녕히 계십시오." 그는 다시 러시아어로 말하고는 말갈기를 붙잡은 뒤 배웅하러 나온 사람들을 모두 둘러보았고, 마리야 드미트리예브나와 상냥한 눈길을 주고받았다.

"안녕히 계십시오, 부인." 그는 그녀에게 몸을 돌리며 말했다. "고마웠습니다.*"

"당신이 가족을 구하도록 신이 도우실 거예요." 마리야 드미트리예브나는 되풀이했다.

그는 그녀의 말을 알아듣지 못했지만 동정하는 말임을 알아채고 고개를 끄덕였다.

"기억하십시오, 당신의 쿠나크를." 부틀레르는 말했다.

"말해주십시오, 나는 그의 진정한 친구이며, 절대 잊지 않을 거라고." 하지 무라트도 통역을 통해 대답했고, 한쪽 다리가 굽었는데도 한 발을 등자에 얹고 날렵하고 능숙하게 높은 안장에 올라탔고, 검을 바로 잡고 익숙한 동작으로 권총을 매만진 뒤, 말을 타는 산민 특유의 자신만만하고 호방한 자세로 이반 마트베예비치의 집에서 떠나갔다. 하네피와 엘다르도 말에 올랐고, 집주인 내외와 장교들에게 정답게 작별

* 러시아어를 틀리게 말함.

인사를 하고 뮤르시트를 뒤따랐다.

언제나 그렇듯 남은 사람들은 떠난 사람들에 대해 이야기하기 시작했다.

"용사야!"

"아르슬란 칸에게 달려들 때는 마치 늑대 같았어, 얼굴까지 완전히 달라져서 말이야."

"그는 우리를 기만할 거야. 분명 사기꾼이 틀림없어." 페트로콥스키가 말했다.

"제발 우리 러시아에도 그런 사기꾼이 좀 많으면 좋겠네요." 마리야 드미트리예브나가 갑자기 화를 내며 끼어들었다. "그 사람과 일주일을 지냈지만, 좋은 모습 말곤 보지 못했어요." 그녀는 말했다. "정중하고, 지혜롭고, 공정한 사람이에요."

"어떻게 그런 걸 아십니까?"

"그냥 알게 됐어요."

"반했나, 응?" 이반 마트베예비치가 방에 들어오며 말했다. "그런 거로군."

"그래요, 반했어요. 그게 어때서요? 좋은 사람을 왜 나쁘게만 말하려는 건지 모르겠네요. 그는 타타르인이지만 좋은 사람이에요."

"맞습니다, 마리야 드미트리예브나," 부틀레르가 말했다. "맞습니다, 칭찬해 마땅합니다."

# 21

체첸과 마주한 최전선 요새에서의 생활은 전과 다름없었다. 그후로 두 번의 습격이 있었고, 중대가 출동하고 카자크들과 민병들이 말을 달려 출정했으나 번번이 그들을 놓치고 말았다. 한번은 보즈드비젠스카야 요새에서 말에게 물을 먹이던 카자크 한 명이 살해되고 말 여덟 마리가 약탈당하는 기습이 있었다. 아울을 황폐화시킨 마지막 습격 후로 더이상 습격은 없었다. 바랴틴스키 공작*이 좌익 사령관으로 새로 부임하고, 대大체첸**에 대한 대규모 원정이 예상되고 있었다.

좌익 전체를 지휘하게 된 바랴틴스키 공작은 대공의 친구이자 전에는 카바르딘스키 연대장이었는데, 그는 그로즈나야에 도착하자마자 체르니쇼프가 보론초프에게 전달했던 황제의 명령을 지속적으로 실행하기 위해 부대를 소집했다. 보즈드비젠스카야 요새에 소집된 부대는 쿠린스코예로 가는 방면에 진지를 치고 주둔하며 삼림을 벌채하기 시작했다.

젊은 보론초프는 화려한 나사천으로 지은 천막에서 지냈고, 그의 아내 마리야 바실리예브나도 종종 진지에 와서 밤을 보내곤 했다. 바랴틴스키와 마리야 바실리예브나의 비밀스러운 관계는 모르는 사람이 없었는데, 궁정과 무관한 장교들과 병사들은 그녀가 오는 날에는 그녀가 와 있다는 이유로 야간 정찰을 나가야 했기 때문에 불만을 품고 심

---

* A. I. 바랴틴스키(1814~1879). 러시아 장군으로 1856년 캅카스 총사령관으로 부임해 체첸에 대한 총공격을 이끌었고, 1859년 샤밀을 항복시켰다.

** 당시 샤밀이 지배하던 체첸의 산악 지역을 가리킨다.

하게 비난했다. 산민들은 종종 대포를 끌고 와 진지를 향해 쏘아댔다. 포탄은 대부분 빗나가서 보통 때는 반격 조치를 취하지 않지만, 마리야 바실리예브나가 와 있을 때는 그 포격에 그녀가 놀라는 일이 없도록 정찰을 내보냈다. 귀족 마님을 놀라게 하지 않기 위해 밤마다 정찰을 나간다는 것은 모욕적이고 불쾌했고, 이 때문에 상류층에 속하지 못한 장교들과 병사들은 상스러운 말로 마리야 바실리예브나를 매도했다.

부틀레르는 귀족 견습사관학교 시절의 옛친구들과, 연대 부관이나 참모부 연락장교로 쿠린스키 연대에서 복무중인 동료들을 만날 목적으로 휴가를 얻어 자기가 있던 요새에서 나와 이 부대로 왔다. 도착한 직후부터 그는 무척이나 기분이 좋았다. 그는 폴토라츠키의 천막에서 지내며, 그를 환대해주는 여러 지인을 만났다. 한때 같은 연대에서 복무해 안면이 있는 정도였던 보론초프에게도 찾아갔다. 보론초프는 아주 다정하게 그를 맞았고 바랴틴스키 공작을 소개해주고, 바랴틴스키 공작이 부임하기 전 좌익 사령관이었던 코즐롭스키 장군의 송별 만찬에도 초대했다.

만찬은 호화로웠다. 여섯 개의 천막을 옮겨와 나란히 이었다. 식탁들이 줄지어 놓이고, 식기들과 술병들이 놓였다. 모든 것이 페테르부르크 근위대 생활을 떠올리게 했다. 오후 두시에는 모두가 식탁 앞에 앉았다. 식탁 중앙에 코즐롭스키가 앉고, 맞은편에 바랴틴스키가 앉았다. 코즐롭스키 오른쪽에는 보론초프가, 왼쪽에는 그의 아내가 앉았다. 식탁 양쪽으로 카바르딘스키 연대와 쿠린스키 연대 소속 장교들이 죽 앉았다. 부틀레르는 폴토라츠키 옆에 앉아 장교들과 즐겁게 이야기하고 잔을 나누었다. 주요리가 나오고 종졸들이 잔에 샴페인을 따르기 시작했을 때, 폴토라츠키는 진심으로 걱정하고 동정하며 부틀레르에게 말했다.

"우리의 '그러니까*'는 망신당할 거야."

"무슨 소리야?"

"연설을 해야 하잖아. 그가 제대로 할 수 있겠어?"

"그래, 형제, 총탄을 뚫고 적의 방어선을 돌파하는 것과는 다르지. 귀부인들과 궁정 사람들까지 있으니까. 정말 보기 민망하겠군." 장교들은 서로 수군거렸다.

드디어 엄숙한 순간이 찾아왔다. 바랴틴스키는 일어나 잔을 들어올리고 코즐롭스키를 향해 짧은 인사를 했다. 그 인사가 끝나자 코즐롭스키는 일어나 사뭇 의연한 목소리로 연설하기 시작했다.

"황제 폐하의 뜻에 따라, 나는 이곳을 떠나 여러분과 헤어지게 되었습니다, 장교 여러분." 그는 말했다. "하지만 언제나 내가, 그러니까, 내가 여러분과 함께라는 걸 기억해주고…… 여러분 모두 알다시피, 그러니까, 전장에서는 혼자 힘으로는 아무것도 할 수 없습니다. 그러므로 나는 여기서 근무하는 동안 내가 받은 모든 보상, 그러니까, 모든 것, 그러니까, 사령관이라는 지위, 음, 황제 폐하의 크나큰 배려로 누리게 된 명성, 모든 것, 그러니까 그 모든 것이 분명, 음……" 그의 목소리는 떨리기 시작했다. "나는, 그러니까, 모두 여러분 덕분, 여러분 덕분이었다고 생각합니다, 친애하는 제군!" 그의 주름진 얼굴에 더 깊

* 코즐롭스키의 별명.

게 주름이 잡혔다. 그는 흐느끼며 눈물을 흘리기 시작했다. "나는 여러분에게, 그러니까, 진심으로 감사하는 바입니다……"

코즐롭스키는 더이상 말을 잇지 못하더니 자리에서 일어나, 자신에게 다가온 장교들을 포옹하기 시작했다. 모두 감동했다. 공작부인은 손수건으로 얼굴을 가렸다. 세묜 미하일로비치 공작은 입을 실룩거리며 눈을 깜빡거렸다. 많은 장교가 눈물을 흘렸다. 코즐롭스키를 잘 모르는 부틀레르도 눈물을 참지 못했다. 그는 이 모든 것이 아주 마음에 들었다. 이윽고 바랴틴스키를 위해, 보론초프를 위해, 장교들, 병사들을 위해 건배가 이어졌고, 만찬에 참석한 손님들은 술을 많이 마셨고, 술에 취해 전투적인 황홀감에 취해, 그런 특별한 기분에 젖어 만찬장을 떠났다.

햇볕이 내리쬐고 상쾌한 공기가 기분좋은 화창한 날씨였고, 주위는 고요했다. 사방에서 모닥불 튀는 소리와 노랫소리가 들렸다. 모두 뭔가를 축하하는 것 같았다. 부틀레르는 더없이 행복하고 감격스러운 기분으로 폴토라츠키를 찾아갔다. 폴토라츠키는 장교들과 카드놀이를 하고 있었는데, 부관이 100루블을 내놓고 물주를 잡고 있었다. 부틀레르는 바지 주머니 속에 손을 넣어 지갑을 쥔 채 두 번이나 천막 밖으로 나갔지만, 그 자신과 형에게 다시는 노름을 하지 않겠다고 했던 맹세를 깨고 결국 판에 끼어들었다.

부틀레르는 한 시간이나 얼굴은 붉게 달아오르고 땀에 젖은 채, 분필 범벅이 되어 탁자 앞에 팔꿈치를 괴고 앉아 한쪽 귀를 구긴 카드 뒷면에 판돈을 적고 있었다. 이미 많이 잃어 카드 뒷면에 적어둔 액수를 셈해보기가 두려울 정도였다. 그는 가불할 수 있는 봉급을 다 합하고 말을 팔아 보태도 이 낯선 부관에게 진 빚을 다 갚을 수 없다는 것을 셈하지 않고도 이미 알았다. 그는 계속할 생각이었지만, 엄격한 얼굴의 부관은 깨끗하고 하얀 손에서 카드를 내려놓고 분필로 써둔 부틀레르의 빚을 셈하기 시작했다. 부틀레르는 당혹감에 휩싸여 지금 당장 갚을 수는 없고 나중에 집에 돌아가서 보내겠다며 사과했고, 이 말을 할 때 모두가 자신을 측은한 눈으로 바라보고 심지어 폴토라츠키는 그의 시선을 피한다는 것을 알아챘다. 그것이 그가 거기서 보낸 마지막 밤이었다. 그는 노름에 끼지 말고 자신을 초대한 보론초프한테나 갔으면 '다 좋았을 텐데' 하고 생각했다. 그러나 이제 좋기는커녕 무서운 지경이 되고 말았다.

그는 동료들, 지인들과 작별 인사를 하고 집으로 돌아와 곧바로 침대에 누웠고, 노름에서 돈을 잃은 자가 그렇듯 열여덟 시간을 내리 잤다. 마리야 드미트리예브나는 부틀레르가 자신을 호위한 카자크에게 수고비를 준다며 50코페이카를 달라고 한 것이나 그의 침울한 표정과 짧은 대답으로 미루어 돈을 잃었다는 것을 알아챘고, 그래서 이반 마트베예비치에게 왜 부틀레르에게 휴가를 주었느냐고 불평했다.

다음날 부틀레르는 열두시가 다 되어서야 일어났고, 자신이 처한 상황을 깨닫고는 좀전에 벗어났던 망각 속으로 다시 빠지고 싶었으나 그것은 불가능했다. 그는 낯선 사람에게 진 470루블의 빚을 해결할 방법을 찾아야 했다. 방법 하나는 형에게 편지를 써서 자기 잘못을 뉘우치고 형과 공동 소유지만 아직 처분하지 않은 제분소 몫으로 마지막이니 500루블을 부쳐달라고 부탁해보는 것이었다. 그런 다음 이자는 얼마라도 좋으니까 500루블만 빌려달라고 구두쇠 친척 부인에게 편지를 썼다. 끝으로 그는 이반 마트베예비치에게 갔고, 그가 아니라 마리야 드미트리예브나에게 돈이 있다는 것을 알고 500루블을 빌려달라고 부탁했다.

"나라면 빌려주지," 이반 마트베예비치는 말했다. "당장에라도 주겠지만, 마시카는 아닐 거야. 여자들은 꽉 움켜쥐고 있으려고만 하니까. 그나저나 어떻게든 곤경에서 벗어나야 할 텐데 야단났군. 아 그래, 영내 매점 주인 놈한테는 있지 않을까?"

그러나 영내 매점 주인은 말해봤자 빌려주지 않을 게 뻔했다. 따라서 부틀레르에게는 형이나 구두쇠 친척 부인이 돈을 부쳐주는 것만이 남은 구원의 길이었다.

## 22

하지 무라트는 체첸에서 목적을 달성하지 못하고 티플리스로 돌아간 후로 매일같이 보론초프 공작을 찾아갔고, 만남이 허락될 때마다 그에게 산민 포로들을 모아 자기 가족과 교환해달라고 간청했다. 그렇지 않으면 자신은 수족이 묶인 것이나 다름없기 때문에 자신이 아무리 원하더라도 러시아군에 봉사할 수도, 샤밀을 파멸시킬 수도 없다고 말했다. 보론초프는 가능한 한 애써보겠다고 막연하게 약속했을 뿐, 아르구틴스키 장군이 티플리스에 오면 그와 상의해서 결정하겠다며 차일피일 미루었다. 그러자 하지 무라트는 자캅카지예*의 작은 도시 누하에 가서 얼마간 머물게 해달라고 보론초프에게 요청했는데, 그는 누하가 가족 문제나 샤밀과 그들 무리와 교섭하기에 더 편리할 거라고 생각했다. 또 이슬람 도시인 누하에는 모스크가 있어 이슬람 율법에서 요구하는 기도를 올리기에도 편했다. 보론초프는 페테르부르크에 이 사안을 보고했지만, 회답이 오기도 전에 하지 무라트에게 누하로 가도 된다고 허락해버렸다.

보론초프나 페테르부르크 당국에게 하지 무라트 문제는, 이 문제를 아는 대부분의 러시아인들과 마찬가지로 캅카스 전쟁의 행복한 이면이자 그저 단순한 흥밋거리에 지나지 않았지만, 하지 무라트 자신에게는, 특히 최근의 경위는 무서울 만큼이나 일생일대의 전환이었다. 그가 산에서 탈출한 것은 자신을 구하기 위해서였던 동시에 샤밀에 대한 증오 때문이었고, 얼마나 어려운 탈출이었든 간에 그는 목적을 달성했다는 사실에 처음 얼마간은 성공을 기뻐했고, 샤밀에 대한 공격 계획을 신중하게 고려했다. 그러나 쉬울 거라고 생각했던 가족의 구출이 생각보다 훨씬 어렵다는 것을 알게 되었다. 샤밀은 그의 가족을 포로로 잡아 여자들은 여러 아울로 넘겨버리고, 아들은 죽이거나 눈알을 뽑아버린다고 위협했다. 하지 무라트는 누하로 가 다게스탄에 있는 추종자들의 손을 빌려 계략을 쓰든 무력을 쓰든 샤밀의 손에서 가족을 되찾는 시도를 할 생각이었다. 최근 누하에 있었던 그의 정찰병이 전하기로는, 하지 무라트를 추종하는 아바르인들은 그의 가족을 구출해 함께 러시아로 넘어오려고 하는데 함께하는 인원이 너무 적은데다 지금 그의 가족은 베데노에 감금된 상태라 빼내기가 어렵지만, 만일 가

* 대(大)캅카스산맥 이남의 지역 일대. 현재 아제르바이잔, 아르메니아, 조지아 일부.

족이 베데노에서 다른 곳으로 옮겨지면 빼낼 수 있을 거라고 했다. 그들은 이동중에 구출하겠다고 약속했다. 하지 무라트는 가족을 구출해 주는 이에게 3천 루블을 주겠다고 약속하며, 이 사실을 협력자들에게 알리라고 지시했다.

누하에서 하지 무라트는 모스크와 칸의 궁전에서 멀지 않은 방 다섯 개의 작은 집을 배정받았다. 이 집에서 그에게 배정된 장교들, 통역, 그의 누케르와 함께 지냈다. 하지 무라트는 산에서 오는 정찰병들을 기다렸다 만나기도 하고, 산책이 허가된 지역 내에서 누하 교외로 말을 타고 나가기도 하며 지냈다.

4월 8일, 하지 무라트가 산책에서 돌아와 보니 그가 없는 사이 티플리스에서 한 관리가 와 있었다. 하지 무라트는 관리가 무슨 소식을 가지고 왔는지 무척 궁금했으나 경찰서장과 관리가 기다리고 있을 방으로 가지 않고 우선 자기 방으로 가 정오 기도를 올렸다. 기도를 마치자 그는 객실 겸 응접실로 사용하는 다른 방으로 갔다. 티플리스에서 온 관리는 뚱뚱한 참사관 키릴로프였는데, 하지 무라트에게 아르구틴스키 장군과 만나기 위해 12일까지 티플리스로 오라는 보론초프 공작의 말을 전했다.

"야크시(좋소)." 하지 무라트는 화난 목소리로 말했다. 그는 키릴로프라는 관리가 마음에 들지 않았다.

"돈은 가져왔소?"

"가져왔습니다." 키릴로프는 대답했다.

"오늘부터 이 주일 치를 주시오." 하지 무라트는 열 손가락을 펴고, 다시 네 손가락을 펴며 말했다. "어서요."

"바로 주겠습니다." 관리는 여행 가방에서 지갑을 꺼내며 말했다. "돈이 왜 필요하지?" 그는 하지 무라트가 알아듣지 못한다고 생각하고 경찰서장에게 러시아어로 말했지만, 이 말을 알아들은 하지 무라트는 화난 얼굴로 키릴로프를 노려보았다. 키릴로프는 티플리스로 돌아갔을 때 보론초프 공작에게 보고할 거리를 만들기 위해 하지 무라트와 이야기를 나누고 싶었는데, 돈을 꺼내며 통역을 통해 하지 무라트에게 이곳 생활이 지루하지 않느냐고 물었다. 하지 무라트는 무기도 지니지 않은 문관복 차림의 작고 뚱뚱한 남자를 경멸하듯 흘낏 보았을 뿐 대답하지 않았다. 통역은 질문을 되풀이했다.

"이 사람과는 말하고 싶지 않다고 말해주십시오. 어서 돈이나 내놓으라고."

하지 무라트는 통역에게 말하고 돈을 세기 위해 다시 탁자 앞에 앉았다.

키릴로프는 금화를 열 닢씩 기둥처럼 말아놓은 것을 일곱 개 꺼내 (하지 무라트는 매일 금화 다섯 닢씩을 받고 있었다) 하지 무라트 쪽으로 밀었다. 하지 무라트는 체르케스카 소매 속에 금화를 집어넣고 일어서더니, 별안간 참사관의 대머리를 한 대 때리고 문가로 갔다. 참사관은 벌떡 일어나 대령에 해당하는 관등을 가진 자신에게 감히 이런 짓을 해서는 안 된다고 통역을 통해 하지 무라트에게 말했다. 경찰서장도 동의했다. 그러나 하지 무라트는 자기도 안다는 듯이 고개를 까딱하더니 방을 나가버렸다.

"저런 사람은 어쩔 수가 없습니다." 경찰서장은 말했다. "칼로 푹 찌르면 그만이라고 생각하니까 말입니다. 저런 악마하고는 상대할 수가 없어요. 갈수록 포악해지는 것 같습니다."

날이 어두워지자마자 바실리크를 눈 밑까지 두른 정찰병 두 명이 산에서 내려왔다. 경찰서장은 그들을 하지 무라트의 방으로 데려갔다. 한 사람은 살이 찌고 피부가 검은 타블리네츠*였고, 또 한 사람은 깡마른 노인이었다. 그들이 가져온 소식은 좋지 않았다. 하지 무라트를 돕는 자는 모조리 극형에 처하겠다는 샤밀의 엄포에 그의 가족을 구출하려고 노력하던 벗들이 지금은 전부 단념했다는 것이었다. 하지 무라트는 정찰병들의 이야기를 다 듣고 책상다리를 한 두 무릎에 팔꿈치 양쪽을 짚고 파파하를 쓴 머리를 숙인 채 오래 침묵했다. 하지 무라트는 결연히 생각하고 또 생각했다. 그는 생각하는 것은 이번이 마지막이고, 이제 결단을 내려야 한다는 것을 알았다. 하지 무라트는 고개를 들었고, 금화 두 닢을 꺼내 정찰병들에게 한 닢씩 주고는 말했다.

"가라."

"뭐라고 답할까요?"

"답은 신이 주실 것이다. 가라."

정찰병들은 일어나 나갔고, 하지 무라트는 무릎에 팔꿈치를 짚은 채 양탄자 위에 계속 앉아 있었다. 그는 오랫동안 그대로 앉아 생각에 골몰했다.

'어떻게 해야 할까? 샤밀의 말을 믿고 그에게 돌아가야 할까?' 그는 생각했다. '그는 여우다—날 속일 것이다. 설사 속이지 않는다 하더라도 붉은 여우 같은 그놈에게 항복할 순 없다. 내가 러시아에 투항한 이

---

* 다게스탄 북부에 사는 사람들을 가리키는 말. '산민'을 뜻하는 그루지야어 '타울리'에서 유래했다.

상 그는 다시는 나를 믿지 않을 것이다.' 하지 무라트는 생각했다.

그는 사람들에게 붙잡힌 매가 인간 세상에서 살다가 다시 산으로 돌아갔다는 타블리네츠의 옛이야기를 떠올렸다. 매는 돌아갔지만 발에 끈이 묶이고 은방울이 달려 있었다. 다른 매들은 그 매를 받아들이지 않았다.

"돌아가." 매들은 말했다. "은방울을 달아준 데로 돌아가. 우리에게는 끈도 없고 은방울도 없어." 그러나 매는 고향을 떠나고 싶지 않았으므로 그곳에 남았다. 다른 매들은 그 매를 받아들이지 않고 결국 쪼아 죽였다.

'나도 결국 그렇게 쪼아 죽일 것이다.' 하지 무라트는 생각했다.

'여기에 남는다면? 러시아 차르를 위해 캅카스를 정복하고 명예와 지위와 재물을 얻을까?'

'그건 가능할 것이다.' 그는 보론초프와의 만남과 늙은 공작이 그의 비위를 맞추며 한 말을 떠올리며 생각했다.

'그러나 당장 결정을 내리지 않으면 샤밀은 내 가족을 몰살시킬 것이다.'

하지 무라트는 밤새 자지 않고 생각했다.

## 23

한밤중에 그는 결심했다. 산으로 도망쳐 자신에게 충성하는 아바르인들과 함께 베데노로 침입해 죽는 한이 있더라도 가족을 구출하겠다고 결심한 것이다. 가족을 데리고 다시 러시아 쪽으로 돌아올지, 아니면 혼자서라도 가 샤밀과 싸울지는 아직 결정하지 않았다. 지금으로서는 러시아군을 빠져나가 산으로 가야 한다는 것만 명백했다. 그는 이 결심을 즉각 실행에 옮기기 시작했다. 그는 베개 밑에서 솜을 넣은 검은색 베시메트를 꺼내들고 누케르가 자는 방으로 들어갔다. 그들은 현관 맞은편 방에서 기거했다. 열려 있는 현관 복도로 나가자 이슬을 머금은 달밤의 상쾌한 대기가 그를 감쌌고, 집에 딸린 정원에서 꾀꼬리들의 울음소리가 들려왔다.

하지 무라트는 현관을 가로질러가서 누케르의 방문을 열었다. 방안에는 등이 없고 초승달 빛만 창문으로 비쳐들었다. 탁자와 두 개의 의자가 한쪽에 놓여 있고 네 명의 누케르가 마룻바닥에 깔아놓은 양탄자와 부르카 위에서 자고 있었다. 하네피는 마당에서 말들과 함께 자고 있었다. 감잘로는 문이 삐걱거리자 몸을 일으켜 하지 무라트가 들어온 것을 보더니 다시 누웠다. 그 옆에 누웠던 엘다르는 벌떡 일어나 그의 명령을 기다리며 베시메트를 입기 시작했다. 쿠르반과 마고마 칸은 자고 있었다. 하지 무라트는 베시메트를 탁자 위에 내려놓았고, 그 순간 딱딱한 것이 나무판에 부딪히는 소리가 났다. 안에 넣고 꿰맨 금화였다.

"이것도 꿰매라." 하지 무라트는 오늘 받은 금화를 엘다르에게 주며 말했다.

엘다르는 금화를 받자 달빛이 비치는 곳으로 가서, 단검의 칼집에서 작은 칼을 꺼내 베시메트의 실밥을 뜯기 시작했다. 감잘로도 몸을 일으켜 책상다리를 하고 앉았다.

"이봐, 감잘로, 소총과 권총을 손질하고 탄약을 준비하라고 젊은이들에게 전해주게. 내일은 멀리 떠날 거니까." 하지 무라트는 말했다.

"탄약도 있고 총알도 있습니다. 준비는 바로 됩니다." 감잘로는 이렇게 말하고 알아들을 수 없는 말을 중얼거렸다.

감잘로는 왜 하지 무라트가 소총에 탄약을 채우라고 명령했는지 이해했다. 그는 처음부터, 그리고 갈수록 더 강렬히 한 가지만을 원했다. 개 같은 러시아 놈들을 가능한 한 많이 찔러 죽이고 산속으로 도망치는 것이었다. 지금 하지 무라트도 자기와 같은 것을 바란다는 것을 알자 그는 만족스러웠다.

하지 무라트가 나가자 감잘로는 동료들을 깨웠고, 네 사람은 밤새 소총과 권총, 발화 장치, 부싯돌 등을 살펴 상태가 나쁜 것은 갈고, 화약통에 새 화약을 재고, 기름천으로 싼 탄환을 호지리에 채우고, 검과 단검을 갈고, 칼날에 기름칠을 했다.

동이 트기 전 하지 무라트는 재계를 위한 물을 길으려고 다시 현관으로 나갔다. 현관에서는 새벽 햇살 속으로 꾀꼬리들의 울음소리가 간밤보다 더 크고 더 빈번하게 들려왔다. 누케르의 방에서는 쉭쉭 하고 돌에 단검을 가는 휘파람 소리 같은 규칙적인 소리가 들렸다. 하지 무라트가 물통에 물을 담아 자기 방으로 가고 있을 때, 뮤리트들의 방에서 칼 가는 소리와 함께 귀에 익숙한 노래를 부르는 하네피의 가늘고 높은 목소리가 들려왔다. 하지 무라트는 발을 멈추고 귀를 기울였다.

노래는 지기트 감자트가 뮤리트들을 이끌고 러시아군의 백마 무리를 탈취해 달아나는 내용이었다. 러시아 공작이 테레크강 뒤편에서 추적해 군사로 그들을 숲처럼 에워싼다. 감자트는 백마들을 베어 죽인 뒤 사체가 쌓인 그 피의 보루 뒤에서 뮤리트들과 함께 소총에 탄환이 있고 허리에 단검이 있고 혈관에 피가 흐르는 마지막까지 러시아인과 싸운다. 그러나 죽기 전 감자트는 하늘을 나는 새들을 보고 소리친다. "아아, 새들아, 우리집으로 날아가 내 누이동생과 어머니와 순결한 처녀들에게 말해다오, 우리 모두 성전에서 전사했노라고. 그들에게 말해다오, 우리 몸은 무덤에 눕지도 못하며, 탐욕스러운 늑대들이 우리 뼈를 뜯어먹고 검은 까마귀떼가 우리 눈을 쪼아먹는다고."

애절한 선율의 마지막 가사가 쾌활한 마고마 칸의 힘찬 목소리로 이어졌고, 그는 마지막에 "라 일라하 일 알라" 하고 큰 소리로 외치며 날카로운 새된 목소리를 냈다. 이윽고 사위가 조용해졌고, 정원에서 들려오는 꾀꼬리 울음소리와 문 뒤에서 칼 가는 소리와 돌과 칼이 부딪치는 규칙적인 소리만 간간이 들릴 뿐이었다.

하지 무라트는 생각에 골몰하다가 물통이 기울어 물이 흘러내리는 것도 알아채지 못했다. 그는 고개를 흔들더니 방으로 들어갔다.

아침 기도를 마치자 하지 무라트는 무기를 점검하고 침대에 앉았다. 이제 할 일은 아무것도 없었다. 외출하려면 경찰서장의 허가가 필요한데 아직 밖은 어두웠고 그는 자고 있었다.

하네피의 노래를 듣자 하지 무라트는 그의 어머니가 지은 노래가 떠올랐다. 하지 무라트가 태어난 직후에 있었던 실제 사건을 노래한 것인데, 그는 어머니에게 자주 그 이야기를 들었다.

그 노래는 다음과 같다.

당신의 강철 단검이 내 흰 가슴을 찔렀지만, 나는 내 가슴에 나의 해님, 나의 아들을 껴안았고, 뜨거운 피로 사랑하는 아들을 씻겨주었고, 상처는 약초도 뿌리도 없이 나았노라. 나는 죽음을 두려워하지 않았고, 내 아들도 지기트가 되어 죽음을 두려워하지 않으리라.

이 가사는 하지 무라트의 아버지에 관한 것인데, 하지 무라트가 태어났을 때 칸의 아내도 아들 움마 칸을 낳았기 때문에, 그녀는 하지 무라트의 어머니를 유모로 데려가려 했다. 하지 무라트의 어머니는 칸의 큰아들인 아부눈찰도 길렀었다. 그러나 파티마트는 아들과 떨어지기 싫어 유모로 가기를 거절했다. 하지 무라트의 아버지는 화를 내며 가라고 명령했다. 그녀가 다시 거절하자, 남편은 단검으로 그녀를 베었고, 사람들이 그녀를 데리고 가지 않았다면 목숨을 잃을 뻔했다. 그렇게 해서 파티마트는 잠시도 곁에서 떨어지지 않고 자식을 기를 수 있게 되었다.

하지 무라트는 어머니가 슈바를 입고 사클랴 지붕 위에서 아들을 재우며 자주 이 노래를 불러주던 것과, 그가 어머니에게 상처 흔적을 보여달라고 조르던 일을 떠올렸다. 어머니가 눈앞에 생생하게 보이는 듯했다—산속에 남겨놓고 온 이가 군데군데 빠지고 백발에 주름이 진 늙은 어머니가 아니라, 다섯 살이 되어 무거워진 아들을 광주리에 넣어 등에 지고 산을 넘어 할아버지에게 갔을 정도로 무척 건강했던 젊고 아름다운 어머니였다.

그리고 하얀 턱수염에 주름이 깊게 파인 할아버지도 떠올랐는데, 은세공사였던 할아버지는 힘줄이 불거진 손으로 은을 두드리며 손자에게 기도문을 외우라고 시키곤 했다. 어머니의 샤로바리를 붙잡고 함께 산 아래 샘터로 물을 길으러 갔던 일도 선명하게 떠올랐다. 그의 얼굴을 핥던 깡마른 개도, 어머니를 따라 헛간에 가서 소젖을 짜던 일도, 그것을 끓일 때 나던 연기와 신 냄새도 유달리 생생하게 떠올랐다. 어머니가 처음으로 그의 머리를 깎아주었던 일도 생각났는데, 그때 그는 벽에 걸어놓은 반짝반짝 윤이 나는 구리 대야에 비친 둥글고 푸르스름한 자기 머리를 보고 깜짝 놀랐었다.

어린 시절을 회상하자 사랑하는 아들 유수프도 생각났는데, 그 아이의 머리를 처음 깎아준 사람이 바로 그였다. 이제 그 유수프가 젊고 잘생긴 지기트가 되었다. 아들을 마지막으로 봤을 때가 떠올랐다. 그가 첼메스를 떠나던 날이었다. 아들은 말을 끌고 와 자신도 데려가달라고 부탁했다. 아들은 이미 옷을 갈아입고 무장을 하고 말고삐를 잡고 있었다. 유수프의 젊고 아름다운 혈색 좋은 얼굴과 훤칠하고(아버지보다도 컸다) 늘씬한 몸에서는 젊음의 용기와 생의 기쁨이 넘쳐흘렀다. 아직 어리지만 떡 벌어진 어깨, 넓고 젊은이다운 골반과 길고 가는 몸통, 길고 건장한 두 팔, 움직임 하나하나에서 나타나는 강인함과 유연함과 민첩함은 언제나 아버지를 기쁘게 했고, 아버지는 항상 아들을 감탄하며 바라보았다.

"넌 남는 게 좋겠다. 집에는 너밖에 없으니까. 어머니와 할머니를 잘 보살펴드려라." 하지 무라트는 말했다.

그리고 하지 무라트는 자기 목숨이 붙어 있는 한 아무도 할머니와 어머니를 해치지 못하게 하겠다고 얼굴을 붉히며 말하던 아들의 용기와 자신감에 찬 표정을 떠올렸다. 유수프는 말을 타고 시내까지 아버지를 배웅하고 되돌아갔다. 그후로 하지 무라트는 아내도, 어머니도,

아들도 만나지 못했다.

그런데 샤밀이 그런 아들의 눈알을 뽑아버린다고 한다! 아내에게 무슨 짓을 할지는 생각하고 싶지도 않았다.

이런 생각을 하자 하지 무라트는 몹시 흥분되어 더이상 앉아 있을 수가 없었다. 그는 뛰어오르듯 일어나 다리를 절며 빠른 걸음으로 문가로 가 옐다르를 불렀다. 해는 아직 뜨지 않았지만, 밖은 꽤 환했다. 꾀꼬리는 계속 울고 있었다.

"경찰서장에게 가서 산책하고 싶다고 말하고 말에 안장을 얹어." 그는 말했다.

## 24

이즈음 부틀레르에게 유일한 위안은 전쟁의 시정詩情이었는데, 군무를 할 때나 사생활에서나 오직 그것에만 탐닉했다. 그는 체르케스인 복장을 차려입고 기마곡예를 하기도 하고, 보그다노비치와 두 번이나 매복을 나가기도 했는데, 두 번 다 적을 발견하지는 못해 아무도 죽이지 못했다. 훌륭한 용사로 이름난 보그다노비치와 우정을 쌓는 것은 부틀레르에게 기쁘고 중요한 일이었다. 빚은 유대인에게 아주 비싼 이자로 빌려 일단 갚았지만, 잠시 난관을 뒤로 미루었을 뿐 완전한 해결은 아니었다. 그는 되도록 자신의 처지를 생각하지 않으려 애썼고, 그것을 잊기 위해 전쟁의 시정 외에 술에도 빠져들었다. 날이 갈수록 마시는 양이 늘었고, 도덕적으로도 점점 타락했다. 그는 마리야 드미트리예브나에게도 더이상 훌륭한 요셉이 아니라, 오히려 그녀에게 치근대는 무뢰한이 되었다. 놀랍게도 그녀는 그를 딱 잘라 거절했고, 그는 톡톡히 망신만 당했다.

4월 말에 지금까지 불가능한 것으로 여겨졌던 체첸 진격이라는 새로운 계획을 실행하기 위해 바랴틴스키가 편성한 부대가 요새에 도착했다. 카바르딘스키 연대의 2개 중대로 소집된 이들은 캅카스 관습에 따라 쿠린스키 연대 중대원들에게 손님으로서 예우되어, 각 병영에 흩어진 병사들은 저녁식사로 죽과 소고기에 보드카까지 대접받고, 장교들도 저마다 장교 숙사에 배치되어 역시 관습에 따라 이 지역 장교들의 극진한 대접을 받았다.

파견 부대에 대한 대접은 합창대까지 동원된 술자리로 끝났고, 잔뜩 취한 이반 마트베예비치는 빨갛다못해 창백한 잿빛이 된 얼굴로 의자에 걸터앉아 상상 속의 적을 향해 칼을 빼 휘둘렀고, 욕지거리를 하다 큰 소리로 껄껄 웃어대기도 하고, 누군가를 끌어안으며 "샤밀이 폭동을 일으킨 후로 몇 년이 흘렀네, 트라이-라이-라타타이, 몇 년이 흘렀네" 하며 자기가 좋아하는 노래에 맞춰 춤을 추기도 했다.

부틀레르도 그곳에 있었고 이런 자리에서도 전쟁의 시정을 찾아보려 애썼는데, 내심 이반 마트베예비치가 딱해 보였지만 그를 말릴 수는 없었다. 부틀레르는 술기운을 느끼며 조용히 빠져나와 집으로 향했다.

꽉 찬 달이 새하얀 집들과 도로의 돌들을 비추고 있었다. 달빛이 밝아 돌 하나하나, 지푸라기, 짐승의 배설물까지 보였다. 집에 다 와가던 부틀레르는 플라토크로 머리와 어깨를 감싼 마리야 드미트리예브나와 마주쳤다. 마리야 드미트리예브나에게 거절당한 뒤 그는 내심 조금 껄

끄러워 그녀와 마주치는 것을 피하고 있었다. 그러나 지금은 달빛 아래이고 술에 취한 상태라 그녀와 만난 것이 기뻤고, 그는 다시 그녀에게 구애해보고 싶었다.

"어디 가십니까?" 그는 물었다.

"우리 영감 마중 가요." 그녀는 친근하게 대답했다. 그녀는 부틀레르의 구애를 아주 진지하고 단호하게 거절했지만, 최근 그가 자신을 피하는 것은 영 마음에 걸리던 차였다.

"뭐하러 마중 가십니까, 올 겁니다."

"올까요?"

"걸어서 못 오면 업혀서라도 올 겁니다."

"그래서 그렇죠, 그건 좋지 않아요." 마리야 드미트리예브나는 말했다. "안 가봐도 될까요?"

"네, 가지 마십시오. 함께 집으로 가시죠."

마리야 드미트리예브나는 몸을 돌려 부틀레르와 나란히 집으로 향했다. 달빛이 아주 환해 길을 걸어가는 남녀의 그림자 머리 주위로 후광이 움직였다. 부틀레르는 머리 주위의 후광을 내려다보며, 아직도 그녀를 좋아한다고 말하고 싶었으나 어떻게 말을 꺼내야 좋을지 알 수 없었다. 그녀는 그가 말을 꺼내기를 기다리고 있었다. 그들이 그렇게 말없이 거의 집에 다다랐을 때, 말 탄 사람들이 길모퉁이에서 나타났다. 장교가 호위병을 거느리고 오고 있었다.

"누가 오는 걸까요?" 마리야 드미트리예브나는 말하고 길을 비켰다.

달빛이 말을 탄 사람의 머리 뒤에서 비쳤기 때문에 마리야 드미트리예브나는 그와 나란히 서서야 비로소 누군지 알아볼 수 있었다. 카메네프 장교였는데, 전에 이반 마트베예비치와 함께 복무했기 때문에 마리야 드미트리예브나는 그를 알아보았다.

"표트르 니콜라예비치?" 마리야 드미트리예브나가 그에게 말했다.

"네, 맞습니다." 카메네프는 말했다. "아, 부틀레르! 잘 지냈나! 아직 자지 않은 건가? 마리야 드미트리예브나와 산책중인가? 조심하게, 이반 마트베예비치에게 혼날지도 몰라. 그는 어디 있지?"

"바로 저기, 들리시죠?" 마리야 드미트리예브나는 북소리와 노랫소리가 들려오는 쪽을 가리키며 말했다. "한창 즐기고들 있죠."

"뭐죠, 당신들 술자리입니까?"

"아니요, 하사프-유르트에서 온 부대를 환영하는 거예요."

"아, 그거 좋군요. 나도 끼면 되겠네요. 그전에 잠깐 그를 만나야 하지만."

"대체 무슨 일인데?" 부틀레르는 물었다.

"간단한 용건이 있어."

"좋은 일인가, 나쁜 일인가?"

"사람에 따라 다르지! 우리에게는 좋은 일이지만, 또 누구에게는 좋지 않은 일이니까." 카메네프는 말하고 웃음을 터뜨렸다.

이때 두 사람과 카메네프는 이반 마트베예비치의 집에 도착했다.

"치히료프!" 카메네프는 카자크에게 외쳤다. "이리 와봐."

돈 지방 출신의 카자크가 호위 무리에서 나와 다가왔다. 그는 돈 지방 카자크의 제복에 장화를 신고 외투를 걸치고, 말안장 뒤쪽에 안장주머니들을 늘어뜨리고 있었다.

"자, 그 물건을 꺼내봐." 카메네프는 말에서 내리며 말했다.

카자크도 말에서 내려 한쪽 안장주머니에서 뭔가가 든 자루를 꺼냈다. 카메네프는 카자크에게서 자루를 받아 손을 집어넣었다.

"그럼 진기한 물건을 보여드릴까요? 놀라지 마십시오." 그는 마리야 드미트리예브나에게 말했다.

"대체 뭔데 놀라지 말라는 거죠." 마리야 드미트리예브나가 말했다.

"바로 이겁니다." 카메네프는 인간의 머리를 꺼내 달빛에 비추며 말했다. "알아보시겠습니까?"

그것은 빡빡 깎은 머리에 눈 위로 두골이 불거진, 면도한 검은 턱수염과 다듬은 콧수염이 있고 한쪽 눈은 뜨고 한쪽 눈은 반쯤 감은 인간의 머리였고, 빡빡 깎은 머리에 불거진 두골 곳곳에 내리찍히거나 베인 자국이 있고, 피 묻은 코 속에는 검은 피가 말라붙어 있었다. 목에는 피에 젖은 수건이 감겨 있었다. 머리의 수많은 상처에도 불구하고 파리한 입가에는 앳된 선량함이 감돌았다.

마리야 드미트리예브나는 그것을 보고는 아무 말도 하지 않고 몸을 돌려 빠른 걸음으로 집으로 들어가버렸다.

부틀레르는 그 끔찍한 머리에서 눈을 뗄 수 없었다. 그것은 얼마 전까지만 해도 그와 정답게 이야기를 나누며 며칠 밤을 함께 보냈던 하지 무라트의 머리였다.

"어떻게 된 건가? 누가 죽였나? 어디서?" 그는 물었다.

"도망치다가 붙잡혔네" 하고 카메네프는 카자크에게 머리를 건넨 뒤 부틀레르와 집으로 들어갔다.

"훌륭한 죽음이었지." 카메네프는 말했다.

"대체 무슨 일이 있었던 건가?"

"잠시 기다리게, 이반 마트베예비치가 오면 자세히 다 말할 테니까. 사실 내가 온 건 이것 때문이야. 모든 요새, 모든 아울을 돌며 보여주고 있거든."

이반 마트베예비치를 부르러 사람을 보냈고, 잔뜩 취한 그는 역시 잔뜩 취한 두 장교와 함께 집으로 돌아와 카메네프를 얼싸안으려고 했다.

"저는 당신에게," 카메네프는 말했다. "하지 무라트의 머리를 가져왔습니다."

"거짓말! 죽였단 말인가?"

"네, 도망치려고 했습니다."

"내가 말했지, 그가 우릴 속일 거라고. 어디 있지? 그 머리 어디 있나? 보여주게."

그들이 카자크를 부르자, 카자크는 잘린 머리를 넣은 자루를 들고 들어왔다. 이반 마트베예비치는 술에 취한 눈으로 오랫동안 머리를 바라보았다.

"하지만 그는 끝까지 훌륭했어." 그는 말했다. "입맞춤하게 해주게."

"네, 맞습니다, 훌륭한 사람이었습니다." 장교 중 한 사람이 말했다.

모두 머리를 살펴보았고, 다시 카자크에게 건네주었다. 카자크는 머리를 자루에 넣고 바닥에 부딪히지 않게 최대한 조심하며 내려놓았다.

"그런데 이보게, 카메네프, 자네는 그 머리를 보여줄 때마다 뭐라고 말하나?" 한 장교가 물었다.

"아니, 그에게 입을 맞춰야겠네. 그는 내게 칼을 선물했단 말이야." 이반 마트베예비치가 외쳤다.

부틀레르는 현관 계단으로 나왔다. 마리야 드미트리예브나는 두번째 층계에 앉아 있었다. 그녀는 부틀레르를 돌아보더니 바로 화난 듯 고개를 돌려버렸다.

"왜 그래요, 마리야 드미트리예브나?" 부틀레르가 물었다.

"당신들은 모두 살인마예요. 나는 참을 수가 없어요. 살인마, 맞아요." 그녀는 일어나며 말했다.

"누구에게나 일어날 수 있는 일입니다." 부틀레르는 무슨 말을 해야 할지 몰라 이렇게 말했다. "그런 게 전쟁입니다."

"전쟁!" 마리야 드미트리예브나는 소리쳤다. "전쟁이라고요? 살인마들일 뿐이죠. 시체는 땅에 묻어줘야 하는데 모두가 조롱을 하고 있어요. 정말로 살인마들이에요." 그녀는 되풀이하고 현관 계단을 내려가 뒷문으로 집에 들어가버렸다.

부틀레르는 객실로 돌아와 카메네프에게 사건의 전말을 자세히 말해달라고 청했다.

카메네프는 이야기했다.

그것은 다음과 같았다.

## 25

하지 무라트는 교외에서 말을 타는 것은 허락받았지만, 반드시 카자크 호위병과 함께여야 한다는 조건부였다. 누하에는 모두 합쳐 쉰 명 가량의 카자크가 있었는데, 그중 열 명은 장교의 당번병을 했으므로, 만일 명령대로 하지 무라트에게 열 명의 감시병을 붙인다면, 나머지는 거의 이틀에 한 번 꼴로 나가야 한다는 것을 의미했다. 첫날 열 명의 카자크가 파견되었으나 그후 다섯 명으로 줄이기로 했고, 하지 무라트에게는 누케르를 모두 데리고 가지 말라고 당부했는데, 4월 25일에 하지 무라트는 그들 다섯을 전부 데리고 산책에 나섰다. 사령관은 하지 무라트가 말에 올랐을 때, 누케르 다섯 명이 모두 따라나서는 것을 알고 안 된다고 주의를 주었지만, 하지 무라트는 못 들은 척 말에 박차를 가했고, 사령관도 더이상 제지하지는 않았다. 카자크들 중에 게오르기 십자훈장을 탄 나자로프라는 하사관이 있었는데, 이마와 뒤통수의 아마색 머리털을 일자로 깎은 혈색이 좋고 건장한 젊은이였다. 가난한 구교도 집안의 큰아들인 그는 어린 시절 아버지를 여의고 어머니와 세 여동생과 두 남동생을 부양하고 있었다.

"주의해, 나자로프, 멀리 나가지 못하게 해!" 사령관은 외쳤다.

"알겠습니다, 각하." 나자로프는 대답하고는 어깨에 멘 소총을 잡고 두 발을 등자에 올려 매부리코에 크고 순한 밤색 거세마에 올라 구보驅步로 갔다. 네 명의 카자크가 그 뒤를 따랐는데, 마르고 키가 크고 도둑질을 밥 먹듯 하고 수완이 좋아 감잘로에게 화약을 팔기도 한 페라폰토프, 조만간 군복무를 마치고 전역할 중년이지만 종종 힘자랑을 하는 건장한 농부 이그나토프, 약골인 애송이로 모두에게 놀림을 받는 미시킨, 그리고 편모슬하의 외아들이지만 언제나 웃음을 잃지 않고 명랑한 금발의 젊은이 페트라코프였다.

아침부터 안개가 끼었으나 아침 먹을 시간이 되자 날이 개면서 햇빛이 새로 돋아난 어린잎과 처녀 같은 풀잎과 곡물의 싹과 길 왼쪽에서 빠르게 흐르는 강물 위를 비쳤다.

하지 무라트는 평보로 나아갔다. 그의 누케르와 카자크들은 뒤처지지 않게 뒤따랐다. 그들은 요새를 뒤로한 채 천천히 나아갔다. 머리에 광주리를 인 여자들, 짐마차에 탄 병사들, 삐걱대는 소달구지와 마주쳤다. 2베르스타쯤 갔을 때 하지 무라트가 갑자기 카바르다산 백마에 박차를 가해 구보로 바꾸자 뮤리트들도 구보로 바꿨다. 카자크도 달리기 시작했다.

"와, 저놈 말 기막힌데." 페라폰토프가 말했다. "저놈이 투항하지 않았다면 내가 붙잡았을 텐데."

"그렇지, 형제, 저 말은 티플리스에서 300루블이나 주고 산 거야."

"내가 앞지르겠어." 나자로프가 말했다.

"그래, 앞지를 수 있어." 페라폰토프가 말했다.

하지 무라트는 점점 더 속도를 냈다.

"어이, 쿠나크, 그러면 안 돼. 천천히 가!" 나자로프는 하지 무라트를 따라잡으려고 애쓰며 소리쳤다.

하지 무라트는 뒤를 돌아봤지만 아무 말도 하지 않고 계속 같은 속도로 달렸다.

"조심해, 저놈들 무슨 꿍꿍이지, 빌어먹을." 이그나토프가 말했다. "저것 봐, 말을 엄청 때리는데."

그들은 그렇게 산 쪽으로 1베르스타쯤 달렸다.

"안 된다고 하잖아!" 나자로프가 또다시 소리쳤다.

하지 무라트는 대답도 하지 않고 뒤도 돌아보지 않고 더욱 속도를 올려 전속력으로 내달렸다.

"속이고 도망치려는 거야, 어디 도망칠 수 있나 봐라!" 몹시 흥분한 나자로프가 외쳤다.

그는 키 큰 밤색 거세마에게 채찍을 내리치며 등자 위에 일어서서 몸을 앞으로 기울인 채 전속력으로 하지 무라트를 쫓았다.

하늘은 맑고, 공기는 신선하고, 하지 무라트를 뒤쫓으며 순하고 힘센 준마와 한몸처럼 평평한 길을 달리는 동안 나자로프는 마음속에서 삶의 활기와 기쁨이 솟구치는 것을 느꼈고, 그래서 좋지 않은 일, 슬픈 일, 무서운 일이 일어나리란 생각은 전혀 들지 않았다. 그는 조금씩 하지 무라트에게 다가가며 간격을 좁히는 것이 즐거웠다. 하지 무라트는 카자크의 키 큰 말이 달려오는 소리가 점점 가까워지자 분명 곧 따라잡히겠다고 생각하고 오른손으로는 권총을 잡고 왼손으로는 다가오는 말발굽 소리를 들으며 흥분한 자신의 카바르다산 말의 고삐를 가볍게 당기기 시작했다.

"내가 안 된다고 했잖아!" 나자로프는 이제 하지 무라트와 거의 나란히 달리며 그의 말고삐를 잡아채려고 손을 뻗으며 외쳤다. 하지만 말고삐를 막 잡아채려는 순간, 총성이 한 발 울렸다.

"대체 무슨 짓을 하는 거냐?" 나자로프는 가슴을 움켜쥐며 외쳤다. "이봐, 저놈들을 죽여!" 하고 외치고 나자로프는 비틀하더니 안장 위에 쓰러졌다.

그러나 산민들이 카자크들보다 먼저 무기를 잡아 권총으로 그들을 쏘고 칼로 베었다. 나자로프는 말 목에 기대어 쓰러져 있었고, 놀란 말은 그를 태운 채 다른 말들 주위를 빙빙 돌았다. 이그나토프는 말이 다리를 꺾으며 쓰러지자 말에 발이 깔렸다. 두 산민이 말을 탄 채 칼을 뽑아 이그나토프의 머리와 팔을 베었다. 페트라코프는 동료에게 달려가려 했지만 순간 총알이 두 발 날아와 등과 옆구리를 관통했고, 그는 자루처럼 말에서 굴러떨어졌다.

미시킨은 말을 돌려 요새로 내달렸다. 하네피와 마고마 칸이 그를 쫓아갔지만, 이미 너무 많이 벌어져 따라잡을 수 없었다.

하네피와 마고마 칸은 카자크를 따라잡기 어렵다는 것을 알자 되돌아왔다. 감잘로는 단검으로 이그나토프의 숨통을 끊은 뒤, 나자로프도 말에서 끌어내려 베어버렸다. 마고마 칸은 죽은 사람에게서 탄약통이 든 자루를 빼냈다. 하네피는 나자로프의 말을 붙잡으려 했지만 하지 무라트는 그럴 필요 없다고 소리치고 길을 따라 앞으로 달렸다. 뮤리트들은 뒤에서 따라오던 페트라코프의 말을 쫓으며 하지 무라트의 뒤를 따라 달렸다. 그들이 누하에서 이미 약 3베르스타 떨어진 논을 가로질러 달릴 때, 요새의 탑에서 긴급사태를 알리는 총성이 울려퍼졌다.

배에 칼을 맞은 페트라코프는 등을 대고 누워 앳된 얼굴을 하늘로 향한 채 물고기처럼 숨을 헐떡이며 죽어가고 있었다.

"큰일났군, 큰일났어, 이게 무슨 일인가!" 요새 사령관은 하지 무라트가 도망쳤다는 것을 알자 두 손으로 머리를 움켜잡고 소리질렀다. "내 목이 달아나겠군! 놓치다니, 망할 자식들!" 미시킨의 보고를 들으며 그는 외쳤다.

사방에 경보가 전달되고, 요새의 카자크들이 총출동해 도망자 수색에 나섰을 뿐만 아니라, 평화로운 아울에서도 모을 수 있는 최대한의 민병들이 소집되었다. 사로잡건 시체로건 하지 무라트를 데리고 온 자에게 상금 1천 루블을 준다는 포고도 내렸다. 그래서 하지 무라트와 그의 뮤리트들이 카자크들로부터 도망친 지 두 시간이 지났을 무렵에는

200명이 넘는 기마병들이 탈주자 수색과 체포를 위해 경찰서장 지휘 아래 말을 달리고 있었다.

하지 무라트는 큰길로 몇 베르스타 달려가다 땀에 젖어 잿빛이 된 백마가 헉헉거리자 속력을 늦추어 멈춰 섰다. 길 오른쪽으로 멜라르지크 아울의 사클랴와 첨탑이 보이고, 왼쪽으로 들판이 펼쳐지고 그 끝에 강이 보였다. 산으로 가는 길은 오른쪽에 있었지만 사람들이 그 길로 추적해 올 거라고 판단한 하지 무라트는 반대쪽으로 방향을 틀었다. 그는 길은 없지만 알라잔강을 건너 아무도 예측하지 못할 큰길로 나가 숲으로 간 뒤 거기서 다시 강을 건너 산으로 들어가려고 생각했다. 이렇게 결정하고 그는 왼쪽으로 돌았다. 그러나 강까지 다다를 수가 없었다. 그들이 가로질러야 하는 논은 봄이면 언제나 물이 차올라 말의 발목까지 빠지는 진창이 되었기 때문이다. 하지 무라트와 그의 누케르는 이리저리 마른 곳을 찾아다녔지만 논은 모두 물이 차올라 진창이었다. 말들은 질척거리는 진흙탕에서 발을 뺄 때마다 코르크마개 따는 것 같은 소리를 냈고, 몇 걸음 갈 때마다 숨이 차 멈추곤 했다.

그들은 진창과 격투를 벌였지만 날이 어둑해질 때까지도 여전히 강에 다다르지 못했다. 왼쪽에 초록 덤불이 섬처럼 솟은 작은 숲이 보이자 하지 무라트는 지친 말을 쉬게 하려고 덤불로 들어가 밤까지 머물기로 했다. 덤불에 들어간 하지 무라트와 그의 누케르는 말에서 내려 말을 맨 다음 풀을 뜯게 하고, 그들도 준비한 빵과 치즈를 먹었다. 처음에는 초승달이 비쳐 밝았지만, 달이 산 너머로 지자 캄캄해졌다. 누하에는 꾀꼬리가 유난히 많았다. 덤불 속에도 꾀꼬리가 두 마리 있었다. 꾀꼬리들은 하지 무라트와 그의 뮤리트들이 덤불 속에 들어와 부스럭거리는 동안에는 울음을 멈추었다. 그러나 사람들이 소리를 내지 않자 다시 울기 시작했다. 하지 무라트는 밤의 기척에 귀를 기울이며 자기도 모르게 그 소리를 듣고 있었다.

새소리를 듣자 오늘 아침 물을 뜨러 갔을 때 들었던 감자트의 노래가 떠올랐다. 그는 지금 당장에라도 감자트와 같은 상황에 빠질 수 있었다. 그런 일이 일어난다고 생각하자 그는 갑자기 기분이 진지해졌다. 그는 부르카를 깔고 그 위에서 기도를 올렸다. 그가 기도를 마치려는 순간, 덤불 쪽으로 누군가 다가오는 소리가 들렸다. 철벅거리며 진창을 걸어오는 수많은 말들의 발굽 소리였다. 눈이 밝은 마고마 칸이 덤불숲 가장자리로 달려가 보니, 기병들과 보병들의 검은 그림자가 어둠 속에서 덤불 쪽으로 다가오고 있었다. 하네피도 다른 쪽에서 이런 무리를 보았다. 이 지방 군사령관인 카르가노프*가 민병들을 이끌고 온 것이었다.

'그래, 감자트처럼 싸우자.' 하지 무라트는 생각했다.

경보가 전해지자 카르가노프는 100명의 민병과 카자크들을 이끌고 하지 무라트 추적에 나섰지만, 그의 모습은커녕 발자국조차 발견하지 못했다. 좌절하여 돌아가던 그는 저녁 무렵 한 타타르인 노인과 마주쳤다. 말을 탄 여섯 사람을 보지 못했소? 카르가노프가 묻자, 노인은 보았다고 대답했다. 노인은 말을 탄 여섯 사람이 논 주위를 빙빙 돌다가 자신이 땔나무를 줍던 덤불로 들어가는 것을 보았다고 말했다. 카

* I. I. 카르가노프(1811~1872). '코르가노프'로도 불렸다. 하지 무라트는 탈주하기 전 카르가노프 장군의 집에서 지냈다. 톨스토이는 이 소설을 쓰기 위해 카르가노프의 미망인을 만나 하지 무라트에 대한 이야기를 들었다.

르가노프는 노인을 데리고 다시 되돌아갔고, 매여 있는 말들을 보고 하지 무라트가 그곳에 있다는 것을 알았고, 어두워지길 기다려 숲을 포위한 채 사로잡든 죽이든 하지 무라트를 붙잡기 위해 아침까지 기다렸다.

포위된 것을 알아챈 하지 무라트는 덤불 속에서 오래된 구덩이를 발견하고 여기서 탄환과 힘이 다할 때까지 싸우기로 결심했다. 그는 누케르에게 이것을 알리고, 구덩이 앞에 방어 둑을 쌓으라고 명령했다. 누케르는 즉시 나뭇가지를 꺾고 단검으로 땅을 파 둑을 쌓기 시작했다. 하지 무라트도 함께 작업했다.

해가 뜨자마자 민병대 부대장은 덤불 가까이로 말을 몰고 가 큰 소리로 외쳤다.

"어이! 하지 무라트! 항복해라! 우리는 많고, 너희는 적다."

대답 대신 구덩이에서 연기가 피어오르며 찰칵 하고 소총 당기는 소리가 울렸고, 총알은 부대장이 탄 말에 명중해 말이 휘청거리다가 고꾸라졌다. 이어 덤불 주위를 에워쌌던 민병들의 소총이 탁탁 소리내기 시작하며 휘파람 소리와 윙윙 소리를 울리며 날아가 나뭇잎과 나뭇가지를 뚫고 흙으로 쌓은 둑에 부딪혔지만, 둑 뒤에 앉아 있는 자들을 맞히지는 못했다. 조금 떨어져 있던 감잘로의 말이 맞았을 뿐이었다. 말은 머리에 총을 맞았다. 그러나 쓰러지지는 않고 다리를 묶은 끈을 끊고 덤불을 헤치며 말들이 있는 곳으로 달려가 다른 말에게 머리를 비비며 주변의 어린 풀들을 피로 물들였다. 하지 무라트와 그의 뮤리트들은 포위선 밖으로 누군가가 나설 때만 사격했고, 목표를 빗나가는 일은 거의 없었다. 민병 셋이 부상을 입었고, 민병들은 감히 하지 무라트와 그의 무리에게 진격할 엄두를 내지 못하고 자꾸 뒤로 물러나 이제는 멀리 떨어진 곳에서 무턱대고 쏘아대고 있었다.

한 시간 넘게 이런 상황이 계속되었다. 해는 떠올라 나무들 사이에 걸렸고, 하지 무라트가 말에 올라타 강을 건너 빠져나갈 궁리를 할 때, 새로 도착한 민병 무리가 다가오는 소리가 들렸다. 메흐툴리의 가지 아가가 뮤리트들을 데리고 온 것이었다. 그들은 200명쯤 되었다. 가지 아가는 한때 하지 무라트의 쿠나크였고 산에서 함께 지낸 적도 있었지만, 후에 러시아로 넘어갔다. 하지 무라트의 원수怨讐의 아들인 아흐메트 칸도 함께 와 있었다. 가지 아가도 카르가노프와 마찬가지로 하지 무라트에게 항복하라고 소리쳤지만, 이때도 하지 무라트는 처음처럼 총격으로 응수했다.

"모두 칼을 들어라!" 가지 아가가 칼을 뽑으며 외치자, 수백 명이 함성을 지르며 덤불로 돌진하는 소리가 들렸다.

민병들은 덤불로 달려들었지만 흙으로 쌓은 둑 뒤에서 연달아 총성이 울렸다. 세 명쯤 쓰러지고, 돌격하던 이들은 멈춰 서서 덤불 주변에서 다시 사격하기 시작했다. 그들은 덤불 이쪽저쪽을 뛰어다니며 총을 쏘고 점점 흙으로 쌓은 둑으로 다가갔다. 몇 명은 뛰어들었지만, 몇 명은 하지 무라트와 그의 뮤리트들의 총에 쓰러졌다. 하지 무라트의 총알은 거의 명중했고, 감잘로도 빗나가는 것은 거의 없었으며 그는 자기가 쏜 총알이 명중할 때마다 환성을 질렀다. 쿠르반은 구덩이 가장자리에서 〈라 일라하 일 알라〉를 부르며 서두르지 않고 총을 쏘았는데, 그의 총알은 대부분 빗나갔다. 옐다르는 적진으로 뛰어들고 싶어 조급해하며 단검을 든 채 온몸을 떨었고, 끊임없이 하지 무라트를 돌아다

보고 둑 밖으로 몸을 내밀기도 하며 연신 총을 쏘았다. 털보 하네피는 양쪽 소매를 걷어붙인 채 여기서도 조수 역할을 하고 있었다. 그는 하지 무라트와 쿠르반이 총을 건네면 기름천에 싼 탄환을 쇠막대기로 조심스럽게 쑤신 뒤 화약통에서 꺼낸 마른 화약을 거기에 넣었다. 마고마 칸은 다른 이들처럼 구덩이에 가만히 있지 못하고 걸핏하면 말들이 있는 곳으로 달려가 더 안전한 장소로 말을 옮기고 줄곧 고함을 지르며 총대銃臺도 없이 팔로 받치고 총을 쏘아댔다. 그는 가장 먼저 부상을 입었다. 목에 총알을 맞은 그는 욕설을 퍼붓더니 피를 뱉고 주저앉았다. 다음에는 하지 무라트가 맞았다. 총알이 그의 어깨를 관통했다. 그는 베시메트에서 솜을 뜯어 상처를 틀어막은 채 계속 총을 쏘았다.

"칼을 빼들고 돌격합시다." 엘다르가 세번째 되풀이했다.

그는 적진으로 돌격할 채비를 하고 흙으로 쌓은 둑 뒤에서 몸을 내밀었으나 순간 총탄에 맞아 비틀거리다가 하지 무라트의 발 위로 벌렁 쓰러졌다. 하지 무라트는 그를 보았다. 양처럼 선량한 두 눈은 하지 무라트를 진지하게 찬찬히 바라보고 있었다. 아이처럼 윗입술이 도톰하게 튀어나온 그의 입은 꾹 다물어진 채 떨리고 있었다. 하지 무라트는 그의 몸에서 발을 빼내고 다시 적을 겨눴다. 하네피는 죽은 엘다르 위로 몸을 구부려 그의 체르케스카에서 남은 총탄을 재빨리 꺼냈다. 쿠르반은 여전히 노래 부르며 천천히 장전하고 사격했다.

적들은 덤불 이쪽저쪽을 뛰어다니고 고성을 내지르며 점점 가까이 다가왔다. 하지 무라트의 왼쪽 옆구리에 또 한 발이 명중했다. 그는 구덩이에 누워 다시 베시메트에서 솜을 뜯어내 상처를 틀어막았다. 그러나 옆구리 상처는 치명적이었고, 그는 죽음을 예감했다. 과거의 기억과 환영이 교차되며 주마등처럼 스쳐지나갔다. 한 손에 칼을 들고 다른 한 손으로 칼에 잘려 대롱거리는 한쪽 뺨을 누르며 적에게 다가서는 용감한 아부눈찰 칸의 모습이 스쳤고, 교활해 보이는 하얀 얼굴에 허약하고 혈색이 좋지 않은 늙은 보론초프 공작의 모습이 스치고 그의 부드러운 목소리도 들렸으며, 아들 유수프와 아내 소피아트, 붉은 턱수염을 기른 핏기 없는 얼굴에 눈을 가늘게 뜬 그의 적 샤밀도 보였다.

모든 기억은 상상 속에서 튀어나와 연민도, 증오도, 어떠한 희망도 일으키지 않고 흘러가버렸다. 이 모든 것은 이미 시작되었던 일, 그리고 지금 시작된 일에 비하면 중요하지 않게 느껴졌다. 그 와중에도 그의 강한 육체는 이미 시작되었던 일을 계속했다. 그는 마지막 힘을 모아 흙으로 쌓은 둑 뒤에서 몸을 일으켰고, 달려들어오는 자를 향해 권총을 발사했다. 총알은 명중했다. 적은 쓰러졌다. 그런 뒤 하지 무라트는 구덩이에서 완전히 기어나와 무겁게 다리를 절며 단검을 뽑아들고 적에게 다가들었다. 총성이 몇 발 울렸고, 그는 비틀거리다 고꾸라졌다. 민병들이 환성을 지르며 쓰러진 몸뚱이로 달려들었다. 그러나 죽은 줄 알았던 그의 몸이 갑자기 꿈틀거리기 시작했다. 그는 먼저 파파하를 쓰지 않은 빡빡 깎은 피투성이 머리를 일으켰고, 그다음 나무를 움켜잡고 몸을 완전히 일으켜세웠다. 너무나 무서운 그 모습에 달려들던 사람들은 발을 멈췄다. 하지만 그는 갑자기 몸을 떨며 나무에서 떨어지더니 몸을 곧추세우고는 마치 베어낸 엉겅퀴처럼 앞으로 고꾸라졌고 더이상 움직이지 않았다.

하지 무라트는 움직이지 않았지만, 아직 감각은 있었다. 맨 처음 그에게로 달려온 가지 아가가 큰 칼로 그의 머리를 내려치자 마치 쇠망치로 머리를 맞은 것 같았고, 누가 왜 이런 짓을 하는지 이해할 수 없었다. 이것이 그의 육체와 연결된 마지막 의식이었다. 그는 더이상 아무것도 느끼지 못했지만, 적들은 이제 그와 아무런 연관이 없는 그것을 짓밟고 베었다. 가지 아가는 시체의 등에 한 발을 딛고 칼로 두 번 내리쳐 목을 자른 뒤, 자신의 추바키에 피가 묻지 않게 조심하면서 발로 굴렸다. 목의 동맥에서 새빨간 피가 뿜어져나오고 머리통에서 검은 피가 흘러 주변의 풀을 물들였다.

카르가노프도, 가지 아가도, 아흐메트 칸도, 민병들도 전부 짐승을 잡은 사냥꾼처럼 하지 무라트와 그의 뮤리트들(하네피와 마고마 칸과 감잘로는 묶여 있었다) 둘레에 모였고, 초연이 자욱한 덤불 속에서 즐겁게 이야기를 나누며 승리를 자축했다.

총성이 울리는 동안 잠잠했던 꾀꼬리들이 다시 울기 시작했고, 가까이에 있던 한 마리가 먼저 울자 멀리 떨어진 덤불 끝에서 다른 한 마리가 울었다.

잘 쟁기질된 밭 한복판에서 짓뭉개진 엉겅퀴를 보았을 때 나는 이 죽음이 떠올랐다.

# 톨스토이의 예술적 유서 『하지 무라트』

## 1

후기 톨스토이의 여러 구상 중 유난히 그 운명이 독특한 구상이 하나 있다. 이 구상은 대단한 고집과 생명력으로 독특하다. 다양한 종류의 외적 내적 장애물들에도 불구하고 이 구상은 원숙한 예술성과 완결성에 이르렀다. 톨스토이 생전에는 그의 바람에 따라 출판되지 못했던 『하지 무라트』가 그것인데, 이 작품은 진정 그의 예술적 유서라 할 수 있다. 톨스토이는 실존했던 캅카스 아바르인 하지 무라트의 운명과 그가 처했던 입장에 애정과 깊은 관심을 가졌고, 후에 "『하지 무라트』는 내가 열중하는 대상"이라고 말하기도 했다.

톨스토이는 1896년 8월 이 소설에 착수했다. 1896년 7월 18일, 그는 형 S. N. 톨스토이의 집이 있는 피로고프 교외에서 산책한 뒤 수첩에 "노상의 타타르인. 하지 무라트"라고 적었다. 이 씨앗에서 『엉겅퀴』

라는 제목의 소설이 자랐다. 하지 무라트의 형상은 『엉겅퀴』에서 이미 기본적 특징이 결정되었다. 그후 수년에 걸쳐 수정되었다. 그는 『하지 무라트』의 초고를 쓰기 위해 약 5천 페이지에 이르는 자료를 조사했고, 인쇄된 자료와 고문서 등 많은 사료를 섭렵했다. 이 작품에는 하지 무라트와 니콜라이 1세, 보론초프, 샤밀, 러시아 장군 등 실존했던 인물이 대거 등장한다.

1898~1901년까지 톨스토이의 일기나 편지에는 『하지 무라트』에 대한 언급을 전혀 찾아볼 수 없지만, 캅카스 이야기에 대한 구상은 그의 머릿속에서 한시도 떠나지 않았다. 1901년에 집필은 다시 시작된다. 톨스토이는 '내켜서 쓰기도 했지만, 내키지 않으면서 억지로' 쓰기도 했다. 1902년 6월 29일에는 형 세르게이 니콜라예비치에게 이렇게 알렸다. "나는 지금 노동자 대중에 대해 쓰고 있어…… 이것이 끝나면 하지 무라트 이야기를 끝내고 싶어. 이건 장난 같고 어리석은 짓이지만, 한번 시작한 이상 끝마치고 싶어."

1902년 8월 6일부터 9월 23일까지는 창작의 가장 성과 있는 시기다. 1902년 10월 11일 톨스토이는 V. G. 체르트코프에게 편지를 썼다. "퇴고되지 않은 형태로 밀어놓았던 『하지 무라트』를 끝냈습니다. 생전에 발표하지는 않을 겁니다."

1902년 11월 10일, 이 소설은 야스나야 폴랴나에서 M. A. 스타호비치에 의해 낭독되었다. 그러나 그후에도 『하지 무라트』는 톨스토이의 창작의식을 지배하고 있었다. 그는 1903년 5월 6일 M. L. 오볼렌스카야에게 다음과 같이 썼다. "『하지 무라트』를 계속 다시 보고 있습니다. 오류와 약점이 있는 상태로 남겨두지 않고 죽는 날까지 매달릴 것이며, 특히 머릿속에 상황에 대한 더 적합한 구상이 있는 한 양심껏 그럴 생각입니다. 조금씩 해나가려고 합니다." 개작과 정정은 1904년 12월에야 끝이 났다.

『하지 무라트』는 1912년 『L. N. 톨스토이 사후 작품 모음집』 3권에 맨 처음 검열로 인해 많은 부분이 삭제된 채 발표되었다. 니콜라이 1세에 대한 부분은 줄어들었고, 사도가 사는 사클랴가 파괴된 장면이 나오는 17장은 거의 완전히 빠진 채였다. 검열로 삭제되지 않은 완전한 『하지 무라트』는 같은 해 체르트코프에 의해 독일에서 『L. N. 톨스토이 사후 작품 모음집』 베를린판으로 출간되었다.

## 2

톨스토이는 작품 속 귀족 주인공들을 다양한 상황에 두었다. 이반 일리치는 우울과 평범, 몰개성적이고 이기적인 존재의 고통에 놓였고, 카사츠키 공작은 상류사회 사교계의 유혹과 자신의 신성함에서 느끼는 교만에 사로잡혀 세상과 유리되었다가 진정한 겸허함으로 나아갔고, 네흘류도프 공작은 귀족 계층의 악행을 바로잡고 보상하고 '부활하는' 참회를 보여주었다. 그러나 톨스토이는 더이상 그런 귀족을 그릴 수 없었다. 그가 생각하는 새로운 삶은 다른 것을 요구했다. 당대 러시아 문학은—체호프, 가르신, L. 안드레예프—교양 있고 인도적이고 공익을 위해 헌신하거나 혹은 혼란스럽고 분열적인 모습의 인텔리겐치아 형상을 동정적으로 묘사했다. 그러나 톨스토이는 인텔리겐치아에 대한 이러한 태도에 비판적이었다. 그는 인텔리겐치아가 "자신들의 상황이 지닌 죄를 인식하지 못한다"고 말했다. 톨스토이는 "100명의 인텔리겐치아 중 99명이 민중 출신임에도 그들이 민중의 머리 위에 앉아 『베히』* 같은 데 글이나 쓰고, 말이나 분석하며 시비한다"고 비판했다. A. A 스타호비치가 "당신도 인텔리겐치아가 아닙니까?" 하고 물었을 때 톨스토이는 농담처럼, 그러나 단호하게 부정했다. "아닙니다, 나는 장교였지만 정자법正字法도 모릅니다. 나는 내가 인텔리겐치아가 아니라는 것이 기쁩니다. 나는 아닙니다." 톨스토이는 인텔리겐치아보다 농민의 삶이 더 이성적이고 도덕적이라고 생각했다. 농민의 삶이란 노동에 뿌리를 두며, 노동은 "자기 자신에게는 생명의 가능성을 주고 다른 이들에게는 도움을 주기" 때문이었다. 그러나 가부장적인 러시아 농민이 톨스토이가 바라는 창조적 삶을 완전히 충족시켜준 것은 아니었다.

진정한 산민의 아름답고 온전한 전형인 하지 무라트는 반성하는 인텔리겐치아에 대한, 온순한 무저항주의자에 대한 분명한 반反테제다. 비범한 능력과 의지가 있는 그는 본성의 독특한 조화를 지닌 존재였다. 하지 무라트는 자연과 민중문화의 연관성을 잃지 않은 존재였고, 그의 '야만성'과 순수성과 열정은 톨스토이가 그토록 혐오했던 생명력 없고 저속한 '문명화'에 대한 대립에 다름 아니다.

톨스토이는 하지 무라트의 성격에 존재하는 모순을 감추지 않고 뚜렷이 그려나간다. 이 산적은 전투에서는 적을 용서하는 법이 없고 수

* 1909년 출판된 자유주의 인텔리겐치아의 글 모음집. 반혁명적 보수적 종교주의의 글이 많이 실렸다.

많은 인간의 피를 딛고 넘었으며 잔인함과 용의주도한 교활함을 갖춘 약탈자이지만, 동시에 사랑스러운 아들이자 남편이자 아버지였고, 믿을 수 있는 친구, 선량하고 매력적인 존재였다.

하지 무라트는 선명하고도 확실하고 어떤 이상화도 없이 그려지는데, 톨스토이는 이 인물에게 독특한 저자만의 빛을 투영했다. 그리고 이때 톨스토이를 매혹했던 캅카스 산민들의 역사와 풍습, 설화 등이 커다란 역할을 한다. 물론 민속학적 의미에서가 아니라 정신적, 시적 측면에서다. 하지 무라트는 "독특하고 역동적인 산민들의 삶에 대한 시"의 체현인 것이다.

그에게는 선과 악, 명예, 삶과 죽음에 대한 자신만의 판단이 존재한다. 자연으로부터 부여받은 힘, 교활함, 지혜를 이용해 손에 무기를 들고 자신의 삶과 자유를 수호하는 것은 하지 무라트와 그의 동족에게 극히 자연스럽고 필요한 일이다. 이것은 손님 접대를 좋아하는 필연적 풍습이나, 위험에 처하면서도 친구를 위해서는 기꺼이 목숨까지 불사하는 태도와 마찬가지로 좋은 것이며 조상들의 법칙에 따른 것이다. 그래서 하지 무라트는 "무기도 지니지 않은 문관복 차림의 작고 뚱뚱한 남자" 참사관 키릴로프를 얕잡아 보며 대담하게 그의 대머리를 한 대 때리기까지 할 수 있는 것이다……

산민의 민담은 하지 무라트의 개성을 휘감는 시적인 후광 역할을 한다. 그의 삶 자체, 극적인 운명의 반전은 노래와 전설에 나오는 것만 같다. 러시아인들로부터 도망쳐 산으로 갈 것인지 고민할 때, 그는 사람들 곁에 살다가 은방울을 매단 채 자기들 무리에게 돌아가 결국 죽은 매 이야기를 떠올렸고, 자신도 이미 샤밀에게 결코 돌아갈 수 없다고 깨닫는다. 그날 밤 하지 무라트는 '탄환과 단검이 있고, 혈관에 피가 흐르는 동안 러시아인과 싸웠던' 노련한 지기트 감자트에 대한 노래를 감동적으로 듣는다. 유혈이 낭자하고 희망이 없는 격렬한 전투가 하지 무라트 자신에게 임박한 것이었다. 그러나 가장 감명 깊은 기억은 하지 무라트의 어머니가 실제 겪은 사건을 바탕으로 만든 노래다. 아들 하지 무라트를 내버려두고 칸의 아들의 유모가 되라는 제안을 그녀가 거절하자, 하지 무라트의 아버지는 그녀를 단검으로 쳤다. 그럼에도 그녀는 굴하지 않았고, 상처는 다행히 아물었다. "당신의 강철 단검이 내 흰 가슴을 찔렀지만, 나는 내 가슴에 나의 해님, 나의 아들을 껴안았고, 뜨거운 피로 사랑하는 아들을 씻겨주었고, 상처는 약초도 뿌리도 없이 나았노라. 나는 죽음을 두려워하지 않았고, 내 아들도 지기트가 되어 죽음을 두려워하지 않으리라."

이 '야만적인' 삶은 이처럼 어렵지 않게 시를 낳는다. 삶 속의 모든 것은, 즉 사랑도, 저항도, 적의도, 죽음도 모두 진지한 의미를 품고 있기 때문이다. 사고와 행동이 늘 변덕스럽고 불안정하고 불만에 찬 부틀레르나 폴토라츠키와 비교하면 하지 무라트의 삶은 강하고 결단력 있고 진지하다.

## 3

『하지 무라트』는 또한 푸시킨의 작품 『대위의 딸』의 주제를 계승한다. 이를테면 부틀레르에게 마리야 드미트리예브나는 『대위의 딸』의 바실리사 예고로브나와 마샤 미로노바가 합쳐진 인물처럼 받아들여진다. 그러나 『하지 무라트』와 『대위의 딸』에서 가장 영예로운 역할은 비극적 운명의 폭도인 '약탈자'다. 하지 무라트와 푸가쵸프가 바로 그들이다. 하지만 그들 옆에 있는 부틀레르와 그리뇨프는 침착하지 못하고 허둥대는 나약한 인간들이다. 그리뇨프에게는 푸가쵸프가, 부틀레르에게는 하지 무라트가 강하고 매혹적인 힘을 지닌 존재이고, 두 젊은 주인공은 끝에 이르러 강렬하게 동요하게 된다. 부틀레르는 하지 무라트의 잘린 무시무시한 머리, 어린애처럼 앳된 표정이 남아 있는 이미 창백해진 입술을 바라본다. 그리뇨프도 처형된 푸가쵸프의 죽은 피투성이 머리를 본다. 푸시킨도 톨스토이도 인물들의 극적인 대립을 과감하게 드러내면서 반란하는 주인공의 형상을 너무도 시적으로 그려냈다.

한편 『하지 무라트』에서는 톨스토이가 동시대 현실을 바라보는 시각이 매우 압축적으로 드러난다. 인간들은 서로 비극적인 단절 속에서 살아가고, 전쟁은 이러한 단절의 극단적 표현이다. 산민의 탄환에 페트루하 압데예프는 무의미하게 죽고, 러시아인의 '습격'으로 체첸인 마을은 황폐해지고, 하지 무라트는 도망칠 때 그를 호송하는 카자크들을 어쩔 수 없이 잔인하게 공격한다. 냉혈한 카메네프는 '자랑삼아' 하지 무라트의 잘린 머리를 들고 다닌다. 그러나 인간이란 그 모든 상황에도 불구하고 인간적인 소통을 바라고, 또 그럴 수 있는 능력을 가지고 있다. 마음에서 우러나오는 이와 같은 관계는 하지 무라트와 마리야 드미트리예브나, 하지 무라트와 부틀레르 사이에서 발생하는 것과 같다. 그러나 잘 조직화된 강력한 어떤 힘이 이러한 소통을 가로막는다.

샤밀과 니콜라이 1세는 "고압적인 전제주의의 양극단, 즉 아시아와 유럽의 전제주의를 동시에 나타낸다"고 했던 톨스토이의 말은 유명하다. 톨스토이의 작품에서 여러 억압자가 보여주는 행동이나 심리를 보면 톨스토이가 전제군주의 심리와 행동을 이들 형상에 부여하고 있다는 것을 알 수 있다. 문제는 다른 사람들의 운명을 좌지우지하는 이들이 개인적으로 부도덕하다는 데 있는 것이 아니다. 수많은 사람이 전쟁, 억압, 노동자에 대한 수탈, 탄압 등 사회적 악을 행사하도록 만드는 일정한 체계가 만들어지는 것이 훨씬 더 나쁘고 위험하다. 전제주의자들은 그런 체계를 형성하고 만드는 역할을 하는 것이다. 하지 무라트의 운명은 우연한 결과가 아니라 바로 전제권력에 의한 필연적이며 피할 수 없는 결과다. 톨스토이는 바로 이 점을 날카롭게 제시하고자 했다.

처음부터 끝까지 하지 무라트는 추적에서 벗어나야 했다. 직접적인 위험이 없고 오히려 동정과 호감을 사고 있을 때도, 심지어 보론초프와 같은 유력한 고관이 그를 칭찬하고 보호를 약속할 때도 위험의 그림자가, 출구 없는 막다른 위험의 그림자가 그에게 드리워져 있었다. 그런 그에게 마지막 결정의 순간이 임박한다. 그는 자신의 어린 시절과 어머니와 고향을 떠올리고, 샤밀이 인질로 잡은 아들 유수프를 생각한다. 하지만 하지 무라트는 불의에 영합하지도, 물러서거나 꺾일 사람도 아니었다. 바로 이런 특성이 그를 비극의 주인공으로 만든다. 하지 무라트는 필연적으로 샤밀과 러시아 전제주의 사이에서 선택을 강요당한다. 내적으로 자신의 종속적인 상태에 저항하면서 그는 자신의 마지막 행동, 절망적이고 희망 없는 도주를 감행한다.

톨스토이에게 생명력과 용기의 화신이었던 하지 무라트는 자신의 힘으로 동시대 현실의 위선적 체계에 맞서 싸웠다. 그의 유일한 목적은 무슨 일이 있어도, 목숨을 바쳐서라도 노예적 족쇄를 끊어버리는 것이었다. 그의 패배는 운명이었지만, 압데예프처럼 무의미한 희생은 아니었다. 충돌은 극점에 다다르고 하지 무라트의 영웅적인 죽음은 독자들에게 선명하고 감동적으로 제시된다. 톨스토이는 이 비극적 죽음의 순간을 외면하지 않고 정확하고 엄중한 필치로 그려낸다.

1828년 8월 28일, 툴라 도 야스나야 폴랴나에서 니콜라이 일리치 톨스토이 백작과 마리야 니콜라예브나 톨스타야의 넷째아들(레프)로 태어남. 형은 니콜라이, 세르게이, 드미트리.

1830년 8월, 어머니가 막내딸 마리야를 낳고 곧 사망.

1833년 형 니콜라이에게서 모든 이에게 행복을 주는 비밀의 '푸른 지팡이'가 숲에 묻혀 있다는 이야기를 들음. 푸시킨의 시 「바다에게 К морю」와 「나폴레옹 Наполеон」을 암송해 아버지가 감동함.

1837년 1월, 가족이 모스크바로 이주. 6월, 아버지가 툴라로 가던 도중 뇌졸중으로 사망. 고모 A. I. 오스텐-사켄이 아이들의 후견인이 됨.

1841년 8월, 후견인 고모 사망. 세 형과 함께 또다른 고모 P. I. 유시코바의 집이 있는 카잔으로 이주.

1844년 9월, 카잔 대학교 동양학부 아랍-터키문학과 입학. 사교계에 출입하며 방탕한 생활을 함. 이듬해 진급 시험에 떨어져 법학과로 전과.

1847년 일기를 쓰기 시작함. 루소, 고골, 괴테를 읽고, 몽테스키외의 『법의 정신』과 예카테리나 여제의 「훈령 Наказа」을 비교 연구함. 4월, 카잔 대학교 중퇴. 고향 야스나야 폴랴나에 돌아와 진보적 지주로서 새로운 농사 경영, 농민들의 계몽과 생활개선에 노력하나 농노제 사회에서 그의 이상은 실현되지 못함.

1848년 10월부터 이듬해 1월까지 모스크바에서 방탕한 생활을 이어감.

1849년 4월, 페테르부르크 대학교에서 법학사자격 검정시험을 치러 두 과목에 합격했으나 중도 포기하고 귀향. 가을, 농민 자제들을 위한 학교를 엶.

1850년 6월, '방탕하게 지낸 3년'을 반성함.

1851년 3월, 「어제 이야기Историей вчерашнего дня」 집필. 4월, 맏형 니콜라이가 있는 캅카스로 가 군대 복무.

1852년 1월, 사관후보생 시험을 치러 4급 포병 하사관으로 현역 편입. 5~8월, 퍄티고르스크에서 요양하며 「유년 시절Детство」 「습격Набег」 집필. 9월, 네크라소프 추천으로 그가 주재하는 잡지 『동시대인Современник』에 중편 「유년 시절」 게재. 작가로서 첫발을 디딤. 중편 「지주의 아침Утро помещика」 집필 시작. 11월, 「소년 시절Отрочество」 집필 시작. 12월, 「습격」 탈고.

1853년 체첸인 토벌 참가. 전쟁의 부정과 죄악에 대해 일기에서 비판. 3월 『동시대인』에 「습격」 발표. 7~10월, 중편 「소년 시절」 「카자크들Казаки」, 단편 「득점기록원의 수기Записки маркёра」 집필.

1854년 1월, 산민 토벌의 공으로 소위보로 임관. 3월, 다뉴브 파견군으로 종군하고, 크림 방면 군대로 전속. 10월, 『동시대인』에 「소년 시절」 발표. 11월, 세바스토폴 도착.

1855년 3월, 「청년 시절Юность」 집필 시작. 6월, 『동시대인』에 단편 「12월의 세바스토폴Севастополь в декабре」 발표. 9월 『동시대인』에 「삼림 벌채Рубка леса」 발표. 11월, 페테르부르크로 돌아가 『동시대인』 동인들의 환영을 받음.

1856년 1월, 셋째형 드미트리 사망. 퇴역. 1~5월, 「1855년 8월의 세바스토폴Севастополь в августе 1855 года」「눈보라 Метель」「두 경기병Два гусара」 탈고, 『동시대인』에 발표. 7월, 발레리야 아르세니예바와 3년간 사귀었으나 헤어짐. 11월, 「강등병Разжалованный」 집필.

1857년 1월, 『동시대인』에 「청년 시절」 발표. 첫 유럽 여행을 떠나 7월에 귀국, 야스나야 폴랴나에서 농사 경영. 「루체른Люцерн」 탈고, 『동시대인』에 발표. 「알베르트Альберт」 집필.

1858년 농사 경영에 전념. 농부農婦 악시니야와 관계.

1859년 잡지 『독서를 위한 도서관Библиотека для чтения』에 「세 죽음Три смерти」 발표. 러시아문학애호가협회 회원이 됨. 농민의 아이들을 위해 야스나야 폴랴나에 학교를 세우고 교육함. 「결혼의 행복Семейное счастие」 집필.

1860년 3월, 최초의 교육 논문인 「아동교육에 관한 메모와 자료 Педагогические заметки и материалы」 집필. 7월, 외국의 민중교육 제도를 돌아보기 위해 서유럽 여행. 9월, 맏형 니콜라이 결핵으로 사망.

1861년 4월, 약 9개월간 유럽 교육시설을 돌아보고 귀국. 교육잡지 『야스나야 폴랴나Ясная Поляна』 간행. 5월, 투르게네프와 불화가 심해짐. 이듬해까지 농지조정원으로 활동하지만, 지주들의 반감을 사 사임.

1862년 1월, 톨스토이의 교육사업에 대해 관헌의 비밀 조사가 시작됨. 5월, 바시키르의 초원에서 마유주馬乳酒로 요양. 논문 「훈육과 교육Воспитание и образование」 집필. 7월, 부재중 가택수색을 당함. 「국민교육의 중요성에 대하여О значении народного образования」 집필. 시의侍醫인 베르스의 둘째딸 소피야 안드레예브나(당시 18세)와 결혼.

1863년 1월, 『모스크바통보Московских ведомостях』에 잡지 『야

스나야 폴랴나』 정간 공고. 2~3월, 『러시아통보Русский вестник』에 「카자크들」 「폴리쿠시카Поликушка」 발표. 6월, 맏아들 세르게이 출생. 9월, 『전쟁과 평화Война и мир』 집필을 위한 자료 수집.

1864년 8월, 『L. N. 톨스토이 백작 전집Сочинений гр. Л. Н. Толстого』 1권 간행. 9월, 맏딸 타티야나 출생. 사냥중 낙마로 오른손을 다쳐 모스크바에서 수술.

1865년 1~2월, 『전쟁과 평화』 첫 부분이 「천팔백오년1805 год」이라는 제목으로 『러시아통보』에 실림.

1866년 5월, 둘째아들 일리야 출생. 봄, 『러시아통보』에 「천팔백오년」 2부 발표.

1867년 3월, M. N. 카트코프와 소설의 자비출판 계약을 맺음. 이때 처음으로 '전쟁과 평화'라는 제목 사용. 가을, 『전쟁과 평화』 집필을 위해 보로디노 옛 전장을 돌아봄. 12월, 『모스크바통보』에 『전쟁과 평화』 1~3권 출간 광고 게재.

1868년 3월, 『러시아문서고Русский архив』에 「『전쟁과 평화』에 대한 몇 마디Несколько слов по поводу книги 『Война и мир』」 발표.

1869년 셋째아들 레프 출생.

1871년 2월, 둘째딸 마리야 출생. 『알파벳Азбуки』(초등교과서) 1부 간행.

1872년 넷째아들 표트르 출생.

1873년 3월, 『안나 카레니나Анна Каренина』 집필 시작. 7월, 아내와 함께 사마라 지방에서 빈민 구제 활동. 읽고 쓰기 교육법, 사마라 지방 기근에 대한 글을 『모스크바통보』에 기고. 9월, 화가 크람스코이가 그의 첫 초상 두 점을 그림. 11월, 『L. N. 톨스토이 백작 전집』 전8권 간행. 넷째아들 표트르 사망. 12월,

과학아카데미 준회원이 됨.

1874년 4월, 다섯째아들 니콜라이 출생. 5월, 「국민교육에 대하여 О народном образовании」 집필. 6월, 맏딸 타티야나 사망. 『새 알파벳Новая азбука』(새 초등교과서) 편집.

1875년 1월, 『안나 카레니나』 『러시아통보』에 연재 시작. 2월, 다섯째아들 니콜라이 사망. 6월, 『새 알파벳』 간행. 10월, 딸(바르바라) 태어나자마자 사망. 「신은 진실을 보지만 이내 말하지 않는다Бог правду видит, да не скоро скажет」 「표트르 1세Пётр I」 집필. 『새 알파벳』 보충 자료인 『러시아어 읽기 Русская книга для чтения』 전4권 출판.

1876년 전년에 이어 아동교육에 전념. 12월, 차이콥스키와 알게 됨.

1877년 5월, 『러시아통보』에 『안나 카레니나』 제8부 단독 발표. 12월, 여섯째아들 안드레이 출생.

1878년 1월, 『안나 카레니나』 단행본 출판. 데카브리스트 연구를 위해 모스크바와 페테르부르크에 감. 4월, 투르게네프에게 화해의 편지를 보냄. 8월, 투르게네프가 야스나야 폴랴나를 방문. 「데카브리스트Декабристы」 집필 시작.

1879년 7월, 야스나야 폴랴나에 이야기꾼 V. P. 셰골료노크 방문, 훗날 그의 이야기를 토대로 「사람은 무엇으로 사는가Чем люди живы?」 「두 노인Два старика」 「기도Молитвы」 등 민화 집필 구상. 10월부터 「참회록Исповедь」 「요약복음서 Краткое Изложение Евангелия」 등 집필 구상. 일곱째아들 미하일 출생.

1880년 1월, 「교의신학 비판Критика догматического богословия」 집필. 3월, 「4대 복음서의 통합, 번역, 연구Соединение, перевод и исследование четырех Евангелий」 집필 시작. V. M. 가르신이 방문함. 종교 문제로 페트와 사이가 멀어짐.

I. E. 레핀과 알게 됨.

1881년 2월, 도스토옙스키의 부고를 접하고 슬퍼함. 4월, 「요약복음서」 완성. 7월, 「사람은 무엇으로 사는가」 어린이 잡지에 발표. 9월, 가족과 모스크바로 이주. 10월, 여덟째아들 알렉세이 출생.

1882년 모스크바의 인구조사 참가. 논문 「그러면 우리는 무엇을 해야 하는가Так что же нам делать?」 기고. 5월, 「참회록」을 완성해 『러시아사상Русская мчсль』에 발표하나 발행 금지됨. 7월, 돌고하모브니체스키 골목의 주택 구매(후에 톨스토이박물관). 10월, 히브리어를 배워 구약성경을 읽음. 12월, 톨스토이의 종교적 저작을 위험시하는 포베도노스체프의 검열 강화. 중편 「이반 일리치의 죽음Смерть Ивана Ильича」 기고.

1883년 4월, 야스나야 폴랴나 저택 화재. 5월, 아내에게 재산 관리를 맡김. 7월, 파리의 잡지에 「요약복음서」 게재. 10월, 죽을 때까지 가까운 벗이자 사상의 동지로 남게 되는 V. G. 체르트코프와 알게 됨. 「나의 신앙은 무엇인가В чем моя вера?」 집필.

1884년 1월, 화가 게(Ге)가 「나의 신앙은 무엇인가」에 쓸 초상을 그림. 「나의 신앙은 무엇인가」 탈고, 당국에 압수당하나 사고로 유통됨. 2월, 공자와 노자를 읽음. 3월, 「한 미치광이의 수기Записок несумасшедшего」 기고. 5월, 금연함. 6월, 아내와 불화로 가출을 시도. 셋째딸 알렉산드라 출생. 11월, 비류코프가 찾아와 체르트코프와 함께 민중을 위한 출판사 '중개자Посредник' 설립.

1885년 1월, 『러시아사상』 제1호에 게재된 「그러면 우리는 무엇을 해야 하는가」가 검열로 발매 금지됨. 2월, 키시뇨프에서 톨스토이의 사상에 촉발된 최초의 병역 거부자 나옴. 헨리 조지의 『진보와 빈곤*Progress and Poverty*』에 감명받아 사유 재산을 부정하며 아내와 불화가 심해짐. 이후 모든 저작권을 아내에게 양도함. 2월 말, '중개자'를 위한 민화 다수 집필, 「두 형제와 황금Два брата и золото」「소녀는 노인보다 지혜롭다Девчонки умнее стариков」「불을 놓아두면 끄지 못한다Упустишь огонь - не потушишь」「사랑이 있는 곳에 신이 있다Где любовь, там и Бог」「촛불Свечка」「두 노인」「바보 이반Сказка об Иване - дураке…」「사람에게는 많은 땅이 필요한가Много ли человеку земли нужно?」「캅카스의 포로Кавказский пленник」 등. 10월, 「참회록」「요약복음서」「나의 신앙은 무엇인가」 체르트코프 영역으로 런던에서 출판. 11월, 중편 「홀스토메르Холстомер」 발표. 12월, 아내와 불화가 심해지자 헤어지기로 결심.

1886년 1월, 아들 알렉세이 사망. 2월, 코롤렌코가 찾아옴. 3월, 「이반 일리치의 죽음」 탈고. 5월, 희곡 『최초의 양조자Первый винокур』 발표. 11월, 희곡 『계몽의 열매Плоды просвещения』 집필 시작.

1887년 1월, 동서고금 성현의 가르침을 모은 『일력Календарь с пословицами на 1887 год』 발행, 수백만 부 판매됨. 이후 『독서의 고리Круг чтения』(인생독본)의 토대가 됨. '중개자'에서 희곡 『어둠의 힘Власть тьмы』 간행. 이 희곡의 무대 상연이 검열로 금지됨. 3월부터 육식을 금함. 4월, 로맹 롤랑의 첫 편지 도착. 레스코프가 찾아옴. 9월, 은혼식 올림. 10월, 「크로이체르 소나타Крейцерова соната」 구상. 민화 발행 금지 처분. 12월, 『인생에 대하여O жизни』 탈고. 술과 담배를 끊으려고 노력함. 「빛이 있는 동안 빛 속을 걸어라Ходите в свете, пока есть свет」, 민화 「빵조각을 보상한 작은 악마 이야기Как чертенок краюшку выкупал」 「뉘우친 죄인Кающийся грешник」 「세 현인Три старца」 「달걀만한 씨앗Зерно с куриное яйцо」 「일꾼 예멜리얀과 빈 북Работник Емельян и пустой барабан」 「세 아들Три сына」 집필.

1888년 1월, 「고골에 대하여О Гоголе」 집필 시작. 코롤렌코가 찾아옴. 2월, 금연함. 아들 일리야 결혼. 막내아들 이반 출생. 파리의 극장에서 『어둠의 힘』 첫 상연. 4월, 종무원 『인생에 대하여』 발행 금지. 『최초의 양조자』 상연 금지. 5월, 『일력』 판매 금지.

1889년 3월, 『인생에 대하여』 소피야 부인의 프랑스어역으로 출판. 『계몽의 열매』 집필. 4월, 『예술이란 무엇인가Что такое искусство?』 「크로이체르 소나타」 집필 시작. 8월 「크로이체르 소나타」 탈고. 11월, 중편 「악마Дьявол」 기고. 12월, 「크로이체르 소나타」 후기 완성. 법률가 A. F. 코니의 이야기를 쓰기 시작, 후에 『부활Воскресение』로 완성됨. 야스나야 폴랴나 저택에서 『계몽의 열매』 상연.

1890년 1월, 연극 애호가의 노력으로 『어둠의 힘』 러시아 초연, 베를린 초연. 2월, 「세르기 신부Отец Сергий」 집필. 7월, 「신의 왕국은 당신 안에 있다Царство Божие внутри вас」 집필. 「무저항주의론Статья о непротивлении」 집필. 10월, 「빛이 있는 동안 빛 속을 걸어라」 영역 출판.

1891년 1월, 「왜 사람들은 취하는가Для чего люди одурманиваются?」 영국 초역. 저작권 포기 문제로 아내와 대립. 4월, 아내가 페테르부르크로 가 알렉산드르 3세를 알현하고 발행 금지되었던 「크로이체르 소나타」를 전집에만 싣는다는 조건으로 공표 허가를 얻어냄. 「니콜라이 팔킨Николай Палкин」 제네바에서 출판. 6월, 재산 문제로 처자와 대립, 가출을 고려함. 7월, 1881년 이후의 저작권 포기를 톨스토이가 신문에 공표하려 하자 아내가 철도에서 자살 기도. 8월, 채식주의를 옹호하는 「첫 단계Первая ступень」 집필. 9월, 중부와 동남부 21개 도에서 기근이 일어나자 농민 구제 활동.

1892년 1월, 『데일리 텔레그래프*Daily Telegraph*』에 「기근에 대하여O голоде」가 영역으로 실려 큰 반향을 일으키고 정부가 기근 대책에 나섬. 5월, 「첫 단계」 발표. 7월, 아내와 자식들의 재산 분쟁.

1893년 1월, 『계몽의 열매』로 러시아극작가상 수상, 상금은 구제 기금으로 기부. 8월, 「종교와 도덕Религия и нравственность」 집필. 10월, 「그리스도교와 애국심Христианство и патриотизм」 「부끄러워라Стыдно」 「태형 반대론Против смертной казни」 「노동자 대중에게К рабочему народу」 등 집필.

1894년 1월, 모스크바심리학회 명예회원으로 추대. 헨리 조지의 「당혹한 철학자*A Perplexed Philosopher*」를 읽고 토지사유제도의 악을 확인. 슬로베니아 의사 마코비츠키와 알게 됨. 9월, 「주인과 머슴Хозяин и работник」 집필을 이어감. 11월, 「종교와 과학Религия и наука」 탈고. 12월, 「종교와 도덕」 완성. 「복음서 해석Изложение Евангелия」 발표. 두호보르교도와 처음 알게 됨.

1895년 2월, 아홉째아들 이반 사망. 3월, 『북방 수기Северном вестнике』에 「주인과 머슴」 발표. 6월, 4천 명 두호보르교도의 병역거부 운동이 일어나자 그 지도자로 지목되어 당국의 탄압이 심해짐. 8월, 체호프에게 『부활』 초고를 건넴. 농민

체벌에 반대하는 논문 「부끄러워라」 발표.

1896년 5~11월, 「애국심인가 평화인가Патриотизм или мир?」 「가까운 종말Приближение конца」 집필. 「그리스도교의 가르침Христианское учение」 집필. 8월, 「하지 무라트Хаджи-Мурат」 착수. 10월, 두호보르교도에게 원조금을 보냄.

1897년 여전히 가출과 죽음을 바람. 2월, 호소문 「도와주시오Помогите!」를 작성했다는 이유로 국외로 추방된 V. G. 체르트코프, P. I. 비류코프, I. M. 트레구보프를 전송하기 위해 페테르부르크로 감. 이듬해까지 『예술이란 무엇인가』 집필. 3월, 병상에 있는 모스크바의 체호프를 방문. 「하지 무라트」 「헨리 조지의 사상О проекте Генри Джорджа」 「국가와의 관계Об отношении к государству」 집필. 6월, 시베리아에 유형되는 두호보르교도를 모스크바 이송 감옥으로 찾아감. 8월, 스위스의 신문에 편지를 보내 병역을 거부하는 두호보르교도의 투쟁에 노벨평화상을 줄 것을 제안. 10월, 『예술이란 무엇인가』를 탈고하지만 검열 허가의 가망이 없음. 11월, 영문판을 위해 서문을 씀.

1898년 툴라 도와 오룔 도에서 기아 구제사업. 1월, '중개자'에서 『예술이란 무엇인가』 출판. 7월, 두호보르교도의 해외 이주 자금을 얻기 위해 『부활』 탈고에 전념. 8월 28일, 일흔번째 생일을 맞음. 10월, 『부활』을 연재하기로 『니바Нива』지와 협의, 결정. 「세르기 신부」 완성. 「기근인가, 기근이 아닌가Голод или не голод?」 「두 전쟁Две войны」 「카르타고는 파괴되어야 한다Карфаген должен быть разрушен」 등 집필, 탈고. 12월 19일, 모스크바 코르시 극장에서 톨스토이 탄생 70주년 기념회가 열림.

1899년 1월, 체호프의 「귀여운 여인Душечка」을 낭독하고 감동함. 3월, 『니바』에 『부활』 연재 시작. 4월, 체호프가 찾아옴. 12월 18일, 일기에 "『부활』을 마쳤다"고 썼지만 계속 집필.

1900년 1월, 학술원 문학 부문 명예회원이 됨. 고리키가 찾아옴. 가을, 희곡 『산송장Живой труп』 착수. 「죽이지 말라Не убий」 집필. 논문 「우리 시대의 노예Рабство нашего времени」 기고.

1901년 정교회에서 파문됨. 광범한 대중의 분노를 삼. 4월, 파문 명령에 대한 「종무원 결정에 대한 대답」 집필, 발행 금지. 레오니드 파스테르나크가 초상을 그림. 9월, 고리키가 찾아옴. 체호프가 찾아옴. 크림으로 요양을 떠남.

1902년 전제정치의 폐기, 이주와 교육과 신앙의 자유, 토지사유제 폐지를 요구한 「니콜라이 1세에게 부치는 편지」를 보냄. 1월 하순~2월 초순, 폐렴으로 위독. 2~4월 폐렴과 장티푸스로 위독. 정부는 톨스토이가 죽더라도 보도하지 말라는 통제 명령을 언론사에 전달. 포베도노스체프는 성직자에게 톨스토이가 죽으면 곧바로 사람들에게 그가 죽음 직전 정교회로 개종했다고 거짓 보고를 하라고 지시. 5월, 코롤렌코가 찾아옴. 6월, 야스나야 폴랴나로 돌아옴. 가을~겨울, 논문 「일하는 민중에게К рабочему народу」 집필. 「하지 무라트」 재검토. 9월, 「하지 무라트」 집필. 「성직자에게К духовенству」 착수.

1903년 연초부터 심부전과 심근경색으로 쇠약해지나 「하지 무라트」를 쓰기 위해 니콜라이 1세 관계자료 조사. 8월, 단편 「무도회 뒤После бала」 집필. 「아시리아 왕 아사르하돈Ассирийский царь Ассархадон」 「세 가지 의문Три вопроса」 착수. 8월 28일, 톨스토이 탄생 75주년 기념회가 열림. 9월, 「셰익스피어와 드라마에 대하여О Шекспире и о драме」 집필. 12월, 「위조지폐Фальшивый купон」 「신의 것과 사람의 것Божеское и человеческое」 집필.

1904년 러일전쟁 반대론「깊이 생각하라Одумайтесь!」기고. 둘째 형 세르게이 사망. 11월,「나는 누구인가Кто я?」집필. 12월, 마코비츠키가 주치의로 입주.

1905년 1월, 체호프「귀여운 여인」후기 집필. 2월,「알료샤 고르쇼크Алеша Горшок」「코르네이 바실리예프Корней Васильев」집필.「딸기Ягоды」「세기의 종말Конец века」「푸른 지팡이Зеленая палочка」집필.

1906년 2월,「내가 꿈속에서 본 것Что я видел во сне…」집필. 4월, 단편「무엇 때문인가За что?」「두 길Две дороги」집필. 11월, 딸 마리야 사망.

1907년 2월, 야스나야 폴랴나 학교를 다시 엶. 9~10월, 새『독서의 고리』에 전념.

1908년 7월, 사형 반대를 주장한「침묵할 수 없다Не могу молчать!」를 국내외에서 발표. 9월,『어린이를 위해 쓴 그리스도의 가르침Учением Христа, изложенным для детей』출판. 톨스토이 탄생 80주년이 되어 연초부터 축전을 조직하는 발기인회가 생겼으나 정부, 종무원, 시당국이 방해. 그러나 9개월에 걸쳐 세계 각국 단체들, 개인들, 심지어 블라디보스토크 감옥의 죄수들까지 축하 편지, 전보를 보내옴.

1909년 탄생 80주년 기념 톨스토이 박람회 페테르부르크에서 개최. 1월, 툴라의 사제가 교회와 경찰의 요청으로 소피야 부인을 찾아와, 톨스토이가 죽기 전 참회했다고 민중에게 거짓으로 알리기 위해 그의 죽음이 임박하면 알려줄 것을 강요. 3월,「의식의 혁명Революция сознания」착수.「고골에 대하여」발표. 4월, 일기에서 베르댜예프, 불가코프 등의 논집『도표Вехи』에 대해 비판. 5월,「혁명은 피할 수 없다

Неизбежный переворот」 집필을 이어감. 스톡홀름 평화국제회의에서 초대장을 보냄. 아내와의 저작권 및 재산관리권 문제의 갈등으로 출석하지 못함.

1910년 1월, 문집 『인생의 길Путь жизни』 편집, 완성. 2월, 단편 「호딘카Ходынка」 집필. 28일, 새벽 4시, 마코비츠키를 데리고 가출. 옵티나 수도원에 머묾. 샤모르디노의 여동생 집에 머묾. 31일, 샤모르디노에서 기차로 남쪽으로 향함. 도중 오한으로 아스타포보 역에 하차, 역장의 숙사에 누움. 11월, 자식들이 찾아옴. 폐렴 진단. 7일(신력 20일) 오전 6시 5분 영면. 9일 이른 아침 야스나야 폴랴나로 운구되어 고별식 뒤 형 니콜라이가 '푸른 지팡이'가 있다고 이야기를 지어냈던 숲에 묻힘.

## 문학동네 세계문학전집 발간에 부쳐

세계문학은 국민문학 혹은 지역문학을 떠나 존재하는 문학이 아니지만 그것들의 총합도 아니다. 세계문학이라는 용어에는 그 나름의 언어와 전통을 갖고 있는 국민문학이나 지역문학의 존재를 인정하면서 그것을 넘어서는 문학의 보편적 질서에 대한 관념이 새겨져 있다. 그 용어를 처음 고안한 19세기 유럽인들은 유럽문학을 중심으로 그 질서를 구축했지만 풍부한 국민문학의 전통을 가지고 있는 현대의 문학 강국들은 나름의 방식으로 세계문학을 이해하면서 정전(正典)의 목록을 작성하고 또 수정한다.

한국에서도 세계문학 관념은 우리 사회와 문화의 변화 속에서 거듭 수정돼왔다. 어느 시기에는 제국 일본의 교양주의를 반영한 세계문학 관념이, 어느 시기에는 제3세계 민족주의에 동조한 세계문학 관념이 출현했고, 그러한 관념을 실천한 전집물이 출판됐다. 21세기 한국에 새로운 세계문학전집이 필요하다는 것은 명백하다. 우리의 지성과 감성의 기준에 부합하는 세계문학을 다시 구상할 때가 되었다.

문학동네 세계문학전집은 범세계적으로 통용되는 고전에 대한 상식을 존중하면서도 지난 반세기 동안 해외 주요 언어권에서 창작과 연구의 진전에 따라 일어난 정전의 변동을 고려하여 편성되었다. 그래서 불멸의 명작은 물론 동시대 세계의 중요한 정치·문화적 실천에 영감을 준 새로운 작품들을 두루 포함시켰다.

창립 이후 지금까지 한국문학 및 번역문학 출판에서 가장 전문적이고 생산적인 그룹을 대표해온 문학동네가 그간 축적한 문학 출판 경험을 바탕으로 새로운 세계문학전집을 펴낸다. 인류가 무지와 몽매의 어둠 속을 방황하면서도 끝내 길을 잃지 않은 것은 세계문학사의 하늘에 떠 있는 빛나는 별들이 길잡이가 되어주었기 때문이다. 우리가 자부심과 사명감 속에서 그리게 될 이 새로운 별자리가 독자들의 관심과 애정에 힘입어 우리 모두의 뿌듯한 자산이 되기를 소망한다.

문학동네 세계문학전집 편집위원

민은경, 박유하, 변현태, 송병선, 이재룡, 홍길표, 남진우, 황종연

지은이 **레프 톨스토이**

1828년 러시아 툴라 지방의 야스나야 폴랴나에서 태어났다. 1852년 「유년 시절」을 발표하면서 작가로서의 첫발을 내디뎠다. 1862년 결혼한 뒤, 『전쟁과 평화』 『안나 카레니나』 『부활』 등 대작을 집필하며 세계적인 작가로서 명성을 얻었다. 1910년 방랑길에 나섰다가 아스타포보 역(현재 톨스토이 역)에서 숨을 거두었다.

옮긴이 **박형규**

고려대학교 노어노문학과 교수, 한국러시아문학회 회장, 러시아연방 국제러시아어문학교원협회 상임위원 등을 역임했고, 현재 한국러시아문학회 고문, 러시아연방 국립 L. N. 톨스토이박물관 '벗들의 모임' 명예회원이다. 러시아연방 국가훈장인 우호훈장을 수훈하고 푸시킨 메달을 수상했다. 지은 책으로 『러시아문학의 세계』 『러시아문학의 이해』(공저) 등이 있고, 옮긴 책으로 『전쟁과 평화』 『안나 카레니나』 『부활』 『인생에 대하여』 『죄와 벌』 『백치』 『카라마조프가의 형제들』 『닥터 지바고』 외 다수가 있다.

세계문학전집 162

하지 무라트



초판 인쇄 2018년 3월 22일

초판 발행 2018년 3월 30일

지은이 레프 톨스토이 | 옮긴이 박형규 | 펴낸이 염현숙

책임편집 김혜정 | 편집 이종현 오동규 | 독자모니터 유부만두

디자인 김현우 이원경 | 저작권 한문숙 김지영

마케팅 정민호 정진아 함유지 김혜연 강하린 | 홍보 김희숙 김상만 이천희

제작 강신은 김동욱 임현식 | 제작처 영신사

펴낸곳 (주)문학동네

출판등록 1993년 10월 22일 제406-2003-000045호

주소 10881 경기도 파주시 회동길 210

전자우편 foret@munhak.com | 대표전화 031) 955-8888 | 팩스 031) 955-8855

문의전화 031) 955-1930(마케팅) 031) 955-1904(편집)

문학동네카페 http://cafe.naver.com/mhdn

문학동네트위터 http://twitter.com/munhakdongne

ISBN 978-89-546-5071-7 04890

978-89-546-0901-2 (세트)

www.munhak.com

**1, 2, 3** 안나 카레니나 레프 톨스토이 | 박형규 옮김
**4** 판탈레온과 특별봉사대 마리오 바르가스 요사 | 송병선 옮김
**5** 황금 물고기 르 클레지오 | 최수철 옮김
**6** 템페스트 윌리엄 셰익스피어 | 이경식 옮김
**7** 위대한 개츠비 F. 스콧 피츠제럴드 | 김영하 옮김
**8** 아름다운 애너벨 리 싸늘하게 죽다 오에 겐자부로 | 박유하 옮김
**9, 10** 파우스트 요한 볼프강 폰 괴테 | 이인웅 옮김
**11** 가면의 고백 미시마 유키오 | 양윤옥 옮김
**12** 킴 러디어드 키플링 | 하창수 옮김
**13** 나귀 가죽 오노레 드 발자크 | 이철의 옮김
**14** 피아노 치는 여자 엘프리데 옐리네크 | 이병애 옮김
**15** 1984 조지 오웰 | 김기혁 옮김
**16** 벤야멘타 하인학교—야콥 폰 군텐 이야기 로베르트 발저 | 홍길표 옮김
**17, 18** 적과 흑 스탕달 | 이규식 옮김
**19, 20** 휴먼 스테인 필립 로스 | 박범수 옮김
**21** 체스 이야기·낯선 여인의 편지 슈테판 츠바이크 | 김연수 옮김
**22** 왼손잡이 니콜라이 레스코프 | 이상훈 옮김
**23** 소송 프란츠 카프카 | 권혁준 옮김
**24** 마크롤 가비에로의 모험 알바로 무티스 | 송병선 옮김
**25** 파계 시마자키 도손 | 노영희 옮김
**26** 내 생명 앗아가주오 앙헬레스 마스트레타 | 강성식 옮김
**27** 여명 시도니가브리엘 콜레트 | 송기정 옮김
**28** 한때 흑인이었던 남자의 자서전 제임스 웰든 존슨 | 천승걸 옮김
**29** 슬픈 짐승 모니카 마론 | 김미선 옮김
**30** 피로 물든 방 앤절라 카터 | 이귀우 옮김
**31** 숨그네 헤르타 뮐러 | 박경희 옮김
**32** 우리 시대의 영웅 미하일 레르몬토프 | 김연경 옮김
**33, 34** 실낙원 존 밀턴 | 조신권 옮김
**35** 복낙원 존 밀턴 | 조신권 옮김
**36** 포로기 오오카 쇼헤이 | 허호 옮김
**37** 동물농장·파리와 런던의 따라지 인생 조지 오웰 | 김기혁 옮김
**38** 루이 랑베르 오노레 드 발자크 | 송기정 옮김
**39** 코틀로반 안드레이 플라토노프 | 김철균 옮김
**40** 어두운 상점들의 거리 파트릭 모디아노 | 김화영 옮김
**41** 순교자 김은국 | 도정일 옮김
**42** 젊은 베르테르의 슬픔 요한 볼프강 폰 괴테 | 안장혁 옮김
**43** 더블린 사람들 제임스 조이스 | 진선주 옮김
**44** 설득 제인 오스틴 | 원영선, 전신화 옮김
**45** 인공호흡 리카르도 피글리아 | 엄지영 옮김

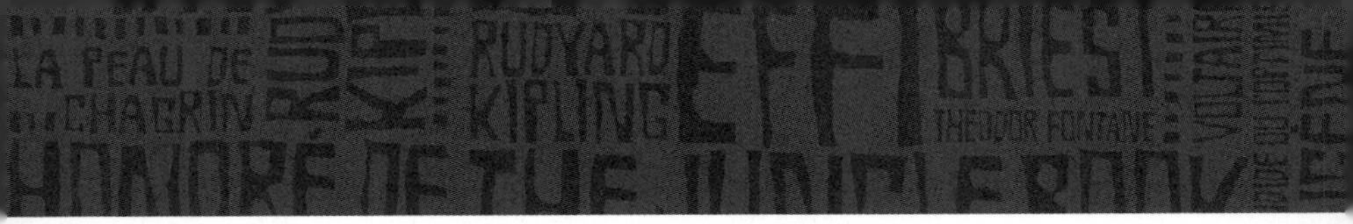


**46** 정글북 러디어드 키플링 | 손향숙 옮김
**47** 외로운 남자 외젠 이오네스코 | 이재룡 옮김
**48** 에피 브리스트 테오도어 폰타네 | 한미희 옮김
**49** 둔황 이노우에 야스시 | 임용택 옮김
**50** 미크로메가스·캉디드 혹은 낙관주의 볼테르 | 이병애 옮김
**51, 52** 염소의 축제 마리오 바르가스 요사 | 송병선 옮김
**53** 고야산 스님·초롱불 노래 이즈미 교카 | 임태균 옮김
**54** 다니엘서 E. L. 닥터로 | 정상준 옮김
**55** 이날을 위한 우산 빌헬름 게나치노 | 박교진 옮김
**56** 톰 소여의 모험 마크 트웨인 | 강미경 옮김
**57** 카사노바의 귀향·꿈의 노벨레 아르투어 슈니츨러 | 모명숙 옮김
**58** 바보들을 위한 학교 사샤 소콜로프 | 권정임 옮김
**59** 어느 어릿광대의 견해 하인리히 뵐 | 신동도 옮김
**60** 웃는 늑대 쓰시마 유코 | 김훈아 옮김
**61** 팔코너 존 치버 | 박영원 옮김
**62** 한눈팔기 나쓰메 소세키 | 조영석 옮김
**63, 64** 톰 아저씨의 오두막 해리엇 비처 스토 | 이종인 옮김
**65** 아버지와 아들 이반 투르게네프 | 이항재 옮김
**66** 베니스의 상인 윌리엄 셰익스피어 | 이경식 옮김
**67** 해부학자 페데리코 안다아시 | 조구호 옮김
**68** 긴 이별을 위한 짧은 편지 페터 한트케 | 안장혁 옮김
**69** 호텔 뒤락 애니타 브루크너 | 김정 옮김
**70** 잔해 쥘리앵 그린 | 김종우 옮김
**71** 절망 블라디미르 나보코프 | 최종술 옮김
**72** 더버빌가의 테스 토머스 하디 | 유명숙 옮김
**73** 감상소설 미하일 조셴코 | 백용식 옮김
**74** 빙하와 어둠의 공포 크리스토프 란스마이어 | 진일상 옮김
**75** 쓰가루·석별·옛날이야기 다자이 오사무 | 서재곤 옮김
**76** 이인 알베르 카뮈 | 이기언 옮김
**77** 달려라, 토끼 존 업다이크 | 정영목 옮김
**78** 몰락하는 자 토마스 베른하르트 | 박인원 옮김
**79, 80** 한밤의 아이들 살만 루슈디 | 김진준 옮김
**81** 죽은 군대의 장군 이스마일 카다레 | 이창실 옮김
**82** 페레이라가 주장하다 안토니오 타부키 | 이승수 옮김
**83, 84** 목로주점 에밀 졸라 | 박명숙 옮김
**85** 아베 일족 모리 오가이 | 권태민 옮김
**86** 폭풍의 언덕 에밀리 브론테 | 김정아 옮김
**87, 88** 늦여름 아달베르트 슈티프터 | 박종대 옮김
**89** 클레브 공작부인 라파예트 부인 | 류재화 옮김

90 P세대 빅토르 펠레빈 | 박혜경 옮김
91 노인과 바다 어니스트 헤밍웨이 | 이인규 옮김
92 물방울 메도루마 슌 | 유은경 옮김
93 도깨비불 피에르 드리외라로셸 | 이재룡 옮김
94 프랑켄슈타인 메리 셸리 | 김선형 옮김
95 래그타임 E. L. 닥터로 | 최용준 옮김
96 캔터빌의 유령 오스카 와일드 | 김미나 옮김
97 만(卍)·시게모토 소장의 어머니 다니자키 준이치로 | 김춘미, 이호철 옮김
98 맨해튼 트랜스퍼 존 더스패서스 | 박경희 옮김
99 단순한 열정 아니 에르노 | 최정수 옮김
100 열세 걸음 모옌 | 임홍빈 옮김
101 데미안 헤르만 헤세 | 안인희 옮김
102 수레바퀴 아래서 헤르만 헤세 | 한미희 옮김
103 소리와 분노 윌리엄 포크너 | 공진호 옮김
104 곰 윌리엄 포크너 | 민은영 옮김
105 롤리타 블라디미르 나보코프 | 김진준 옮김
106, 107 부활 레프 톨스토이 | 백승무 옮김
108, 109 모래그릇 마쓰모토 세이초 | 이병진 옮김
110 은둔자 막심 고리키 | 이강은 옮김
111 불타버린 지도 아베 고보 | 이영미 옮김
112 말라볼리아가의 사람들 조반니 베르가 | 김운찬 옮김
113 디어 라이프 앨리스 먼로 | 정연희 옮김
114 돈 카를로스 프리드리히 실러 | 안인희 옮김
115 인간 짐승 에밀 졸라 | 이철의 옮김
116 빌러비드 토니 모리슨 | 최인자 옮김
117, 118 미국의 목가 필립 로스 | 정영목 옮김
119 대성당 레이먼드 카버 | 김연수 옮김
120 나나 에밀 졸라 | 김치수 옮김
121, 122 제르미날 에밀 졸라 | 박명숙 옮김
123 현기증. 감정들 W. G. 제발트 | 배수아 옮김
124 강 동쪽의 기담 나가이 가후 | 정병호 옮김
125 붉은 밤의 도시들 윌리엄 버로스 | 박인찬 옮김
126 수고양이 무어의 인생관 E. T. A. 호프만 | 박은경 옮김
127 맘브루 R. H. 모레노 두란 | 송병선 옮김
128 익사 오에 겐자부로 | 박유하 옮김
129 땅의 혜택 크누트 함순 | 안미란 옮김
130 불안의 책 페르난두 페소아 | 오진영 옮김
131, 132 사랑과 어둠의 이야기 아모스 오즈 | 최창모 옮김
133 페스트 알베르 카뮈 | 유호식 옮김

**134** 다마세누 몬테이루의 잃어버린 머리 안토니오 타부키 | 이현경 옮김

**135** 작은 것들의 신 아룬다티 로이 | 박찬원 옮김

**136** 시스터 캐리 시어도어 드라이저 | 송은주 옮김

**137** 고독한 산책자의 몽상 장자크 루소 | 문경자 옮김

**138** 용의자의 야간열차 다와다 요코 | 이영미 옮김

**139** 세기아의 고백 알프레드 드 뮈세 | 김미성 옮김

**140** 햄릿 윌리엄 셰익스피어 | 이경식 옮김

**141** 카산드라 크리스타 볼프 | 한미희 옮김

**142** 이 글을 읽는 사람에게 영원한 저주를 마누엘 푸익 | 송병선 옮김

**143** 마음 나쓰메 소세키 | 유은경 옮김

**144** 바다 존 밴빌 | 정영목 옮김

**145, 146, 147, 148** 전쟁과 평화 레프 톨스토이 | 박형규 옮김

**149** 세 가지 이야기 귀스타브 플로베르 | 고봉만 옮김

**150** 제5도살장 커트 보니것 | 정영목 옮김

**151** 알렉시·은총의 일격 마르그리트 유르스나르 | 윤진 옮김

**152** 말라 온다 알베르토 푸겟 | 엄지영 옮김

**153** 아르세니예프의 인생 이반 부닌 | 이항재 옮김

**154** 오만과 편견 제인 오스틴 | 류경희 옮김

**155** 돈 에밀 졸라 | 유기환 옮김

**156** 젊은 예술가의 초상 제임스 조이스 | 진선주 옮김

**157, 158, 159** 카라마조프가의 형제들 표도르 도스토옙스키 | 김희숙 옮김

**160** 진 브로디 선생의 전성기 뮤리얼 스파크 | 서정은 옮김

**161** 13인당 이야기 오노레 드 발자크 | 송기정 옮김

**162** 하지 무라트 레프 톨스토이 | 박형규 옮김

● 문학동네 세계문학전집은 계속 출간됩니다